Anna Katharina Hahn

# Der Chor

Roman

Suhrkamp

*Für Jan*

Klimaneutral
Druckprodukt
ClimatePartner.com/14438-2110-1001

Erste Auflage 2024
Originalausgabe

Umschlaggestaltung: Rothfos & Gabler, Hamburg, unter Verwendung zweier Motive von Midjourney
Satz: Dörlemann Satz, Lemförde
Druck und Bindung: CPI books GmbH, Leck
Printed in Germany
ISBN 978-3-518-43160-3

www.suhrkamp.de

# Der Chor

# 1

Die junge Frau steht in der Tür zum Probenraum, doch als Alices Blick sie trifft, schaut sie weg. Dunkel umgibt der Türrahmen ihre schmale Gestalt. Über dem Eingang hängt eine schmiedeeiserne Leuchte und legt ihren Schein um den Kopf der Unbekannten. Sie trägt nur Jeans und Hoodie. Alice zieht unwillkürlich die Schultern hoch. Das Mädchen, höchstens 18, muss doch frieren, ohne Jacke an einem Winterabend! Ihre Kapuze hat sie tief in die Stirn gezogen. Jetzt steckt sie die Hände in die Bauchtasche des Pullovers, dreht den Kopf nach allen Seiten, als prüfte sie die Umgebung auf mögliche Gefahren. Die ist ja wahnsinnig jung! Was die hier wohl will? Ob sie jemanden sucht, ihre Mutter oder ihre Großmutter? Alice schaut kurz zu den anderen Frauen hinüber. Die meisten stehen noch vor der Garderobe, schälen sich aus ihren Mänteln, unterhalten sich. Graue und gefärbte Köpfe, ein paar Rentnerinnen, der Rest in Alices Alter, Hälfte des Lebens. Unter dreißig ist hier niemand. Keine hat die Neue bemerkt. Alice verlässt ihren Platz an der Heizung und durchquert den Saal. Ihre Absätze klicken auf dem Linoleum.

Das Mädchen verharrt auf der Schwelle, es scheint sich nicht hineinzutrauen. Während Alice näher kommt, tritt es von einem Fuß auf den anderen in ihren schmutzigen Sneakers, springt sogar zaghaft auf und ab. Alice findet die Hüpfbewegungen rührend, das ganze Geschöpf hat in seiner Unsicherheit etwas Kaninchenhaftes. Als sie mit einem

Lächeln vor ihr steht, streift sich die junge Frau ihre Kapuze vom Kopf. »Möchtest du zur Chorprobe? Komm doch rein«, sagt Alice. Sie nimmt Einzelheiten an der Fremden wahr und wundert sich selbst darüber, wie deutlich sie all das sieht: zart beflaumte, blasse Haut. Die Nasenspitze kälterot. Ungewöhnlich runde graue Augen mit hellen Wimpern. Aufgesprungene Lippen. Einen Labello hätte ich in der Tasche, denkt sie. Die junge Frau schaut mit verlegener Miene erst zu Boden, dann wieder zu Alice. Ihr aschblondes Haar trägt sie in einer zipfeligen Bobfrisur, die Alice verdächtig selbstgeschnitten vorkommt. Früher hat sie das auch so gemacht. Mit der Nagelschere. Am liebsten möchte Alice eine Bemerkung darüber fallen lassen, das Mädchen mit einem Scherz auftauen, aber das wäre übergriffig. Sie streckt den Arm aus und weist in den Saal.

»Du musst nicht auf der Schwelle frieren. Mehr als die verordneten 19 Grad haben wir hier drinnen bestimmt.« Alice gibt ihrer Stimme einen zuversichtlichen Klang, geübt darin, verschüchterte Lehrlinge und nervöse Bewerberinnen zu beruhigen oder verärgerten Abteilungsleiterinnen den Wind aus den Segeln zu nehmen. Sie weiß, wie sie rüberkommt in ihren Büroklamotten, schwarz und weiß. Wenigstens muss sie morgens nie darüber nachdenken, was zusammenpasst. Ihr Arbeitstag dauert zu lange, um sich vor der Chorprobe zu Hause umzuziehen. In ihrer Handtasche steckt ein Fusselroller, den sie oft hervorholt, um ihn wie einen kleinen Rasenmäher über ihre Sachen fahren zu lassen.

Die Kaninchenaugen blinzeln, schauen unsicher umher, von der Pinnwand zwischen den beiden Fenstern – »Mitteilungen aus der Gemeinde« – zu den Spuren der Kinderkirche auf dem abgetretenen Fußboden, von Glitterresten und Papierschnipseln zu dem blaugelben Plakat mit Infos auf Deutsch und Ukrainisch. Neben dem Waschbecken in der hintersten Ecke reihen sich Kartons aneinander, voll mit Babykleidung, Spielzeug, Duschgel in Plastikflaschen. Behutsam hakt sich Alice bei der Neuen ein und führt sie zu den lauwarmen Heizkörpern.

Zwischen den Fenstern hängt ein simples Holzkreuz. Das Mädchen hält inne, betrachtet es, und Alice sieht sich genötigt, mit der Hand zu wedeln, als verscheuche sie Fliegen. Eigentlich hat sie sich in den Kirchenräumen von Anfang an wohl gefühlt, auf eine Weise beschützt und aufgehoben, die sie in einer Turnhalle oder einem Klassenzimmer nie gespürt hat. Nur im Büro, aber das ist ja eine Art zweites Zuhause. Jetzt verrate ich meine eigene Zuflucht, damit das Kaninchen keine Angst haben muss, hier ginge es allzu christlich zu. Lauter als nötig sagt sie: »Unser Chor probt im Gemeindesaal, aber wir sind nicht kirchlich oder irgendwie religiös. Das Ganze ist ein Projekt der Musikhochschule. Ein reiner Frauenchor, geleitet von wechselnden Studierenden. Unser Niveau hält sich in Grenzen, und wir treten nur zweimal im Jahr auf, auf dem Sommerfest und beim Adventsbasar. Aber das Singen macht einen Riesenspaß, weil wir keine feste Stilrichtung haben. Wir singen nur unsere Lieblingslieder. Im Grunde sind wir eine Versuchsanordnung für künftige Chorleiter.« Sie sieht die andere an. »Weißt du das schon alles? Ich will dich nicht langweilen.« Die junge Frau schüttelt heftig den Kopf, dann wischt sie sich die Hände an der Hose ab, bevor sie Alice die Rechte entgegenstreckt. »Ich bin Sophie«, sagt sie leise. »Den Chor hab ich auf Insta gefunden. Ich dachte, es wäre schön, mal wieder zu singen, zusammen mit anderen.«

Ihre Finger sind kalt und feucht, natürlich ist sie aufgeregt, ein Raum voller fremder Frauen, die sich alle schon kennen. Wahrscheinlich weiß sie nicht einmal, dass hier kein Vorsingen verlangt wird. Elitär wollen die Cantarinen auf gar keinen Fall sein, auch wenn der Klang darunter leidet. »Ich heiße Alice.« Sophie nickt. Ihre Ohrläppchen sind mehrfach durchstochen, aber schmucklos. Verschwommener Kajalstrich, die Brauen zu dunkel nachgezogen und kräftig bestäubt, so wie es gerade alle machen. Wenn ich ihre Mutter wäre, würde ich ihr sagen, dass sie zu viel Puder genommen hat. Oder einfach mit dem Daumen den weichen Bogen nachfahren, ganz vorsichtig, und dabei das Überflüssige wegstreichen, bis die Braue wieder so messinghell leuchtet wie das Haar. »Wir duzen uns hier. Komm schon, alle sind ganz nett.«

Besonders einladend wirkt der Saal nicht, trotz der blauen Hyazinthe im Topf, die Terje auf das Klavier gestellt hat. An den Wänden lehnen Stuhlstapel. Alice zeigt auf die Flügeltüren am Kopfende des Saals. Hinter der Verglasung flackern Kerzen. Ein Geruch nach kaltem Stein, Blumen und Wachs strömt aus dem Bauch der Kirche. »Da drinnen gibt es ein schönes Taufbecken mit einem Engel. Die Fenster sind auch interessant. Wenn du willst, machen wir nachher einen Rundgang.« Sophie lächelt, aber sie antwortet nicht. Du redest zu viel, denkt Alice, welche Jugendliche will sich freiwillig etwas über Kirchenfenster anhören?

Um sie herum hebt sich der Geräuschpegel. Dünne Melodiefäden in unterschiedlicher Länge und Tönung ziehen sich durch die Unruhe, jemand schlägt einzelne Akkorde auf dem mäßig gestimmten Klavier an, dazwischen hört man immer wieder Lachen und das Klappen der Tür. Terje kommt, sie hat einen Packen Noten unter dem Arm und trägt einen ihrer kunstvollen Strickpullover. Langsam lösen sich die Unterhaltungen auf, einige Frauen stürzen sich auf die Chorleiterin. Was für ein Bedarf nach Nähe, noch immer. Die junge Estin studiert Gesang an der Musikhochschule in der Urbanstraße. Alice schätzt Terjes ruhige Art; sie hört allen zu und schafft es, sich durchzusetzen, ohne dass die Frauen sich gegängelt fühlen. Das ist wichtig, denn einige Sturköpfe gibt es hier schon. Terje erzählt gern von ihrem Land, das Alice bisher nicht wahrgenommen und, wie sie zugeben musste, mit Lettland und Litauen unter »das Baltikum« verbucht hatte. Sie bemerkt, dass Terje mehrfach gähnt und eine kleine Kerbe über der kurzen Nase hat. Wahrscheinlich stehen bald Prüfungen an. Ihre Fingernägel lackiert sie seit dem letzten Februar gelb und blau. Im Pulk der sie umlagernden Sängerinnen wirkt sie noch kleiner und zierlicher als am Klavier.

»Du kannst dich nachher anmelden. Sing einfach mit.« Alice führt Sophie zu einem Stuhl in der Nähe der Heizungen. »Da ist meine Freundin Lena!« Die alte Dame sitzt ganz gerade, die Knöchel elegant gekreuzt. Als einziges Zugeständnis an die Kälte trägt sie über ihrem Kleid eine tomatenrote Wolljacke. In Hosen wurde sie hier noch nie gesehen. Alice küsst sie auf die Wange, wie immer duftet sie nach ›Roma‹. »Die Jugend hat uns entdeckt! Das senkt den Altersdurchschnitt hier um etliche Jahre! Willkommen!«

Lena mustert Sophie erfreut. Als sie dem Mädchen ihre Hand entgegenstreckt, sieht Alice von den sorgfältig lackierten Nägeln auf die welke Haut. Vor ein paar Jahren wären die kaffeebraunen Altersflecken noch als große Sommersprossen durchgegangen. Das kurze Zögern, bevor Sophie Lenas

Fingerspitzen umfasst, ihr erst danach vorsichtig die Hand schüttelt, kennt Alice von sich selbst. Corona hat ihre Rituale verändert, die verordneten, mühsam eingeübten Abstände müssen erst wieder vergessen werden.

Am Daumen des Mädchens fällt ihr eine Wunde auf, wie der Biss eines winzigen Mundes. Lena verzieht beim Aufstehen das Gesicht, stöhnt und hält sich kurz an der Stuhllehne fest. Ihre Beine in glänzenden Nylons und Wildlederpumps haben etwas Steckenhaftes, was Alice bisher so nicht bewusst geworden ist. Als sie zu den Cantarinen kam, hätte Alice nicht gedacht, dass ausgerechnet die älteste dieser Frauen eine ihrer besten Freundinnen werden würde. Ihre Blicke hatten sich getroffen, als irgendwer »Mach eine amol des Fenschter zu, dohanna!« rief, und auf Lenas zartem Walnussgesicht war ein so vergnügtes Grinsen erschienen, dass Alice sich getraut hatte, in der Pause mit ihr über den schwäbischen Dialekt, seine Unverständlichkeit und Grobheit zu lästern. Beide waren sich einig darin, dass die Einheimischen vermutlich einen Pakt geschlossen hatten, es Zugezogenen durch ihre schauerliche Sprechweise und ihre Verschlossenheit so schwer wie möglich zu machen. Lena meinte, sie habe immer den Eindruck, die Leute hier benähmen sich, als führten sie Heimlichkeiten im Schilde. Alice fand die alte Frau mit ihrem seidigen weißen Schopf und dem spöttischen Lächeln einfach toll. Die würde ich sofort einstellen, hatte sie nach ihrem ersten Gespräch gedacht, eines ihrer größten Komplimente.

Wie sie selbst war Lena kinderlos und berufstätig. Sie stammte aus Hannover und hatte bis zur Rente als Lektorin bei Autafort, einem renommierten Stuttgarter Verlagshaus, gearbeitet. Dieser Beruf kam Alice zunächst exotisch vor, sie konnte sich nichts darunter vorstellen. Auch war sie der Ansicht gewesen, Lena sei arrogant, wegen ihrer eleganten Kleidung und der weichen Ledermappe, in der sie ihre Noten verstaute. »Ich dachte, du seist eine hochnäsige Kuh.« Die alte Dame fühlte sich ähnlich abgeschreckt von Alices Business-Outfit und der Art, wie sie »mit tanzenden Daumen« in manchen Pausen dringende Mails beantwortete oder vor der Kirche stehend telefonierte.

Alice betrachtet die Freundin liebevoll. Die meisten anderen Chorschwestern waren verheiratet, hatten Kinder, Enkel, stammten aus der Gegend; wenn nicht aus Stuttgart, dann aus einem der zahllosen kleinen Orte im Umkreis, in denen Verwandtschaft lebte, Vorfahren auf den Friedhöfen lagen. Auch wenn viele von ihnen berufstätig sind oder waren, hätte Alice kaum eine als »Karrierefrau« bezeichnet. Fast alle schienen sie zu bedauern, wenn sie mitbekamen, dass sie nach der Probe noch lange keinen Feierabend hatte. Lena verstand das von Anfang an.

»Was ist denn dein Lieblingslied«, will Lena von der errötenden Sophie wissen. »Oh, keine Ahnung, da gibt es so viele«, murmelt die. »Du musst dich entscheiden, das ist wichtig, für unser Repertoire«, sagt Lena. »Ach, ich glaube, im Moment ›Tränen aus Kajal‹.« »Klingt traurig und schön.« Lena lächelt. Auf die nächste Frage, ob sie gern läse, erzählt Sophie von ihrem Studium, Literaturwissenschaft, und dass sie Grimms Märchen liebe. Lena nickt, ihr roter Lippenstift glänzt, und Alice ist stolz auf die Freundin.

Seit sie Lena kennt, liest Alice wieder mehr. Sie spricht von Büchern auf eine Art, die es unmöglich macht, nicht neugierig zu werden. Zur Aufbesserung ihrer kleinen Rente redigiert Lena noch ab und zu Manuskripte für ihren alten

Verlag, meistens Übersetzungen, die sie »so lange gegen den Strich bürstet, bis aus einem unlesbaren Satzhaufen ein richtiges Buch wird.«

Langsam ordnen sich alle in Gruppen, je nach Stimmlage. Alice reicht Sophie ein Notenblatt, sieht ihr vorsichtiges Lächeln, den hektischen Blick ihrer runden Augen über die Takte hinweg. Sie selbst kann den Text zwar lesen, versteht aber kein Wort. Melodie: Miina Härma, Peep Savapik et al. Worte: Juhan Liiv. Namen kann sie sich gut merken, sonst wäre sie beim Personalwesen verloren. Ein estnischer Dichter, wenn sie sich recht erinnert, mit einer todtraurigen Biografie. Terje erwähnt ihn öfter, er scheint bei ihr zu Hause eine Art Held zu sein. In der Adventszeit haben sie ein Lied von ihm gesungen: Lumelhelbeke, tasa, tasa, Schneeflocke, leise, leise. Bestimmt ist Sophie ein Sopran, schmalbrüstig und dünn. Dann stände sie hier eigentlich nicht richtig. Terje wird das später entscheiden. Jedenfalls kann sie Sophie noch eine Weile von der Seite betrachten und sich fragen, warum dieses unsichere Geschöpf sie derart fesselt. Sie scheint sich wieder aufgewärmt zu haben, ihre Nasenflügel weiten sich leicht beim Atmen, und Alice denkt wieder an ein Kaninchen unter Stress. Alices Mutter hatte den Namen für ihr einziges Kind nach dem Zeichentrickfilm »Alice im Wunderland« ausgesucht. Das weiße Kaninchen dort war rundlich und onkelhaft mit seiner Weste und der Taschenuhr, kein bisschen wie Sophie.

Sie schaut nach vorn. Terje greift in die Tasten und spielt die kurze Erkennungsmelodie, mit der sie den Beginn der Probe ankündigt. Alice sieht Lena verhalten lächeln. Sie weiß, dass die Freundin solche indirekten Aufforderungen albern findet. »Früher hätte man tüchtig in die Hände geklatscht. Genauso kindisch wie dieses ständige Genuckel an Wasserflaschen.« Sophie steht etwas krumm da. Die Schultern eingezogen, streicht sie sich das Haar hinters Ohr.

Wieder wundert sich Alice über sich selbst, dass sie Sophie so genau wahrnimmt. Es muss an dem Bewerbungsmarathon heute liegen, denkt sie, ich habe zu viele Leute zu scharf angeschaut, aus ihnen herauszulesen versucht, ob sie verkappte Narzissten, Lügnerinnen, Querulanten sind. Obwohl sie damit wahrscheinlich ihr Make-up verwischt, legt sie die Fingerspitzen auf ihre Lider, spürt die Augäpfel darunter und sagt sich ein altes Entspannungsmantra vor: Ich bin im Hier und Jetzt, alles ist gut. Als sie die Augen wieder öffnet, hat sich nichts verändert. Sophie interessiert sie auf eine Weise, die ihr selbst unheimlich ist.

## 2

Plötzlich fällt die Tür mit einem Knall ins Schloss, dass alle zusammenfahren. Sämtliche Köpfe drehen sich in Richtung Eingang. Verdammt, denkt Alice, jetzt hatte ich sie gerade mal vergessen, und schließt sofort wieder die Augen.

»Entschuldigung, Entschuldigung, sorry!« Die vertraute Stimme, das zerknirschte Grinsen, der Lockenkopf, ein graugrüner Mantel, den Alice noch nicht kennt, Bikerboots, mit denen sie jetzt an den anderen vorbeipoltert. Marie nimmt sich keine Zeit zum Ablegen. Mit gesenktem Blick reiht sie sich beim Sopran ein. Alice sieht, wie Terje ihr gutmütig mit dem Finger droht.

Sophie scheint die Verspätete nicht zu bemerken, sie

schaut auf den Zettel in ihrer Hand, hält ihn nah ans Gesicht, bestimmt ist sie kurzsichtig. Die Lippen leicht geöffnet summt sie halblaut vor sich hin, anscheinend kann sie vom Blatt singen. Das imponiert Alice, die erst hier bei den Cantarinen und mit Lenas Nachhilfe gelernt hat, Noten zu lesen.

Terje spricht über den Ablauf der heutigen Probe, sie scheint verlegen, dreht einen Wollfaden am Ärmel zwischen Daumen und Zeigefinger. »Ihr wisst, ich habe viel Angst um mein kleines Land in letzter Zeit. Und vielleicht wollt ihr nicht schon wieder auf Estnisch singen. Aber inzwischen hat jede von euch ihr Lieblingslied mit dem Chor gehabt, und ich würde sehr gerne noch eines von meinen hören, eesti keeles.« Trampeln und Klatschen unterbricht sie, und sie strahlt. Alice ist erleichtert, dass nach den zahlreichen Schlagern und amerikanischen Rockballaden wieder etwas Herausforderndes auf dem Programm steht. Ihre Mutter war ein großer Schlagerfan, und sie fühlt sich nicht gut dabei, die meisten dieser Lieder peinlich zu finden. Der satte Klang des Estnischen, die vielen Vokale und seine Fremdheit gefallen ihr. Außerdem beobachtet sie gern, wie Terjes Begeisterung auf die Gruppe überspringt.

Marie hat mittlerweile den Mantel ausgezogen, zusammengerollt und auf den Boden geworfen. Eine Lesebrille rutscht über ihren Nasenrücken, sie schaut konzentriert auf das Notenblatt. Typisch, denkt Alice, sie hat einfach keinen Plan. Marie gehört zu den chaotischsten Menschen, die sie kennt, besitzt zwar einen Terminkalender, trägt dort aber nie etwas ein, verlegt ständig ihre Schlüssel. Wenn man zu ihr in den Wagen steigt, kommt man sich vor wie auf dem Volksfest im Boxauto. In ihrem Job muss sie gut sein, sie spricht jedenfalls oft von der Arbeit mit jungen Stipendiaten aus aller Welt, ihrem netten Team, dem Privileg, ein Büro an einem der schönsten Orte der Stadt zu haben, in einer ehemaligen Unternehmervilla mit riesigem Park. Dort reißt sie sich vermutlich zusammen. Alice atmet einmal tief durch.

Noch immer versetzt sie der Anblick dieser Frau in Unruhe; leichtes Bauchgrimmen, eine enge Kehle, wie vor einem unangenehmen Meeting oder einem Arztbesuch. Aber es ist längst nicht mehr so schlimm wie früher. Sie haben sich seit ihrem Zerwürfnis regelmäßig gesehen – zuerst bei den sommerlichen Chortreffen während der Pandemie. Damals versuchte Terje unter freiem Himmel zu proben, im Park neben der Kirche. Sie hatten das auch durchgezogen, froh, sich überhaupt treffen zu können, aber die Geräuschkulisse aus Verkehrslärm, Spielplatzgejohle und Krähengeschrei von den Bäumen hatte ziemlich gestört. Später kamen sie hier im Saal zusammen und dann, während des neuerlichen Lockdowns, per Zoom. Seit Jahresbeginn finden endlich wieder normale Proben statt. Zu Anfang gab es hinterher noch Zusammenkünfte mit Wein und Brezeln. Marie hatte es bei diesen Runden vermieden, neben Alice zu sitzen, die aber ohnehin schon vorsorglich den Rückzug antrat und sich an Lenas Seite flüchtete. Mittlerweile fühlt sich Alice abgehärtet gegen Maries Anblick. Trotzdem beschleunigt sich ihr Puls jedes Mal, wenn sie auftaucht. Selbst bei dieser albernen Türenknallerei, dieser Zauberbergnummer, von der Marie ernsthaft behauptet, sie mache das nicht absichtlich! Alice findet sich erbärmlich. Wie kann es sein, dass diese Frau sie immer noch so aus der Fassung bringt? Zum Glück weiß Marie nichts davon, aber Alice kommt sich anhänglich vor, ausgeliefert, wie ein Hund, der wedelt, obwohl er schon mehrfach getreten wurde. Sie dreht den Kopf weg und muss sich eingestehen, dass sie Marie vermisst, trotz allem. Im gleichen Moment nickt diese ihr knapp und ernst zu, und Alice wird überfallen von einem Abgrundgefühl, hinter dem Ärger, Trotz und Selbstschutz zurücktreten. Als alles ganz frisch war, hatte sie sich über den ersten Lockdown, die abgesagten Proben sogar gefreut und ernsthaft überlegt, den Chor aufzugeben. Außer Fred hatte sie niemandem von ihrem Streit erzählt, nicht einmal Lena. Nicht, dass diese nichts gemerkt hätte, nur akzeptierte sie ihr Schweigen. Lena überschritt keine Grenzen, Alice kannte kaum eine diskretere Person.

Die Zoom-Zeit erscheint vor ihr wie ein schlechter Traum. Für den Job fand sie das Home-Office zeitweise gar nicht schlecht, sie konnte viel wegarbeiten. Aber die Proben, unmöglich. Wie hatte sie die misstönende Ungleichzeitigkeit ihrer Stimmen aus dem Lautsprecher gehasst, den Fred ihr extra bestellt hatte, wie die bunten oder schwarzen Kacheln auf dem Bildschirm verabscheut, diese Flachheit, den ganzen mageren Ersatz! Maries Kamera war in diesen Monaten ständig ausgeschaltet, was Alice verletzte wie eine persönliche Beleidigung. Sie wollte Marie sehen, ihr erschöpftes Abendgesicht, ihren Lieblingspullover, auf dem die hellen Haare des Familienhundes kleben. Damals war sie derart wütend und enttäuscht, dass sie Marie am liebsten in Gegenwart des ganzen Chors angeschrien hätte, was ihr einfiele, sie so zu behandeln, von einem Tag auf den anderen von Vertrautheit und Sympathie in Nichtachtung überzuwechseln. Auf WhatsApp blockiert, auf dem Handy weggedrückt, zu Hause ein Anrufbeantworter. Und vorher dieser schreckliche Ausbruch. Sie hatte Fred nichts Genaueres davon erzählt, weil sie es nicht über sich brachte, zu wiederholen, was Marie ihr an den Kopf geworfen hatte. Die Worte selbst sitzen tief, aber anscheinend weigert sich ihr Hirn, sie ordentlich auszubuchstabieren. Nur das Gefühl bleibt, die Verletzung, ein juckender Stich, den sie wider alle Vernunft aufkratzt. Eigentlich kann Alice solche Vorgänge gut benennen, Lösungen dafür finden. Ihr täglich Brot ist es, Ärger, Missverständnisse, verborgene Emotionen sanft, aber unerbittlich aufzuspüren und zu entschärfen, damit die Betriebsabläufe nicht gestört werden und alles läuft wie geschmiert. Managerin, Führungskraft lautet ihre Berufsbezeichnung – oft fühlt sie sich eher als Therapeutin. Was in Marie gefahren ist, versteht sie noch immer nicht. Fred, der nie die Stimme erhebt, wurde laut, als Alice jammerte, sie könne diesen Zustand nicht länger ertragen und werde die Cantarinen verlassen. »Du bleibst dabei, zum Kuckuck! Das ist dein Ding, du warst zuerst da. Du kannst so gut singen, und diese blöde Kuh wird dich nicht davon abhalten.« Mittlerweile ist sie ihm dankbar für die Hartnäckigkeit, mit der er sie am Davonlaufen gehindert hat. Sie erinnert sich, wie Fred sich manchmal auf Socken an ihr Arbeitszimmer herangeschlichen hat, er glaubte, das unbemerkt zu tun, dabei hatte sie ihn schon gehört, als er von der Couch aufstand: das leise Ächzen der Federung, sein angestrengtes Grunzen, das er selbst nicht bemerkte, und die Holzdielen im Flur, die unter seinem Gewicht knarrten. Damals prüfte er tatsächlich, ob der Chor-Zoom auf ihrem Bildschirm zu sehen war und Alices eigener dünner Gesang, begleitet von den schrägen Klängen der anderen, durch den Türspalt drang. Er passte tatsächlich auf sie auf.

Neben ihr fängt Sophie an zu zappeln, nein, sie stellt sich anders hin, imitiert Terjes breitbeinige Position vor dem Halbkreis der Sängerinnen. Die stampft mit ihren Turnschuhen auf, klatscht mehrfach kurz hintereinander in die Hände. Der Chor gibt den Rhythmus wie ein Echo zurück. Alice postiert ihre Füße in hüftbreitem Abstand, lockert die Knie, trampelt nach Terjes Vorgaben, so gut das in Pumps geht. Sophie bewegt sich überraschend wild neben ihr, die Sohlen ihrer Sneaker knallen richtig auf dem Boden. Ein fetter Sound, denkt Alice. Sie kommt aus dem Takt, fixiert Terje. Lass dich nicht ablenken. Die Chorleiterin stampft weiter; immer neue Rhythmen entstehen, zurückgeworfen von den Frauen im Halbkreis. Als Alices Handflächen brennen, hebt Terje den Zeigefinger. Alle Geräusche verstummen, und sie spricht in die Stille hinein: »Erst aufwärmen, locker machen, damit der Atem an die richtigen Stellen strömt!« Terjes Akzent klingt weich und erinnert ein wenig an Schweizerdeutsch. »Entspannte Schultern!« Sie geht herum, berührt vorsichtig die Sängerinnen, unterstreicht am eigenen Leib, was sie meint. »Becken beweglich! Kein Hohlkreuz!« Alice bemüht sich, »ihren Singkörper« zu spüren. Terjes Hand liegt flach zwischen ihren Schulterblättern, die Luft vibriert von Stimmen, die einzelne Vokale singen. Alice merkt, wie sie langsam in der Menge der anderen aufgeht und der Ansturm von Bildern, Listen, Sätzen in ihrem Kopf sich allmählich legt. Aus einer der zahllosen Fortbildungen, die sie im Laufe ihres Berufslebens besucht hat, ist ihr das schräge Bild von anstrengenden Situationen als Schaumblasen geblieben, die sie mit einem leisen Klick platzen lässt. »Ich habe das Gefühl, dass es Ihnen im Moment schwerfällt, mein Feedback anzunehmen.« Plopp. »Lilli, mein Schatz, ich hab schon gegessen, war mit den Jungs bei McDoof, musste echt mal wieder sein.« Plopp. »Herr Dogan, vorhin habe ich beobachtet, wie Sie mit Herrn Özkam laut und gestikulierend gesprochen haben. Ich fühle mich unwohl, wenn in meiner Abteilung Konflikte auf diese Weise ausgetragen werden.« Plopp. Wenn sie nur noch Musik in der Birne hat, wenn ihr dieses Kunststück gelingt, liebt sie sogar den kalten grauen Gemeindesaal.

Sie summen, gehen danach zu längeren Tonfolgen über. Die im Legato gesungenen Uuuus, Oooos und Üüüüs dehnen sie aus, die Luft reicht, der Klang wird einheitlicher. Sophies Stimme tönt rein wie Glas. Alice merkt, dass ihr auch das Frage-Antwort-Spiel, mit dem Terje jetzt beginnt, keine Probleme bereitet. Sauber, ohne Tremolo oder unschöne Schwankungen singt sie die einzelnen Teile des estnischen Liedes nach. Terje sitzt am Klavier: »Ta lendab lillest lillesse, ja lendab mesipuu poole« – sie fliegt von Blume zu Blume und fliegt hin zum Bienenkorb. Die Melodie hat etwas Zwingendes, eingängig und melancholisch zugleich. Von Juhan Liiv, dem Dichter und seinem von Wahnsinn, Armut und Krankheit beherrschten Leben, hat Terje nur kurz erzählt. Alices eigene Stimme kommt klar heraus, fast mühelos klappt auch das Atmen. Es hat sich gelohnt, zu Hause zu üben. Sie hört sich selbst nicht mehr, nur den Gesang der Gruppe, registriert aber Sophie neben sich. Sie gibt noch nicht alles, bleibt leise, um Verschmelzung mit den anderen bemüht. Verstohlen dreht sich Alice in ihre Richtung. Das Mädchen wirkt sicherer, das Kinn ist gereckt, der Blick wach. »Hing, oh hing, sa raskel a'al«, Seele, oh Seele, wenn die Zeiten hart sind. Unscharf dringt Maries Sopran zu Alice durch, und sie wird von selbst lauter, um sein störendes Sirren nicht mehr im Ohr zu haben. Bei Terjes nächstem Handzeichen holt sie tief Luft, setzt wieder ein, »kas kodu sa«, wenn du zu Hause bist, »kas võõral maal«, wenn du in der Fremde bist – »kuis ihkad isamaa poole!«, wie du dich sehnst nach dem Vaterland. Die Kraft ihres gemeinsamen Sounds hebt Alices Brust, lässt sie noch höher auf die Zehenspitzen steigen, als ihre Schuhe sie ohnehin schon zwingen. Mit halb geschlossenen Augen und weiten Lungen singt sie Wörter, die sie nicht versteht, und hat für einen Moment den Eindruck zu fliegen.

Erst in der Pause nimmt Alice die anderen wieder wahr. Lena bietet Tee aus einer Thermoskanne an, sie hat tatsächlich Gläser dabei, sogar eine Packung Würfelzucker. Sophie hält staunend den Behälter mit dem geschwungenen Henkel hoch, in dem ihr Glas steht: »Ist das nicht viel zu schade für hier, aus echtem Silber und so?« Lena lächelt. »Nein, das ist Zinn, das Silber der armen Leute. Aber sie haben sich damals Mühe gegeben, es so zu gestalten, dass es kostbar wirkt.« Alice merkt, wie Wangen und Hals der alten Dame sich rosig färben, sie strahlt das Mädchen an, macht sie auf das Lilienmuster am Rand aufmerksam. Marie steht plötzlich neben Lena, legt ihr von hinten die Arme um die Hüften. »Mein altes Leneken, alles klar bei dir?« Als die beiden sich umarmen, trinkt Alice mit einem einzigen schmerzhaften Schluck den zu heißen Tee aus und eilt zurück auf ihren Platz. Sie hört noch, wie Lena Marie etwas sagt, das diese zum Lachen bringt. Da schlägt Terje die Akkorde an, mit denen die Pause beendet wird. Sie üben die Strophen des heimwehkranken Liedes so lange, bis die Estin anerkennend nickt. »Sehr schön, ich freue mich, ihr seid richtig gut heute.« Die Probe geht dem Ende entgegen, als Alice allmählich ihren Rücken und eine Schwere in den Beinen spürt und mehrfach ein Gähnen unterdrückt. Zum Abschluss singen sie wie immer »Auld lang syne«, nicht besonders originell, aber wer kann sich dieser alten Wehmutsmelodie entziehen? Beim

Abschied sieht Sophie gelöst und regelrecht zufrieden aus. Als die junge Frau mit raschen Schritten zum Ausgang strebt, läuft Alice ihr hinterher: »Bei dem Wetter kannst du unmöglich ohne Jacke rausgehen. Warte!« Ihr Arbeitgeberton, wie Fred diese freundlich-entschiedene Stimmlage nennt, wirkt sofort. Sophie hält nicht nur inne, sie kommt sogar zurück und bleibt vor ihr stehen. Mit beiden Händen greift Alice zwischen die Jackenschichten an den Garderobenhaken, bis sie ihre eigene zu fassen bekommt. »Tschüss Alice, wir gehen noch zu Luigi!«, ruft Lena, die in einer Gruppe an ihnen vorbeigeht. »Tschüss Sophie! Kommt ihr noch mit auf eine Pizza?« Sophie schüttelt den Kopf. »Ade«, sagt sie leise, hebt die Hand und winkt Lena zu, bewegt dabei nur die Finger, als ob sie sich nicht traut.

Alice dunkelblauer Daunenparka fällt weit aus, als sie ihn dem Mädchen um die Schultern legt. Das rührt sich nicht, verschwindet beinahe in Freds Weihnachtsgeschenk. Am Ärmel leuchtet das Logo. Wie üblich hat er etwas Teures ausgesucht. Mit ihren federgefüllten Steppquadraten wirkt die Jacke an Sophie wie eine nachlässig aufgepumpte Luftmatratze. Kurzerhand stülpt ihr Alice die Kapuze über den Kopf, geht in die Hocke und zieht den Reißverschluss bis zum Kinn hoch. »Wie unter der Bettdecke, nicht wahr?«, fragt sie, fühlt sich aber sofort peinlich berührt von diesen Worten. Dämlicher gehts nicht. Ich will doch nur, dass sie es warm hat. »Aber nein. Sie werden sich erkälten!«, protestiert Sophie. Ihre Singstimme war viel kräftiger als dieses gedämpfte Aufbegehren. Alice ist enttäuscht darüber, weiterhin gesiezt zu werden. »Du kannst sie mir nächste Woche zurückgeben. Ich habe noch einen Pulli im Auto.« Gemeinsam treten sie vor die Kirche auf die Filderstraße hinaus.

Du sagst jetzt nichts mehr, denkt Alice und zwingt sich, zu dem geflügelten Löwen hinaufzuschauen. Er thront auf dem Dach des Hauptschiffs, am äußersten Rand des Firsts. Mit seinen gefiederten Schwingen und der Pranke auf dem Buch könnte er einem Marvel-Film entflogen sein. Und wenn ich Freds Geschenk nie wieder sehe? Lohnt sich das? Ich konnte die Jacke ja schlecht zerteilen wie Sankt Martin, denkt Alice. »Auf Wiedersehen und vielen Dank, mein Bus kommt!« Sophie tippt Alice kurz auf den Arm. Die Haltestelle liegt neben dem Parkplatz. Bevor Alice antworten kann, rennt sie bereits los, springt vorne beim Fahrer hinein, die Türen schließen sich, sie hält sich an einer der Schlaufen fest, die von der Decke baumeln, lacht, als der Bus anfährt und sie beinahe umgeworfen wird. Alice bleibt stehen, bis sie die Rücklichter nicht mehr sehen kann.

# 3

Am Samstagmorgen erwacht Alice aus einem Albtraum. Eine Weile liegt sie ganz still. Als Fred das Tablett auf den Nachttisch stellt, klappert es leise; er ist schon länger wach, hat Tee für sie gemacht, wie jeden Morgen. Er setzt sich auf die Bettkante und streichelt ihr Haar. Sie tut so, als schliefe sie noch, genießt, wie er die verwirrten Strähnen behutsam mit den Fingern kämmt. »Ich hab schlecht geträumt«, murmelt sie und wälzt sich zur Seite, damit ihr Mann zu ihr unter die Decke schlüpfen kann. Die Matratze hängt durch, sobald er sich neben ihr ausstreckt, und sie kullert nah an ihn heran. »Wie geht's dir, Lilli?« Langsam dreht sie sich zu ihm. Stirn an Stirn liegen sie, schauen einander in die Augen. Alice blinzelt, ihre Wimpern fühlen sich verklebt an, wahrscheinlich hat sie im Schlaf geweint. Der Traum verflüchtigt sich nach und nach. Sie entsinnt sich, in einen düsteren Schacht gefallen zu sein, ein langgezogener, fast endloser Sturz. In letzter Zeit träumt sie oft vom Fallen. Besonders plastisch fühlt sich der Moment des Aufschlagens an, wenn sie auf dem Boden zerschellt und dabei mit den Beinen um sich tretend im eigenen Bett aufwacht.

Fred ist unrasiert, verschwitzt und rotwangig von seiner Beschäftigung in der Küche. Er riecht nach Kaffee und Zigaretten. Ausschlafen ist nicht sein Ding, Tee auch nicht. Selbst im Urlaub wacht er früher auf als Alice. Während sie schläft, trinkt er Espresso und raucht auf dem Küchenbalkon die erste Camel des Tages. Alice hat ihn schon oft gebeten, wenigstens E-Zigaretten zu benutzen, aber sein einziges Entgegenkommen war, von den gelben auf die milderen blauen umzusteigen. In der Coronazeit hat er noch stärker zugenommen. Er schnauft jetzt bereits, wenn er den Geschirrspüler ausräumt. Aber die blauen Augen leuchten hinter der goldgefassten Brille. Sein Haar hängt in die Stirn. Im Gegensatz zu vielen Männern seines Alters hat er nicht einmal den Ansatz einer Glatze, sondern einen dichten, strohblonden Schopf, den er seitlich scheitelt wie ein altmodischer Schuljunge.

»Der sieht ja aus wie ein Konfirmand«, hatte Alices Mutter bei Freds Antrittsbesuch gesagt. »Und der soll Steuerberater sein? Das kannst du deiner Großmutter erzählen, Lilli.« »Ich stell mich immer ein bisschen doof, dann merkt keiner, dass ich's faustdick hinter den Ohren hab.« Fred prostete Paula Pogge mit erhobener Kaffeetasse zu und zwinkerte. Er und seine künftige »Schwiegermutti« hatten sich gut verstanden. Schon bei ihrem ersten Zusammentreffen scherzten sie miteinander wie alte Freunde. Auch den Kosenamen »Lilli« übernahm er von ihr. Den kennt sonst niemand.

Paula war gelernte Kaltmamsell gewesen, ein ausgestorbener Beruf, den Alice mit Stolz erklärt, wenn jemand sie nach ihrer Herkunft fragt. Als sie mit ihrer Tochter allein dasaß, arbeitete Paula als Haushälterin, am liebsten in wohlbestallten Wilmersdorfer oder Charlottenburger Familien, die ihre reichverzierten Aufschnittplatten zu schätzen wussten. Trotz dieser Kunstfertigkeit musste sie mehr putzen als kochen, und sie hatte Alice schon als kleines Mädchen ermahnt, in der Schule fleißig zu sein. »Wenn du dein Leben lang für fremde Leute Kartoffeln schälen und Flecken aus ihren Laken reiben musst, sehen deine Hände irgendwann auch so aus, und das willst du doch nicht, Lilli, oder?« Bei diesen Worten hatte die Mutter dem Kind ihre Hände vors Gesicht gehalten, damit es sehen konnte, wie rot und aufgesprungen die Haut, wie angeschwollen die Knöchel waren. Alice hatte es nicht übers Herz gebracht, sich bei der Heirat von ihrem Berliner Nachnamen zu trennen oder ihn gar mit Freds urschwäbischem »Sulzberger« zu einem Doppelungetüm zu verkoppeln. »Pogge bedeutet Frosch, und das passt gut zu uns, weil wir schon oft im Sumpf gesteckt haben.« Natürlich hatte die Mutter Frösche gesammelt. Nach ihrem Tod war von den Dutzenden aus Keramik, Metall oder Stoff nur ein einziger übriggeblieben. Er ist aus grünem Glas und Alice findet, seine goldgeränderten Augen haben einen besonderen Ausdruck. Jetzt sitzt er auf ihrem Schreibtisch als kleiner, freundlicher Götze. Nicht einmal Fred weiß, wie sehr Alice hofft, dass ihre Mutter sie durch diese Augen liebevoll anschaut.

»Ich bin so froh, dass du da bist«, murmelt Alice. Sie bohrt ihr Gesicht in die warme Kuhle zwischen Freds Stoppelkinn und seinem Hals, drückt sich an ihn und atmet flach, weil sie sich für ihren morgendlichen Mundgeruch schämt. Dabei weiß sie genau, dass nichts weiter passieren wird. Das einzig Kussähnliche zwischen ihnen sind kurze Lippentupfer auf Wange, Stirn oder Nase – wo man eben hintrifft, wenn man den Mund vermeiden, aber trotzdem zärtlich sein will, zum Abschied, zum Trost an einem schlechten Tag. Ob sie darüber wirklich traurig ist, weiß sie nicht genau. Allerdings hat es eine Zeit gegeben, in der sie viel darüber nachdachte. Sie hatte sogar in der Buchhandlung vor Ratgebern gestanden, medizinische Websites besucht, am Ende aber nichts unternommen. Bis auf ein Mal. Sie erinnert sich nicht gern daran.

Die Szene steht ihr noch immer vor Augen, hier im Schlafzimmer, an einem Sommerabend bei geöffneten Fenstern. Fred lag in T-Shirt und Shorts neben ihr, das Notebook auf den Knien, konzentriert lesend. Alice war an ihn herangerückt, schob die Hand in das lockere Bein der kurzen Hose, aus der ein Teil seines Sacks hervorlugte, vertraut und rosig, mit gänsehäutiger Oberfläche und gekräuseltem Drahthaar, bei dem sich schon länger Weiß und Blond mischte. Behutsam stupste sie einen der Hoden mit dem Finger an, fühlte seine Beweglichkeit, beobachtete das lebendige Umherwandern des kleinen Organs unter der zarten Hülle der Hautfalten. Fred gab einen Laut von sich, und Alice weiß peinigend genau, wie froh, nahezu stolz sie über diese schnelle Reaktion war. Auch noch, als er das Notebook zuklappte. Dann zog er die dünne Decke hoch bis zur Brust, sah Alice über den Brillenrand hinweg an und sagte seinen üblichen Satz: »Mein Schatz, sei mir bitte nicht böse, aber ich bin gerade nicht in Stimmung.« Bei dieser Erinnerung verkrampft sich Alice unwillkürlich, so stark spürt sie ihre Niederlage auch jetzt noch, eine von vielen.

Fred bemerkt ihre Unruhe, legt seinen Arm um ihre Taille. Sie greift nach seiner Hand, hält sie fest, zieht sie unter die Decke, in die Wärme ihrer Körper. Fred strahlt Hitze ab wie immer, unmöglich, neben ihm zu frieren. Beide tragen Pyjamas. Wie im Rest des Landes steht auch bei ihnen die Heizung im Schlafzimmer auf der niedrigsten Stufe, um möglichst wenig Gas zu verbrauchen. Aus einem Porzellankübel an der gegenüberliegenden Wand wächst Zyperngras, und die Stiele werfen regenschirmartige Schatten an die hellblaue Tapete. Daneben steht ein Eames Chair unter einer geschwungenen dänischen Lampe. Als Alice und Fred sich kennenlernten, hatten sie ihre ersten Berufsjahre bereits hinter sich. Beide verdienten schon damals gut und hatten Spaß daran, sich so einzurichten, dass niemand merkte, woher sie eigentlich kamen: aus winzigen Mietwohnungen mit verschrammten Möbeln, Nachtspeicherheizungen und Schlafsofas, die ganz nah an die Glotze gerückt wurden.

Freds Mutter hat Alice nicht mehr kennengelernt. Rosina Sulzberger wirkt auf Fotos, als hätte sie ihre gesamte Kraft in den einzigen Sohn fließen lassen: eine dürre, dunkelhaarige Person mit durchdringendem Blick. Ihr Mann, findet Alice, sah neben dieser Mutter bereits als kleiner Junge aus wie ein kugelrunder, weißblonder Prinz. Als hätte Rosina ihn irgendwo geklaut. Es gibt nur wenige Fotos von Freds Mutter, auch kein Hochzeitsbild. Selten trägt sie Kostüm und Absatzschuhe, meistens den »Schaffschurz«, eine Kittelschürze, die sie nach der Schicht im Supermarkt zur Feldarbeit überzog oder um den Frauen aus der Nachbarschaft beim Putzen, Einkochen und Bügeln zur Hand zu gehen. »Sie war blitzgescheit, konnte kopfrechnen wie ein Automat. Wär sie kein Mädchen gewesen … Aber ihre Familie, lauter arme Schlucker, Tagelöhner, hatten alle nix, starben früh. Nach der Schule ging es auf den Acker. Sie hat gern einen gezwitschert, oft schon morgens, bevor sie an der Kasse saß. In meiner Jugend war dieser Supermarkt eher ein Dorfladen. Sie kannte jeden, machte Schmu bei der Abrechnung. Ich glaube, sie hat öfter geklaut, besonders zum Schulanfang. Ich hatte immer die besseren Stifte und mehr Hefte als die, deren Väter beim Daimler schafften.« Über seinen Vater erfuhr er nie etwas. Er muss blond und massiv gewesen sein, denn die »schwarze Rose« hatte ihrem Sohn nichts vererbt als ihren mathematischen Verstand und eine Vorliebe für Zigaretten. »Einmal kam sie ins Krankenhaus, eine schwere Operation wegen einer Frauengeschichte, da war ich noch in der Grundschule, und als sie da so gelb im Gesicht in ihrem Bett lag, hab ich zu ihr gesagt: Wenn du stirbst, dann schneid ich mir den Kopf ab. Daraufhin hat sie sich große Mühe gegeben, wieder gesund zu werden.«

Beim Gedanken an diese Geschichte schmiegt Alice sich enger an ihren Mann. Auf seinem Nachttisch steht eine Aufnahme der lächelnden Rosina bei der Weinlese, auf Alices Seite strahlt Paula auf dem Moabiter Balkon. Sie wären beide traurig, wenn sie wüssten, dass nach uns Schluss ist, denkt Alice plötzlich. Ihre Mutter hatte sich dringend Enkel gewünscht. Als sie starb, waren Alice und Fred erst seit kurzer Zeit verheiratet.

»Mittwoch kam eine Neue in den Chor, ein ganz junges Mädchen«, sagt Alice, als Fred ihr eine Tasse Tee einschenkt. Er hat sicher vorhin in der Küche etwas gegessen, sie hofft, nicht allzu viel. Wenn Alice an der Brust ihres Mannes lehnt, seinen Herzschlag spürt und ein wenig döst, hat sie das Gefühl, ihr könnte nichts passieren. Fred lacht. »Und sie war nicht nur jung, sondern auch total verschüchtert, da hast du sie sofort unter deine Fittiche genommen, stimmt's?« Sie zuckt die Achseln: »Muss ein Reflex sein. Sie war irgendwie besonders, konnte gut singen. Hoffentlich kommt sie nächste Woche wieder, ist ja etwas abschreckend mit uns alten Schachteln.« Fred streichelt ihre Wange. »Meine Frau ist keine alte Schachtel. Was möchtest du frühstücken?«

Später sitzen sie in der Küche. Fred schüttet tiefgekühlte Beeren in den Mixer, gibt Joghurt und Honig dazu. Das knallrote Gerät von KitchenAid war ein Geburtstagsgeschenk. Alice hakt ihre Füße in das Gestänge des Barhockers und fragt: »Wozu haben wir eigentlich ein Esszimmer, wenn wir doch nur hier rumhängen?« »Für heute Abend, wenn ich dich bekoche. Mit hausgemachter Pasta und Lammfilet an Morchelsauce.« Er macht eine Pause und versucht ebenso arrogant zu klingen wie Anthony Hopkins als Hannibal Lecter, bevor er einen Satz des kannibalischen Psychiaters zitiert: »Dazu einen ausgezeichneten Chianti.« Alice lacht. »Ach du, jetzt habe ich keine Lust mehr auf dein Essen.«

›Das Schweigen der Lämmer‹ ist einer von Freds Lieblingsfilmen. Sie hatte ihn sich deshalb auch einmal angetan, stellenweise mit geschlossenen Augen.

»Morcheln und Filet musst du noch besorgen, oder?« Fred mixt sich einen zweiten Smoothie. Die flinken, geschickten Bewegungen, wie er die Beeren aus der Pappschachtel in das Glasgefäß schüttet, zeigt er nur bei der Küchenarbeit. Sonst spart er seine Kraft. »Ich mache mich bald auf den Weg in die Markthalle. Zu Fuß.« Alice steht auf, umarmt ihn und legt den Kopf an seine Schulter. »Du musst wirklich abnehmen, Fred.«

Alice stellt ihren Wagen im Züblinparkhaus ab, obwohl sie einen eigenen Platz in der Garage des Kaufhauses hat. Vor ihrem einzigen Termin heute hat sie noch etwas Zeit und schlendert durch den Dachgarten auf dem Oberdeck. Aus Holzkisten ragen die Stängel meterhoher Sonnenblumen vom Vorjahr, die Köpfe tief gebeugt. Spatzen und Meisen ziehen die letzten Samen heraus und fliegen auf, als Alice sich nähert. Außer ihr ist niemand hier oben. Im ersten Corona-Sommer hat sie diesen Ort entdeckt und sich manchmal nach der Arbeit mit Freundinnen zwischen den selbst gezimmerten Hochbeeten getroffen. Kräuter, Blumen und sogar Gemüse wuchsen überall, versorgt von jungen Leuten, die eifrig Wasserkannen schleppten, jäteten oder rauchend in Liegestühlen saßen.

Heute fährt ein kalter Wind durch das abgeerntete Gestrüpp, und Alice schlägt den Kragen hoch, blickt kurz über die Stadt, die wuchtige orangebraune Leonhardskirche gleich nebenan, den krausen Waldrand, aus dem die silberne Nadel des Fernsehturms hervorsticht, und ihren eigenen Hügel, auf der anderen Seite der Stadt. Zuerst verstand sie nicht, weshalb Einheimische häufig mit einem geknurrten »Aha, auf dem Killesberg« reagierten, wenn sie ihre Adresse erfuhren. Inzwischen weiß sie, wie begehrt diese Wohngegend ist. Auch Marie war eine von denen, die sich einen Kommentar nicht verkneifen konnten.

Das Smartphone vibriert, der Kalender. In einer Viertelstunde will Alice im Büro sein. Yvonne, eine der besten im Team, wird am Montag zum ersten Mal Vorstellungsgespräche für eine neue Abteilungsleiterstelle moderieren; sie ist nervös und hat Alice gebeten, den Ablauf mit ihr zu proben. Gemächlich trödelt sie von Parkdeck zu Parkdeck, betrachtet die Bilder und Graffiti an den Wänden, seltsame Fotos in riesigen Formaten. Bisher hat sie sich noch nie Zeit dafür genommen. Vor einem bleibt sie stehen, eine Nixe mit schuppigem Schwanz, auf ein Kissen gebettet. Erst als sie näher tritt, stellt sie fest, dass das Meerwesen ein junger Mann ist, das Kissen aus Reis geformt und der Fischjunge als lebendiges Sushi an die körnige Unterlage gefesselt. Sie weicht zurück, läuft schneller. Plötzlich kommt ihr alles verstörend vor: der kleine Junge mit der Fleischwurst, die er in der Armbeuge wiegt wie ein Baby, daneben ein Monstrum, ein wandelnder Haufen pinkfarbener Fettwülste. Fast wäre sie gestolpert, bleibt kurz stehen, greift in ihrer Manteltasche nach der Kastanie. Als sie die eingetrocknete Frucht mit den Fingern umschließt, denkt sie an ihren Mann. Auch er trägt eine Kastanie in seiner Tasche. Sie stammen von dem alten Baum hinter ihrem Wohnhaus. Alice sammelt in jedem Herbst einen Schuhkarton voll mahagoniglänzender Früchte. Wenn in der Adventszeit die Patenkinder übers Wochenende kommen, wird damit gebastelt. Sie fragt sich, ob Sophie das Exemplar in der Daunenjacke schon entdeckt hat.

Kurz darauf schlendert Alice die Marktstraße entlang und betritt das Kaufhaus durch den Haupteingang wie eine gewöhnliche Kundin. Dies hat in all den Jahren, die sie hier arbeitet, nichts von seinem Reiz verloren. Um in ihr Büro zu kommen, müsste sie die Verkaufsflächen nicht durchqueren.

Alice ist keine große Shopperin, sie nutzt den Mitarbeiterrabatt am ehesten, um Fred oder ihre Freundinnen zu beschenken. Aber sie bewegt sich gern durch diese heile Welt der schönen Dinge, angefangen bei den sorgfältig dekorierten Schaufenstern draußen. Die unerschütterliche Pracht der Kleider, Parfums und Handtaschen, der feuchte, farnartige Dunst aus dem Blumenladen, in dem noch der kleinste Kaktus wie ein Designobjekt arrangiert ist, die Confiserie mit ihren farbenfrohen Törtchen, Macarons und Pralinenbergen, das Café unter der Kuppel, der gläserne Aufzug – all das zu betrachten, hat eine beruhigende Wirkung auf sie. Ganz natürlich, dass ein White Trash Girl wie Holly Golightly sich bei Tiffany's geborgen fühlt, umgeben von der Sicherheit des Luxus. Hier steht niemand mit sorgenvoller Miene vor den Waren und rechnet an seinen Fingern aus, was er sich leisten kann.

Nur noch wenige Daunenjacken und Steppmäntel hängen auf Ständern für den Sale. Hier drinnen, bei Kunstlicht und Klimaanlage, interessiert der Winter keinen. Abwesend lässt Alice einen wattierten Ärmel durch die Finger gleiten. Ob sie ihre Jacke jemals wiedersieht? Eigentlich glaubt sie nicht, dass Sophie eine Diebin ist. Vor einer Gruppe gesichtsloser Puppen in der Frühjahrskollektion eines italienischen Designers verharrt sie, überlegt, wie Sophie das zitronengelbe Kleid, der kakaobraune Jumpsuit stehen würden. In Gedanken zieht sie das blasse Mädchen an und aus wie eines dieser Papiergeschöpfe zum Ausschneiden. Die Unterwäsche, geblümte Höschen und Hemdchen, war auf ihre Leiber gedruckt. Ob Sophie überhaupt Spaß an Mode hat? Alice fühlt sich unsicher in gewagteren Outfits. Anfangs hat Fred ihr manchmal Kleider geschenkt, schwarze Wäsche, Pullis mit tiefen Ausschnitten. Er hörte damit auf, als er merkte, dass sie die Sachen nur zu Hause trug.

»Anstatt hier rumzustehen und Löcher in die Luft zu starren, sollten Sie sich lieber um die Kundschaft kümmern! Ich suche einen Mantel für meine Mutter. Die ist gehbehindert und sitzt da hinten. Eine Unverschämtheit ist das! Sie kommen jetzt sofort mit mir, wir warten hier nicht noch länger!« Alice dreht sich um. Eine Frau ihres Alters tritt zu nah an sie heran, stark geschminkt und üppig mit Gold behängt, die Augen zusammengekniffen. Sie atmet schwer und presst den Henkel ihrer Handtasche so fest, dass die Knöchel weiß hervortreten. Alice lächelt mit aller Kraft: »Oh, verzeihen Sie bitte, ich war tatsächlich unaufmerksam. Sie möchten, dass Ihre Frau Mutter bedient wird? Bitte, folgen Sie mir.« Damit geht sie vorbei an Regalen, Kleiderstangen und Dekorationsinseln, bis sie eine Verkäuferin entdeckt. Sie winkt und wird sofort erkannt. Eilig kommt die Frau auf sie zu. »Guten Tag, Vera.« Alice liest ihren Namen vom Schild an der Bluse ab. »Ich habe hier eine Kundin für Sie.« Freundlich wendet sie sich an die aufgebrachte Frau: »Vera wird sich sofort um Sie und Ihre Frau Mutter kümmern.« Die Verkäuferin nickt eifrig, die überrumpelte Kundin bringt nur ein »Danke schön« heraus. Alice deutet eine Verbeugung an und macht sich auf den Weg zur Rolltreppe.

Sie hofft, der Frau den Wind aus den Segeln genommen zu haben, damit sie ihre Laune nicht an der Verkäuferin auslässt. Nicht zum ersten Mal wird Alice mit dem Verkaufspersonal verwechselt. Einst haben sie solche Szenen amüsiert, doch seit der Coronazeit ist der Ton härter geworden. Erst gestern musste sie eine weinende Abteilungsleiterin beruhigen, die von einem Kunden auf das Übelste beschimpft worden war. Der Mann hatte der Angestellten vor die Füße gespuckt und Waren aus den Regalen gerissen, weil ein Pullover in seiner Größe nicht am Lager gewesen war.

Immer wieder wird sie gegrüßt, eigentlich lächelt sie, seit sie das Gebäude betreten hat. Viele kennen ihr Gesicht von den Mitarbeiterevents und Schulungen. Im obersten Stock biegt sie zu den Büros ab. Yvonne wartet bereits vor dem Konferenzraum, unterm Arm ihr Notebook und einen Stapel mit ausgedruckten Bewerbungen. Sie sieht blass aus, wahrscheinlich hat sie wenig Schlaf bekommen, ihre Kinder sind noch klein. Als sie Alice bemerkt, wirkt sie erleichtert.

Anderthalb Stunden später nimmt Alice den Aufzug zur untersten Ebene. Fred und sie sind hier bei den Kassen verabredet. Mittlerweile haben sich die Räume mit samstäglichen Shoppern gefüllt. Sie beobachtet gern die Kundschaft, die sie während ihrer Arbeitszeit praktisch nicht zu Gesicht bekommt. Die meisten sind stadtfein gekleidete ältere Leute, aber auch Elternpaare oder einzelne Väter und Mütter, gekommen, um den Nachwuchs auszustaffieren, dazu Großeltern mit jugendlichen Enkeln. Hier wird die Familientradition fortgesetzt, denkt Alice zufrieden. Dazwischen drängen sich vereinzelte Gruppen junger Männer oder Frauen in legerer Kleidung, denen das Erstaunen über die Preise ins Gesicht geschrieben steht. Wer etwas erworben hat, trägt mit einem gewissen Triumph die orangefarbene Papiertüte mit dem Logo des Hauses vor sich her. Wenn sie dieses Leuchten irgendwo in der Stadt bemerkt, fühlt sie noch immer einen gewissen Stolz.

»Jetzt fress ich dich!« Etwas Weiches legt sich über ihr Gesicht, die Stimme hinter ihr klingt dumpf wie durch ein Rohr. »Wer ist da?«, flüstert Alice. Vor Schreck steht sie steif und rührt sich nicht. Jetzt wärst du bereits tot, abgestochen, denkt sie, lauf weg, du dumme Kuh! Mit einer ruckartigen Bewegung befreit sie sich aus dem Griff, wird aber erneut gepackt. »Alice, ich bin's doch bloß, reg dich ab!« Sie fährt herum. Vor ihr steht Luzie, Maries jüngere Tochter, und lacht so, dass sie sich verschluckt. Luzie trägt ein Affenkostüm, blaue Hose mit Schlitz für den langen Schwanz, roter Pulli mit Logo, Pfoten und einen riesigen Kopf. Den hat sie bereits abgenommen und auf einen Verkaufstisch gelegt. »Oh Alice, entschuldige bitte, ich hab dich echt erschreckt, gell?« Sie keucht und kichert. »Das wollte ich nicht.« Luzie sieht ihrer Mutter überhaupt nicht ähnlich, sie ist groß und blass, hat ein schmales Gesicht mit blauen Augen, leicht gebogener Nase und messingblondem, kurzgeschnittenem Haar. Insgesamt wirkt sie wie eine weichere und jüngere Version ihres Vaters. Nur der spöttische Mund, der aus dem Lachen gar nicht mehr herauskommt, stammt eindeutig von Marie. »Oh Luzie!«, stöhnt Alice. »Arbeitest du immer noch hier?« »Ach was, schon lange nicht mehr. Ich bin nur heute eingesprungen, für eine kranke Ex-Kollegin. Ich studiere jetzt und jobbe in einem Kiosk.« Sie wischt sich eine verschwitzte Strähne aus dem Gesicht. Alice weiß, dass der Job als Kaufhaus-Maskottchen nicht besonders beliebt ist. Unter dem Kostüm ist es heiß, außerdem darf der Affe nicht mit der Kundschaft sprechen und wird, besonders in letzter Zeit, immer wieder geärgert, manchmal sogar geschlagen. »Toll«, lobt Alice. »Wohnst du noch bei deinen Eltern?«

Luzie hat die Pfoten abgestreift und zieht ihnen die Daumen lang. »Ja, immer noch in der Danneckerstraße. Da hab ich den Hund, und Papa ist da, keiner lenkt mich vom Lernen ab, zum Job kann ich zu Fuß gehen, schon nice, das alles.« Sie legt den Kopf schief. »Trotzdem peinlich, ich weiß.« »Du musst dich nicht rechtfertigen. Stuttgart ist teuer.« Luzie tritt von einem Bein aufs andere. Alice hat sofort registriert, dass ihre Mutter auf der Liste der häuslichen Vorzüge nicht vorkam. »Was studierst du denn?« »Ich hab mich in Hohenheim für Digital Business Management beworben, bloß aus Quatsch, dachte nie, dass die mich nehmen. Jetzt macht es voll Spaß.« Während sie von ihrem Fach erzählt, gestikuliert sie eifrig. Plötzlich verstummt sie und sieht Alice durchdringend an. »Ohne dich hätte ich meinen Arsch wahrscheinlich nicht so schnell hochgekriegt.« Ihre Augen haben keinerlei Ähnlichkeit mit Maries fast schwarzem Blick. »Du hast mich motiviert, bei unserer Fahrt damals. Das wollte ich dir schon lange sagen. Warum kommst du nicht mehr vorbei? Als ich Marie neulich nach dir gefragt habe, hat sie mich nur angezickt.« Alice fragt sich, ob ihr Gesichtsausdruck sie verrät. Sie holt Luft und noch immer fällt ihr keine Ausrede ein, als eine ältere Angestellte auf Luzie zukommt. Freundlich, aber bestimmt fragt sie: »Luzie, wo ist Ihr Kopf? Und Ihr Körbchen? Im Kassenbereich sehe ich eine Menge jüngerer Kunden, die das Maskottchen treffen wollen.« Das Mädchen zuckt die Schultern: »Ich hab eh keine Give-aways mehr.« Die Frau runzelt die Stirn. »Dann besorgen Sie sich Nachschub!« Luzie schiebt die Unterlippe vor, stülpt aber den Affenkopf und die Handschuhe über, tritt auf Alice zu, legt ihr eine Pfote auf die Schulter. »Mach's gut, Alice!« Ihre Stimme klingt jetzt wieder gedämpft. Aus dem Kostüm strömt der Geruch von Schweiß, Deo und Süßigkeiten. Mit einem wilden Sprung hüpft der Affe davon, gefolgt von der Mitarbeiterin, die ihn nicht aus den Augen lässt. Besser so, denkt Alice.

Luzie, ausgerechnet. Sie hat Maries Tochter seit ihrem

Zerwürfnis nicht mehr gesehen, doch an den Abend, als sie zum ersten Mal länger miteinander geredet haben, erinnert sie sich gut. Marie hatte sie nach dem Chor eingeladen, bei ihr zu Hause noch ein Glas zu trinken. Sie saßen in der Küche an dem runden Holztisch, der immer mit Büchern, Zetteln und Haargummis übersät war, als Luzie grußlos eintrat. Marie klagte ständig über ihre jüngere Tochter, nannte sie »mein Sorgenpüppchen« und beschwerte sich, dass sie trotz eines guten Abiturs den ganzen Tag im Bett Serien schaute und abends mit Freunden herumhing.

Das Mädchen ging zum Herd, dicht hinter ihr die kleine Hündin der Familie, hoffnungsvoll wedelnd und schnüffelnd. Dann schaufelte sie sich aus den bereitstehenden Töpfen eine monströse Portion Nudeln mit Sauce auf einen Teller, lehnte aber die Einladung ihrer Mutter, sich zu ihnen zu setzen, mit einem mitleidigen Lächeln ab. »Ich will lieber meine Ruhe«, sagte sie, griff nach dem Knoblauchbrot, das Marie zum Wein aufgebacken hatte, warf ein paar Scheiben auf die dampfende Pasta und lehnte sich gegen den Kühlschrank. Wie ein Raubtier, das seinen Anteil in Sicherheit bringt, dachte Alice. Marie fragte nur: »Hat deine Schwester schon gegessen?« »Nein, zum Glück nicht, sonst wäre nix mehr da.« Marie erhob sich kopfschüttelnd. Die Hündin sprang an ihren Beinen hoch. »Mignon, mein Süßes, ich hab dich nicht vergessen!« Mignon, was für ein bescheuerter Name für einen Hund, dachte Alice. Marie nahm ein Stück Parmesan aus dem Kühlschrank und warf es in Richtung der Hündin. Alice sah, wie das Tier den Käse auffing. Die Beute im Maul verzog sich Mignon auf den Flurteppich, knackte den harten Kanten mit den Backenzähnen in kleine Stücke, die sie hinunterschlang, um sofort wieder in die Küche zurückzukehren; unter Maries Stuhl blieb sie sitzen, leckte erst die Hand der Herrin, dann ihre bloßen Füße. Marie schien gar nicht zu merken, wie eifrig die lange Zunge dort beschäftigt war. Dünne Goldringe steckten an ihren mittleren Zehen, die viel länger waren als die übrigen.

Alice verzog den Mund, sie konnte ihren Ekel nicht unterdrücken. Luzie kicherte und zeigte mit dem Finger auf sie. »Siehst du, sogar die anderen Muddis finden es komisch, was du Mignon alles erlaubst. Selbst in dein Bett darf sie. Das hast du uns früher verboten, wegen Zecken und so.« Marie riss die Füße hoch, schaffte es tatsächlich, sich im Schneidersitz auf dem Küchenstuhl zusammenzufalten. Ihre Wangen und die kräftige Nase glänzten.

»Ich bin außerdem keine Muddi«, warf Alice ein, um der Freundin gegen das Sorgenpüppchen beizustehen. »Ach was, ihr seid doch alle Muddis und könnt gar nicht anders, als uns zu bevormunden. Ihr ertragt es nicht, dass ihr nicht mehr gebraucht werdet.« Das Mädchen genoss diesen Auftritt. »Luzie!« Maries Ton war scharf. Alice wiegelte ab. »Schon gut, das kann sie doch nicht wissen.« Mit einem Seufzer stand Marie auf, füllte jetzt ebenfalls einen Teller und verließ die Küche. Alice hörte, wie sie an die Tür der anderen Tochter klopfte. Luzie ließ sich blitzschnell auf den Platz ihrer Mutter fallen, griff nach Maries Weinglas und leerte es zur Hälfte. Sie schenkte sich erneut ein, sah Alice nur an, als diese sagte: »Marie kuschelt vielleicht auch gern mit Mignon, weil deine Schwester und du das nicht mehr wollt.« »Pfff, wir kuscheln genug zusammen, glaub mir. Manchmal liegen wir alle in einem Haufen auf der Couch und kraulen uns gegenseitig.« Sie nippte am Wein. »Mama übertreibt alles. Sie behandelt diesen Hund wie ein Kind.« Alice lachte. »Vielleicht ist Mignon ja eine verzauberte Prinzessin.« Luzies Gesicht verzog sich zu einem breiten Grinsen. »Ja, safe!« Sie schnitt eine Grimasse, streckte kurz die Zunge heraus. Alice starrte auf das Piercing, ein silberner Punkt genau in der Zungenmitte. Luzie biss in ein Stück Knoblauchbrot und sagte kauend: »Du hast echt keine Kinder?« Alice schüttelte nur den Kopf, wartete auf übergriffige Fragen. Ihre Antworten würden wie im Schlaf kommen, weil sie den Schmerz nicht mehr spürte. Das Mädchen runzelte die Stirn. »Find ich gut, wo doch der Planet ohnehin bald schlappmacht. Ich will auch keine.«

Das Glas war leer, sie verschlang das letzte Stück Brot und wischte sich die fettigen Finger an ihrer Jogginghose ab. »Marie meint immer, ich sei der Nagel zu ihrem Sarg.« Als sie aufstand, dachte Alice, dass ihr Gesicht mit dem ausgeprägten Kinn auch einem Jungen gehören könnte, einem Jungen mit glatter Haut, der sich nicht um das Urteil der anderen kümmert. »Du nennst deine Mutter Marie?«, fragte sie, um von dem Kinderthema wegzukommen. »Nur, wenn ich sie ärgern will.« Luzie lachte wieder. »Sie möchte ja um jeden Preis La Mama sein, die Nahrungsspenderin, die Wärmepumpe, die Göttin des Herdfeuers. Papa und ich würden auch TK-Pizza essen, und Hannah wohnt eh in Tübingen, die ist nur heute Nacht hier. Niemand zwingt Marie, jeden Tag stundenlang zu kochen und uns alle zu bedienen. Sie macht es einfach.« Alice weiß noch, wie selbstbewusst das Mädchen aus der Küche schritt, den Teller mit lauwarmem Essen in der Hand. Marie war zurückgekommen, und sie öffneten eine weitere Flasche Wein; die Freundin erzählte von ihrem Mann. Götz, den Alice nur wenige Male zu Gesicht bekommen hatte, schien sich mehr um seine Patienten zu kümmern als um Frau und Töchter. Seit ein paar Wochen hatte er einen älteren Alkoholiker unter seine Fittiche genommen, einen Maler und Lackierer, den er täglich einbestellte, um zu kontrollieren, ob er getrunken hatte, und mit dem er lange Gespräche führte, selbst an den Wochenenden. Alice erzählte wenig von Fred, sie wollte Marie nicht traurig machen.

Als sie schließlich beschwipst die Haustür aufdrückte, überlegte sie, ob sie das Auto stehenlassen und ein Taxi nehmen sollte. Da dröhnten Schritte durchs Treppenhaus, dann stand Luzie vor ihr, einen Autoschlüssel schwenkend. Oben wurde die Wohnungstür zugeknallt. »Ich fahr dich rum, du bist dicht, hat Marie gesagt.« »Aber du hast doch auch getrunken«, stammelte Alice. »Ein Glas, vor Stunden. Komm schon!« Vor dem Haus blieb Alice abrupt stehen: »Ich brauche noch meine Tasche, für die Arbeit.« Sie ließ den Kofferraum des Audi aufspringen. »Alter!«, rief das Mädchen. Sie trat an den Wagen heran, streckte die Hand aus, legte sie behutsam auf den Kühler, als berührte sie etwas Lebendiges. »Lässt du mich fahren?« Alice schaute wohl entsetzt, denn Luzie baute sich mit durchgedrücktem Kreuz und seitlich angelegten Armen vor ihr auf wie beim Strammstehen. »Das ist doch viel praktischer für dich. Ich hab nur fünfzehn Fahrstunden gebraucht.« Alice schüttelte den Kopf. »Unsinn. Wie willst du denn wieder nach Hause kommen? Wir wohnen am Killesberg, das liegt auf der anderen …« »Ich weiß genau, wo das ist. Komm schon, Alice! Es tut mir gut, wenn ich das Stück zurücklaufe. Papa meckert immer, dass ich nie an die frische Luft gehe. Okay?«

Luzie fuhr vorbildlich. Den Geldschein für eine Taxifahrt nach Hause akzeptierte sie erst, als Alice meinte, sie habe keine Lust, sich die ganze Nacht Sorgen zu machen.

»Stimmt es, dass du nur in deinem Zimmer rumliegst?«, fragte sie, als sie am Rande des nächtlich beleuchteten Europaviertels an einer roten Ampel hielten. Hinter dem riesigen Betonquader eines neuen Hotels war vom blau schimmernden Würfel der Stadtbibliothek nur ein schmaler Streifen zu sehen. Die wuchtige Kalksteinfassade des Hotel Camino erstrahlte orange im Licht der Straßenbeleuchtung. Luzie nahm den Blick nicht von der Fahrbahn. »Hat Marie sich bei dir ausgekotzt?« Sie rümpft die Nase. »Schule ist mir nie schwergefallen. Da weißt du immer, was zu tun ist. Wie diese Holzeisenbahn, die wir früher hatten. Du fährst jeden Tag den Schienenkreis lang, rundherum – Haus, Wald, Haus und am Schluss der Bahnhof. Du weißt genau, was kommt. Eigentlich hab ich gedacht, ich wäre froh, wenn ich da raus bin.« In perfekten Kurven glitt der Wagen die breiten Straßenschlaufen hinauf. Alice betrachtete Luzies Hände auf dem Lenkrad, sie trug keine Ringe, nur einen tätowierten Smiley auf dem untersten Glied des Mittelfingers.

»Magst du Kinder? Verkleidest du dich gern?« Jetzt ließ Luzies Aufmerksamkeit kurz nach, sie drehte den Kopf zu Alice. »Häh?« »Das heißt: Wie bitte?«, korrigierte die Ältere. Luzie wirkte verwirrt, übersah beinahe eine rote Ampel und bremste abrupt. Alice schloss kurz die Augen, das Mädchen murmelte eine Entschuldigung. Eine Weile steuerte sie schweigend bergan, entlang den leeren, von Villen und Gärten gesäumten Straßen. Im Kessel funkelten die Lichter der Innenstadt. »Ich hab nichts gegen Kids. Verkleiden – na ja. Höchstens an Halloween. Was soll das werden?« Ihre Stimme klang misstrauisch. Alice richtete sich in ihrem Sitz auf. »Wir haben im Kaufhaus nicht genügend Leute für die Affen-Maskottchen an den Samstagen, von denen sind die Kinder nach wie vor begeistert. Du stehst im Kostüm im Kassenbereich und verteilst kleine Überraschungen. Oft wirst du nach einem Selfie gefragt werden. Bei größeren Events bist du mit dabei. Sprechen musst du nicht, das geht auch gar nicht mit dem dicken Plüschkopf. Der Affe ist das Gesicht unseres Hauses für die Jüngeren, sie verbinden mit ihm von Anfang an ein angenehmes Einkaufserlebnis.« Luzie wechselte die Spur, fuhr langsamer, blinkte, bog in die Einfahrt neben Alices Wohnhaus ein. »Dein Ernst jetzt?« Sie stellte den Motor ab, und Alice öffnete ihren Gurt. »Kannst du dir das vorstellen?« Luzie gähnte, streckte die langen Beine aus. »Also ein Kumpel von mir hat mal in den Sommerferien den Affen gemacht. Er meinte, das sei der absolute Scheißjob gewesen. Allein aus dem Fummel rauszukommen, wenn er mal aufs Klo musste! Am schlimmsten war, dass manche Kinder zu heulen anfingen und vor ihm davonrannten, wenn er ihnen was aus seinem Korb geben wollte.« Alice lächelte. »Willst du nicht selbst ausprobieren, wie du diese Herausforderungen bewältigst? Ich dachte, du wärst eine taffe Person.« Luzie kicherte. »Du bist schon schräg, Alice.«

Als Maskottchen zu arbeiten, hielten die wenigsten lange durch. Auch Luzie nicht. Einmal war Alice bei ihr vorbeigekommen und hatte ihr einen Kaffee spendiert. Seit dem Bruch mit Marie waren sie einander nicht mehr über den Weg gelaufen.

»Entschuldige, Lilli, ich hab zu lange getrödelt.« Fred schiebt sich durch die Kauflustigen, er trägt ein altes kariertes Sakko unter seinem Mantel, aus der Basttasche über seiner Schulter schaut eine Stange Lauch. Alice lässt sich von ihm umarmen, sie nimmt seine Hand, und die beiden treten aus dem Kunstlichtpalast hinaus in den kalten, hellen Mittag.

# 4

Schon wieder Mittwoch. Die Zeit rast. Wo ist sie nur geblieben? Alice steht gähnend neben Lena. Eben hat sie tatsächlich mit der Freundin in diesen Phrasen geredet. Das bunte Plakat der Kinderkirche an der Wand gegenüber verschwimmt vor ihren Augen. Manchmal fühlt sie sich nach der Arbeit wie ein ausgewrungener Lappen und zu müde, um etwas anderes als Satzbausteine hervorzubringen.

Gerade sind sie mit dem Einsingen fertig. Alle im Saal kommen ihr unerträglich munter und ausgeruht vor. Sie möchte sich nicht unterhalten, hat eine Maulsperre nach den ganzen Meetings, One-to-ones, Calls und wie Besprechungen sonst noch genannt werden. Lena tippt sie an, in der offenen Hand eine flache Dose, den Deckel hat sie bereits abgeschraubt. Terje steht vorn am Klavier und sortiert Kopien. Schnell angelt Alice ein Stück Schokolade heraus, stopft es in den Mund und hört, wie Lena brummelt: »So ist es brav.« Diese »eiserne Reserve« hat sie immer dabei, Scho-Ka-Kola, Kakao und Koffein. Kauend schaut Alice zur Tür. Sophie ist nicht da, stattdessen eine pünktliche Marie, die beim Zunicken sogar lächelt. Ob Luzie ihrer Mutter von der Begegnung im Kaufhaus erzählt hat? Alice schluckt den süßen Bissen hinunter, als Terje in die Runde schaut, jemanden weit hinten fixiert, schließlich mit erkennbarer Ungeduld winkt: »Komm schon Cora! Trau dich!« Natürlich verdrehen alle die Köpfe.

Das Gesicht der Angesprochenen ist blass und angespannt. Langsam tritt sie vor, eine großgewachsene Frau mit gebeugten Schultern, den Blick zu Boden gerichtet, als sie sich nach vorne schiebt. Sie schlurft auf die Chorleiterin zu, so schwerfällig, dass Alice einen Blick mit Lena tauscht. »Was ist denn mit der los?«, flüstert sie. Statt einer Antwort bläst Lena nur die Backen auf und verdreht die Augen. Seit Cora im letzten Sommer bei den Cantarinen aufgetaucht ist, hat sie öfter für seltsame Momente gesorgt. Das findet zumindest Alice. Sie hatte sich erlaubt, mit Lena ein wenig zu lästern. Die Ältere war ungewohnt deutlich geworden: »Ich bin gleich auf sie zugegangen und habe sie willkommen geheißen, mich vorgestellt. Und was macht dieses Mondkalb?« Lenas dünne weiße Brauen zogen sich in Erinnerung an Coras Reaktion zusammen. »Sie schaut mich an, als hätte ich sie aus dem Tiefschlaf gerissen, verzieht keine Miene, sagt: Aha, murmelt ihren Namen, wendet sich ab und lässt mich stehen. Sie rannte förmlich vor mir weg.« Auch wenn Alice Boshaftigkeiten normalerweise verabscheut, kann sie sich nicht verkneifen, die Neue seitdem »das Mondkalb« zu nennen. Cora gibt sich einfach keine Mühe. Zwar erscheint sie überpünktlich, hält sich aber rauchend abseits, bis die Probe beginnt. Nie verliert ihr hageres Gesicht seinen abweisenden Ausdruck, und mit anderen spricht sie nur, wenn sie etwas gefragt wird.

Als Alice Cora zum ersten Mal begegnete, bei einer dieser Sommerproben unter freiem Himmel, lehnte sie am Rand des Brunnens in der hintersten Ecke des Parks. Cora drehte den Kopf ständig von einer Seite zur anderen. Alice musste an eine Geschichte denken, die sie als Schülerin gelesen hatte. Sie handelte von einer Frau, die im Zoo vergeblich auf ihren Geliebten wartete. Wie die Eisbären im Gehege verdrehte sie unaufhörlich suchend den Kopf, in der Hoffnung, den Mann doch noch zu erspähen. Mit einem Eisbären hatte Cora keinerlei Ähnlichkeit. Für die Jahreszeit war sie zu warm angezogen, in Jeans, klobigen Sneakers und einem Sweatshirt. Auf dem verschatteten Rasen versammelten sich die Chorschwestern mit den Notenständern, eine geräuschvolle Runde in Sommerkleidern und Strohhüten. Jemand hatte sogar ein paar Flaschen Prosecco mitgebracht. Alice hörte Korken knallen, lächelte der Fremden kurz zu, aber die reagierte nicht. Alice trug an diesem Tag selbst ein leichtes Kleid, weißblau gestreift und ärmellos. Fred hatte es ihr am Comer See gekauft, der letzte Urlaub vor Corona. Gerade wollte sie zu den anderen hinübergehen, als die Fremde hektisch zu winken begann. Alice folgte ihrer Blickrichtung und entdeckte Marie am anderen Ende der Allee, ebenfalls winkend, den Weg entlangeilend, in einem roten Kleid, dessen dünne Träger über ihre nackten braunen Schultern liefen. Marie zu sehen, wie sie lachend und rufend auf sie zukam, aber nicht sie, sondern diese andere Frau meinte, hielt sie kaum aus.

Alice hatte sich umgedreht und war auf die Gruppe im Gras zugestolpert, hatte nach einem Pappbecher mit zu warmem Prosecco gegriffen, das Zeug hastig hinuntergekippt und sich gleich noch einmal nachschenken lassen. Erst beim Singen wagte sie, wieder zu Marie hinüberzublicken. Terje ließ sie einen Kreis bilden und sang mit ihnen »Geh aus, mein Herz und suche Freud«. Alice weiß noch, wie trocken ihr Mund wurde, als sie von Lilie und Tulipan und dem Täubchen in seiner Kluft sang, wie die Übelkeit in ihr hochstieg und sie sich wünschte, nichts getrunken zu haben.

Die Frau vom Brunnen, die Eisbärenfrau, stand direkt

neben Alice, und sie betrachtete sie zwischendurch verstohlen, allein schon, um Marie nicht voll im Blick zu haben. Die Stimme der Neuen klang ziemlich tief. Alice wunderte sich, dass sie sämtliche Strophen des Paul-Gerhardt-Liedes auswendig konnte. Das Notenblatt knüllte sie zu einer Kugel zusammen. Alice schätzte sie auf Ende dreißig. Ihr Gesicht war ungeschminkt, das braune Haar am Hinterkopf zu einem straffen Pferdeschwanz gebunden, in den Ohren hing verschnörkelter Schmuck, Perlen in altmodischen Goldfassungen, sicher echt, aber hässlich. Gleich nach der Probe kam Terje auf sie zu: »Dich hab ich sofort herausgehört! So ein toller, voller Alt!« Alice, die mit Lena auf einer Bank in der Nähe saß, beobachtete, wie die Neue bei diesen Worten zu Marie hinübersah, als wüsste sie nicht, ob mit dem Lob tatsächlich sie gemeint war. Marie trat an ihre Seite, nickte strahlend und sagte: »Da habe ich uns eine Superstimme mitgebracht! Cora wohnt jetzt auch im Viertel, wir kennen uns aus Untertürkheim, wo meine Mama gelebt hat, und als sie mir neulich über den Weg lief, dachte ich, der Chor sei gut für sie, um in der Nachbarschaft anzukommen.«

Alice war sitzen geblieben, erstarrt wie ein Käfer in Gefahr, sah zu, wie Marie jetzt die Neue vorstellte, als sei sie ihre Tochter oder kleine Schwester. »Cora gehörte zu den guten Geistern meiner alten Mutter, ihr ist es zu verdanken, dass sie bis zum Schluss in ihrem Haus bleiben konnte.« Cora selbst sprach fast gar nicht, sie streckte erst die Hand zum Gruß aus, zog sie aber schnell wieder zurück, als sie ihren Fauxpas bemerkte. Ihre Worte kamen stockend und dialektgefärbt, sie hörte nicht auf, Marie »Frau Coppelius« zu nennen, obwohl diese und Terje sie darauf hinwiesen, dass im Chor das Du gebräuchlich sei. »Früher, als Kind, da hab ich schon gesungen, und die Frau Copp …, die Marie meinte, ich soll doch mal herkommen, wo ich jetzt um die Ecke wohne, mit dem Sreten.« »Mein Sohn«, schob sie nach. »Er holt mich gleich ab, ich muss noch arbeiten.« Ihre Stimme wurde zum ersten Mal lebhafter. »Für den ist es besser hier, der hat was mitgemacht, seit sein Papa weg ist.«

Marie nickte: »Ihr lebt euch bestimmt rasch ein, das ist ein so schönes Viertel. Und man ist gleich im Wald. Seid ihr schon mit der Zacke hochgefahren? Die hält doch praktisch vor deiner Haustür, Cora.« Alice wusste, mit der »Zacke« war die Zahnradbahn gemeint, ein unscheinbares Gefährt, von dem die Stuttgarter, Fred natürlich auch, merkwürdig liebevoll sprechen.

Cora hatte Maries Frage nicht beantwortet. Sie knetete die trockenen Spitzen ihres Pferdeschwanzes, als sie sagte: »Wir haben lang warten müssen auf die Wohnung. Zum Glück waren wir schon drin, bevor die ganzen Ukrainer kamen, sonst hätten wir sie gleich vergessen können. Die zahlen denen ja sogar ein Hotel, ein teures, wenn sie nicht sofort irgendwo unterkommen. Aber ich hab unten am Stöckach in einer Unterkunft gelebt.« Alice verstand nicht, was Cora damit meinte, wollte aber nicht nachfragen. Auch die anderen Frauen schwiegen. Marie verzog den Mund. »Hier lernst du ganz fix neue Leute kennen«, sagte sie etwas zu laut und tätschelte Coras Arm. Terje verabschiedete sich, Marie zählte Cora weitere Vorzüge des Lehenviertels auf, die Buchhandlung, das Café, das zum Glück wieder aufhätte, und Alice überlegte, ob nur ihr auffiel, wie unruhig die Frau herumzappelte. Cora räusperte sich mehrfach, bevor sie sagte: »Ich dachte, Sie bräuchten jemand zum Putzen, das könnt ich ja jetzt gut machen, wo ich so nah dran wohne.« Marie riss die Augen auf. »Ach, das tut mir leid, aber wir haben schon seit Jahren unsere Ebru, die hält auch die Praxis von Götz sauber.«

Alice hatte auf der Bank geschwitzt und war Lena dankbar für ihren leichten Stoß mit dem Ellbogen und die Frage, ob sie sie mitnehmen könne, ihr sei zu heiß, sie wolle einfach nur nach Hause. Auf dem Weg zum Parkplatz hakte sie sich bei Lena unter, nicht sicher, wer hier wen stützte. Ihr war schwindelig. »Was ist das mit dir und Marie?«, fragte Lena im Auto, bohrte aber nicht weiter nach, als Alice schweigend ihre Sonnenbrille aufsetzte, den Motor anließ, die Klimaanlage hochdrehte. Sie weiß noch, dass Fred nicht zu Hause war und sie in der stickigen Wohnung herumging, sich dabei auszog und alles auf den Boden fallen ließ. Das blauweiße Kleid blieb vor dem Fernseher liegen, ihre Unterwäsche im Bad. Ohne sich die Zähne zu putzen, kroch sie ins Bett, das Gesicht ins Kopfkissen ihres Mannes gedrückt, seinen Geruch in der Nase. Nachts wachte sie mehrmals auf, aber Fred war noch nicht zurück. Als der Wecker sie morgens aus dem Schlaf riss, stand er bereits in der Küche und kochte Tee.

Bei den nächsten Proben im Park waren nicht nur Alice, sondern auch Lena und weitere Frauen von Cora gefragt worden, ob sie nicht jemanden zum Saubermachen brauchten. Ihres Wissens ging nur Aliki, die mehrere kleine Kinder hatte, auf das Angebot ein, machte aber wohl im letzten Moment einen Rückzieher, weil sie »es komisch fand, dass eine Chorschwester unser Klo putzt«. Alices Mutter hätte über Cora gesagt, sie passe zu den Cantarinen »wie ein Pferdeappel in den Eierkorb«. Dabei wusste Alice, sie selbst benahm sich absichtlich kühl gegen Cora. Die ist zu nah an mir dran, hätte sie erklärt, wäre sie danach gefragt worden. Vielleicht würde sie selbst auch so aussehen, reden, leben, hätte sie nicht eine Mutter gehabt, die keine schlechten Schulnoten duldete, eine Lehrerin, der ihre Förderung wichtig war, zwei Freundinnen am Gymnasium, von denen sie nicht verspottet, sondern nach Hause eingeladen wurde, wo sie beobachten konnte, was es ausmachte, mit hochgerecktem Kinn und wachem Blick einen Raum zu betreten, als gehöre ihrer Familie seit Generationen der gesamte Grunewald.

Mittlerweile steht Cora mit hängendem Kopf vor dem Klavier. Trotzdem sieht man, wie rot ihr Gesicht ist, sogar die Ohren leuchten. Mit besorgter Miene legt Terje ihr den Arm um die Schulter. Es sieht komisch aus, denn die Chorleiterin ist bestimmt einen Kopf kleiner als die andere, die mit einer Hand am Reißverschluss ihres Fleece-Pullovers zerrt, als wollte sie sich daraus befreien. An ihrem Hals haben sich rosafarbene Flecken gebildet. Jetzt tut sie Alice leid; Lampenfieber beim Sprechen vor Gruppen kennt sie selbst längst nicht mehr. Terje greift nach Coras Hand, schwenkt sie einige Male hin und her, als wären sie beide kleine Mädchen auf dem Schulweg und sagt: »Inzwischen hat fast jede von euch ihr Lieblingslied mit der Gruppe gesungen, manche sogar schon mehrfach«, sie lächelt, »aber heute ist Cora dran. Sie hat einen Klassiker für uns, bestimmt kennt ihr ihn alle. Ich habe den Chorsatz gemacht, und wir fangen gleich an. Aber mir ist wichtig, dass ihr darüber sprecht, was die Lieder für euch bedeuten.« Damit lässt sie Cora los, tritt hinter sie und legt ihr die Hände auf die Hüften. »Sie ist so lieb«, flüstert Lena. Alice nickt. Sie kann nicht aufhören, Cora anzustarren, die mit zitternden Fingern eine mit Druckbuchstaben beschriebene Karte aus ihrer Hosentasche hervorholt. Leise und stockend liest sie davon ab: »Mein Lied heißt ›Marmor, Stein …‹«. Von hinten ruft eine der älteren Frauen: »Lauter bitte, wir verstehen kein Wort!«, und Alice sieht, wie Cora zusammenzuckt. »Fang noch mal von vorne an«, hört sie Terje sagen. Ihre Hände mit den blaugelb lackierten Nägeln umfassen die andere Frau kräftiger, und Cora setzt erneut an, diesmal etwas lauter: »Ich bringe das Lied ›Marmor, Stein und Eisen bricht‹ von Drafi Deutscher mit. Meine Schwester und ich haben es oft zusammen gesungen, ganz laut. Das ging nur, wenn wir allein zu Hause waren, weil, sonst hätten wir Ärger mit den Eltern bekommen. Und mit den großen Brüdern.« Endlich hebt sie den Blick, ihre malzbraunen Augen erkennen die Zuhörerinnen und flüchten sofort zum Zettel. Sie atmet tief durch, bevor sie weiterspricht. »Wenn ich es heute singe, denke ich an meine Schwester. Sie ist gestorben, da war sie im zweiten Lehrjahr.« Ein Raunen geht durch die Reihen. Terje tritt wieder vor. »Ich danke dir Cora! Wir singen in Erinnerung an deine Schwester!« Während die Noten verteilt werden und das Getuschel zunimmt, flüchtet Cora auf ihren Platz. Dabei stolpert sie fast über ihre eigenen Füße. »Du lieber Gott, das tut mir leid!«, sagt Lena halblaut. Alice fröstelt, sie hört Terjes Erklärungen zum »dam-dam, dam-dam«, mit dem der Song unterlegt werden soll, ihre Einteilung der Stimmen. »Und dazu macht ihr noch ein bisschen Bodypercussion.« Als Alice überlegt, wie diese Schwester wohl ums Leben gekommen ist, merkt sie, dass sie das eigentlich gar nicht wissen will.

Sophie drückt sich in den Raum, als sie gerade »Nimm den goldenen Ring von mir« singen. Alice sieht zuerst ihren zottigen blauen Wollpullover. Er reicht fast bis zu den Knien, sie zieht sich das Teil im Gehen über den Kopf, bindet es sich um die Hüften und schlüpft in die Lücke zwischen Lena und Alice. Kälte und Benzindunst gehen von ihr aus. Coras Song kennt sie, stimmt sofort mit ein und klatscht sich beim »dam-dam« auf die Oberschenkel. Das Lied funktioniert gut, alle haben Spaß, und Alice findet es schade, dass sie Coras Gesicht nicht sehen kann, denn nicht immer springt der Funke so schnell über. Terje verzichtet auf eine Pause, »weil ihr heute besonders gut seid«. Sie will unbedingt noch ein Frühlingslied wiederholen und treibt die Gruppe an. Mit ›Nun will der Lenz uns grüßen‹ haben die Frauen an einigen Stellen noch Schwierigkeiten. Lena strahlt, sie hatte dieses alte Reigenlied vorgeschlagen. Aber Alice kann nicht mehr, ihre Augen tränen schon, schließlich bewegt sie nur noch die Lippen wie früher im Musikunterricht und kommt erst bei ›Auld lang syne‹ wieder zu sich. Sophie bleibt neben ihr stehen, als die anderen zur Garderobe gehen. »Ich habe Ihre Jacke nicht mitgebracht, das tut mir leid. Ich hab Angst gehabt, dass sie dreckig wird.« »Du bist mir ein Herzchen!« Alice verdreht die Augen. »Dafür hab ich sie dir nicht gegeben! Du solltest es warm haben!« Sophie senkt den Blick und schweigt. »Und heute schon wieder nur dieser Pullover. Komm, ich fahr dich schnell rum, ich bin mit dem Auto da. Wo wohnst du?« »Der Pulli ist echt okay«, murmelt das Mädchen. »Das ist doch alles viel zu umständlich für Sie.« Was für ein gedämpftes Aufbegehren. Alice ist enttäuscht darüber, schon wieder gesiezt zu werden, sagt aber nichts und öffnet die Beifahrertür des Audi.

Als sie an der roten Ampel vor der Kirche anhält, bemerkt sie Cora unter der Straßenlaterne neben der Bushaltestelle. Über ihrer Schulter hängt ein praller Rucksack, um sie herum stehen Plastiktüten mit dem Aufdruck eines Discounters. Alice sieht durch sie hindurch, obwohl sie fast neben ihr zum Halten kommt; das fehlt noch, nachher will sie mitgenommen werden. Vielleicht wartet sie ja auf ihren Sohn. Vorhin hat sie doch gesagt, der wolle sie abholen. Endlich springt die Ampel auf Grün. Alice schämt sich für ihre Erleichterung und schaut hinüber zu Sophie. Die hat sich tief in den Sitz gekuschelt, genießt anscheinend die Wärme der Sitzheizung und die warme Luft, die direkt aus der Kopfstütze strömt. Beim Kauf des Wagens hat Alice alles mitgenommen, was an Zusatzausstattung zu haben war, obwohl Fred sie ausgelacht hat. Sie hängt an ihrem Audi, fühlt sich geborgen in ihm. »Ein wirklich anständiger Wagen« war immer Paula Pogges Traum gewesen, und seit ihre Mutter nicht mehr lebt, spürt Alice jedes Mal wieder die Verbindung zu ihr, wenn sie in ein Auto steigt, das ihre Bewunderung erregt hätte.

Während sie sich im zähen Rückstau des Heslacher Tunnels die Filderstraße entlangbewegen, summt Sophie Lady Gagas ›Shallow‹ mit, wippt selbstvergessen mit dem Fuß im Takt. Im Rückspiegel sieht Alice, wie Cora den 43er Bus vorbeifahren lässt und sich auf die Wartebank setzt. Sophie zieht eine Packung Kaugummi aus ihren Jeans. Das türkisfarbene Dragée, das sie anbietet, fühlt sich körperwarm und klebrig an. Alice fragt nach der Adresse.

»Genazinostaffel? In Heslach?« »Ja, die geht von der Böheimstraße ab, gleich hinter dem Marienhospital.« Eigentlich glaubt Alice, sich in diesem Viertel auszukennen, obwohl Fred und sie auf der gegenüberliegenden Seite des Talkessels wohnen. Schon vor dem Chor haben sie Konzerte in der Markuskirche besucht. Aber erst durch ihre Spaziergänge mit Lena, besonders während des ersten Corona-Frühlings, hat sie sich diese Ecke Stuttgarts erlaufen. Lena erwies sich als kundige Führerin, wusste, wo früher eine Bäckerei oder ein Milchgeschäft gewesen waren.

Alice und Sophie passieren das kleine Theater im alten Straßenbahndepot, danach den Marienplatz, auf dem das Eiscafé unter einem pastellfarbenen Dach im Winterschlaf liegt. Plötzlich wird Sophie munter und erzählt, wie sie im ersten Sommer der Pandemie fast jeden Abend auf dem sonnenwarmen Pflaster des Platzes gesessen habe. »Wir hatten eine Picknickdecke dabei, Bier und Chips, weil ja nix offen war, und Maja hat mir Zöpfe geflochten ...« So schnell, wie sie begonnen hat, verstummt sie wieder. Alice startet das Navi, um diese Genazinostaffel zu finden.

Erstaunlich lange muss sie hinter dem turmgekrönten Altbau des Marienhospitals durch dunkle Einbahnstraßen und enge Wege steuern. Mit Gesträuch überwucherte Mauern stützen die Hanggrundstücke, auf denen nirgends Licht zu sehen ist, wahrscheinlich nur Gärten. Sie sieht ein Schild mit der Aufschrift »Anlieger frei«. Die Navistimme wiederholt: »Wenn möglich, bitte wenden!« Sophie hat ihren Rollkragen bis zur Nase hochgezogen und murmelt: »Ich geh immer zu Fuß hoch, da hinten bei der Klinik.« Trotzdem kommt schließlich der Moment, in dem sie ruft: »Da vorne ist es!«

# 5

Alice ist überrascht, dass eine Studentin in dieser sicher nicht billigen Lage wohnt. Ob sie noch bei den Eltern lebt? Sie schaltet das Fernlicht an. Die Scheinwerfer treffen einen Zaun, dahinter führen weißgekieste Serpentinen bergab, am Maschendraht hängt ein Schild: »Patientengarten, Ausgang Schimmelhüttenweg«. Sophie steigt sofort aus. Sie knallt die Autotür so laut zu, dass Alice »Hey!« ruft, aber das hört sie nicht mehr, winkt kurz und hastet über eine enge Treppe aufwärts. Mit der Taschenlampe ihres Handys leuchtet Alice hinter der Flüchtenden her.

Erst jetzt entdeckt sie das Gebäude am oberen Ende des Hangs: ein mehrstöckiger Betonriegel mit weit nach vorne ragenden Balkonen. Riesige Ziffern in Orange leuchten auf den Toren der in den Berg gebauten Garagen. Als sie näher tritt, geht Neonlicht an. Messinglettern verkünden: »HUKK-Bau. Zugang über Treppe«. Heckenrosen und Waldrebe wuchern neben den Stufen. Alice hebt den Arm, um einen Dornenzweig abzuwehren. Etwas verhakt sich in ihrem Mantel, sie zerrt ungeduldig, rupft eine Wollflocke mit heraus.

Am Ende der Treppe steht Sophie neben einer kaputten Gartenlaterne und kneift die Augen zusammen, als Alice ihr ins Gesicht leuchtet. »Möchten Sie noch kurz mit reinkommen?« Alice schaltet das Handylicht aus. Sie stehen schweigend nebeneinander. Von der Tübinger Straße dröhnt der Verkehr zu ihnen hoch.

Im Haus sind alle Fenster dunkel. Sophie schließt die Eingangstür auf. Im Treppenhaus hängt ein merkwürdiger Geruch, auf dem Boden häufen sich Werbeprospekte, unter den Briefkästen stehen leere Kartons. Alice glaubt, Vogelgezwitscher zu hören, aber es sind wohl nur Sophies quietschende Sohlen, als sie die Treppe bis vor eine braune Tür hinaufhuscht. Unter der Klingel steht ein unleserlicher Name. Ausgiebig scharrt sie auf dem Abstreifer herum, um Sophie die Möglichkeit zu einem Rückzieher zu geben, aber die ist schon eingetreten, macht Licht und kickt ihre Sneaker durch den Flur.

Bis auf ein paar Garderobenhaken, einen trüben Spiegel und ein Wähltelefon samt Kabelknäuel auf dem Fußboden ist der fensterlose Raum leer. Alice macht Anstalten, aus ihren Pumps zu steigen, aber das Mädchen wehrt ab. »Lassen Sie doch!« Alice holt Atem, um ihr Du einzufordern, aber da öffnet Sophie die nächste Tür, knipst eine Reihe Spots an und betritt das Zimmer, durch das mit dem Licht eine Welle von Zwitschern und Piepsen brandet. Eine Hand vor dem Mund, bleibt Alice auf der Schwelle stehen. »Was ist das?«

Die linke Wand des Raumes wird von einer Voliere eingenommen, in der Scharen von kleinen gelbgrünen Vögeln herumhüpfen, die sich mit den Krallen an den Gitterstäben festhalten, auf Stangen und Schaukeln sitzen, schwingen, schwirren, picken. Exotisch sehen sie nicht aus, eher wie etwas, das man beim Spaziergang im nahen Bopserwald antrifft. Dazu passen die Zweige, die in garbenartigen Bündeln auf dem sandigen Grund des Riesenkäfigs stehen. Sophie ist in eine Kochnische getreten, nimmt Salat aus dem Kühlschrank, hält die Blätter einzeln unter den Wasserhahn. »Magst du was trinken?« Alice kann ihre Fassungslosigkeit nicht verbergen, sie bringt kein Wort heraus, erst recht nicht, als sie neben dem Schlafsofa in der Zimmermitte ein weiteres großes Gehege voller Pappschachteln und Holzspäne entdeckt, aus dem ein scharfer Uringeruch dringt. Ihr Blick bleibt nicht unbemerkt. »Da sind Farbmäuse drin«, sagt Sophie, »megasüß, aber die kommen erst später raus, sind nachtaktiv. Nimm doch mal das Zeug hier und setz dich hin, ich muss schnell füttern.«

Seit sie in der Wohnung sind, wirkt Sophie viel gelöster. Sie reicht Alice ein Plastiktablett, auf dem Schnapsfläschchen liegen, wie man sie im Kiosk bekommt, dazu Beutel voller Eiswürfel und mehrere angebrochene Limoflaschen. »Mach dir was zurecht, Gläser sind im Regal.« Geschickt klemmt sie ein Salatblatt nach dem anderen zwischen die Stäbe der Voliere, hakt eine Klappe auf, schlüpft mit der Hand hinein, angelt leere Futternäpfe heraus. Die Vögel stürzen sich auf das Grünzeug. Schnell verschließt Sophie den Käfig wieder und balanciert alle Schalen auf einmal in die Kochnische.

Im Regal hinter der Couch verstauben Krimis und verschiedene Sportwagenmodelle, ganz oben steht ein Plastikefeu. Irgendwie sieht alles nach IKEA aus. An einem Kissen und dem Teppich hängen noch Preisschilder. Am Fenster steht der Schreibtisch samt Drehstuhl, umgeben von Bücherstapeln. Obwohl Alice vorsichtig drückt, als sie versucht, die Eiswürfel aus der Plastikpelle zu lösen, schießen die ersten gleich davon. Sie kniet auf den Teppich, spürt, wie sich Krümel durch ihre Nylonstrümpfe bohren, tastet im Dunkeln herum und bekommt einen Gegenstand zu fassen. Was sie unter dem Sofa hervorzieht, ist ein mit Schneckenhäusern verzierter Holzrahmen voller Wollmäuse. Unter Glas befindet sich ein Farbfoto. Sie wischt mit dem Finger darüber:

zwei fast erwachsene Frauen, Arm in Arm, Kränze aus Löwenzahn auf den Köpfen. Wange an Wange geschmiegt sitzen sie auf einer Streuobstwiese voller blühender Bäume unter einem blauen Himmel. Die größere lächelt. Sie hat helles Haar, lang und glatt, Sommersprossen und posiert gekonnt für die Handykamera, die sie schräg über dem Kopf hält, um den vorteilhaftesten Winkel auszunutzen. Die andere ist Sophie, eine etwas jüngere, braungebrannte Sophie, die keinen Blick für die Kamera hat, nur für die Freundin, sich dieser zuwendet, ernst und selig zugleich. Alice dreht das Bild um und schiebt es zurück in sein Versteck. Hastig lässt sie die Eiswürfel in ein Glas gleiten, schüttet Jägermeister darüber, füllt mit Cola auf und nimmt einen Schluck. Plötzlich sehnt sie sich nach Fred, seiner massigen Schulter, an die sie sich lehnen möchte.

Alice fällt auf, dass im ganzen Raum keine Bilder hängen. Sophie schrubbt Futternäpfe, füllt Körner ein, läuft zwischen Käfig und Küchentheke hin und her. Dabei redet sie leise mit den Vögeln: »Schaut, da häng ich die Hirse rein.« Schließlich plumpst sie mit zerzaustem Haar neben Alice aufs Sofa, öffnet gleich zwei Fläschchen Wodka und mischt sie mit Sprite. »Strohhalme benutze ich nicht mehr. Maja meint, die wären Umweltkacke. Sie hat mir Videos gezeigt von Schildkröten mit diesen Dingern im Auge. Aber eigentlich ist alles Umweltkacke, wir am meisten, du und ich und alle anderen.« Sie prostet Alice zu. Die betrachtet wieder die Vögel. Ihre Geräusche sind fast verstummt. Mit unfassbarer Geschwindigkeit haben sie das Futter weggepickt und sitzen in langen Reihen auf Stangen und Ästen, aber jedes Tier hält zum anderen einen kleinen Abstand. »Wie viele Vögel sind das?« Das Mädchen zuckt die Achseln. »Ich glaube, inzwischen über zwanzig. Im Sommer waren es drei Paare, sie vermehren sich ganz ordentlich. Ich zähl die nicht dauernd. Erlenzeisige sind nicht schwer zu halten.« Alice hat den Eindruck, ihr ist das Thema unangenehm. Sophies Dialekt, den sie bei der Probe höchstens als den typisch süddeutschen Singsang wahrgenommen hat, wird stärker. »Ich hab mir schon so oft vorgenommen, zum Singen zu gehen. Daheim bin ich lange im Chor gewesen. Aber seit ich in Stuttgart wohne, war immer zu viel anderes los.« Und zu viel Angst, denkt Alice. Auf keinen Fall darf das Gespräch versanden. Sie will diese neue, lockere Sophie kennenlernen. Sophie, die Schnaps trinkt, wieder aufspringt, »Gute Nacht, ihr kleinen Kecks!« sagt und die Voliere mit Bambusrollos verdunkelt. »Du studierst also Literaturwissenschaft?«

Die grauen Augen weiten sich, sie plaudert: »Ja, seit letztem Oktober. Schon verrückt, das alles. Wir haben mit Corona Abi gemacht und im ersten Semester fast keinen Menschen gesehen, nur online natürlich. Ohne Maja wäre ich durchgedreht. Eigentlich lese ich gar nicht viel, kann mich auch nicht lange konzentrieren, aber wenn sie von Büchern erzählt, ist es ein bisschen wie im Kino, ich sehe dann alles vor mir, und es setzt sich fest.« Alice lächelt. »Maja – von ihr hast du heute schon einmal gesprochen.« Sophie nickt. »Maja und ich kommen aus demselben Kaff, Steinheim, wo sie den Urmenschen gefunden haben. Wir sind beste Freundinnen, seit der Grundschule.« Ähnlich wie am frühen Abend bei der Probe verändert sich Sophies Gesicht. »Wir hatten als Kinder einen Hexenclub, mit Geheimnamen.« Mit erhobenem Zeigefinger flüstert sie: »Dieser Spruch ist sehr sehr wichtig, denn was wir wünschen, soll werden richtig.« Alice möchte weiterfragen, nach den Eltern, die bisher überhaupt nicht vorgekommen sind, nach dem Sinn und Zweck dieser maßlosen Tierhaltung, nach allem.

»Maja hat so kleine Bücher gefaltet und in der Mitte zusammengenäht. Wir haben unsere Namen reingeschrieben, mit Vogelfedern und Tinte aus Holunderbeeren, und Massen von Hexensprüchen. Die sind alle noch zu Hause in meiner Nachttischschublade.« Sie wickelt sich eine Haarsträhne um den Zeigefinger. »Viele haben ja geschimpft, auf das Virus, den Lockdown, die Schulschließungen und so. Manchmal war es auch voll schwer.« Sie holt Atem, ihre Einleitung ist nichts als ein Zugeständnis an die Mehrheitsmeinung. »Aber für mich war es die schönste Zeit überhaupt, weil, wir waren den ganzen Tag zusammen, Maja und ich. Ohne andere Leute. Zuerst im Abi, danach beim Studieren. Sie hat mir alles erklärt, sie ist wahnsinnig schlau, konnte schon lesen, bevor sie in die Schule kam.«

Vorsichtig reißt sie eine Tüte mit Erdnussflips auf, nimmt ein paar heraus, lässt sie wieder zurückrieseln. »Maja hat das beste Abi auf dem Marbacher Gymi gemacht, und das ist riesig, über 1000 Schüler. In jedem Fach hat sie Preise gekriegt. Sie hätte alles studieren können, Medizin zum Beispiel. Aber sie liebt Bücher, liest jeden Tag, auch auf Englisch und Französisch.« Ihre Haut, die Lippen, selbst ihre graue Iris haben sich kräftiger gefärbt, fast so, als hätte sie sich zwischendurch heimlich geschminkt. »Ich wusste nicht genau, was ich nach dem Abi machen sollte. In Deutsch war ich ganz okay, und wir haben Pläne geschmiedet …«, jetzt wirkt ihr Lächeln ironisch, dazu legt sie den Kopf schief wie einer ihrer Zeisige.

»Ja, Maja liebt altmodische Wörter. Auf Insta postet sie ›the weird word of the day‹. Du kannst gucken, sie heißt

Letterella. Immer wenn ich eines davon benutze, denke ich an sie.« Jetzt steckt sie eine Handvoll Flips in den Mund, Erdnussgeruch breitet sich aus. Alice hat Papierboxen vom Asia-Imbiss auf der Küchentheke gesehen, ist sich aber sicher, dass die Mäuse und Vögel besser ernährt werden und Sophie den ganzen Tag nur an die Freundin denkt. »Maja wollte gleich studieren, nicht lange rumtrödeln. Reisen können wir auch in den Semesterferien, meinte sie, und ihrer Oma gehört diese kleine Wohnung im Westen, am Hölderlinplatz, die wurde frei. Voll das Wunder.«

Alice nickt. »Das stimmt, in meinem Team sind viele, die jeden Tag stundenlang pendeln, weil sie in Stuttgart nichts finden.« Sophie nippt an ihrem Drink. »Wir haben renoviert, gleich nach dem Schriftlichen damit angefangen. Die Baumärkte hatten ja offen.«

Sie hört zu, wie Sophie vom Dielenschleifen, Türenlackieren und Tapezieren mit Maja berichtet. Dabei fällt ihr plötzlich ein, wie Fred und sie Hand in Hand durch die pandemische Stille der Innenstadt liefen. Um sich nach den Stunden im Homeoffice Bewegung zu verschaffen, spazierten sie von der Birkenwaldstraße hinunter zum Baumarkt in der Innenstadt. Selbst an der mehrspurigen Rotebühlstraße hörten sie Vögel im Gebüsch rascheln, das Gurren der Tauben auf den Simsen. Kein Baustellenlärm, kaum Verkehr, kein einziges Schulkind. Respektvoll umrundeten sie Hoffnungsrufe, die mit bunter Kreide auf die Gehwege geschrieben waren: »Leave no one behind!« oder »Alles wird gut«. Zwischen den Regalen voller Gartengeräte und Werkzeug fühlten sie sich ein wenig wie im Museum. Am Ende kauften sie Übertöpfe für ihre Zimmerpflanzen und trugen diese Beute beglückt nach Hause.

Als ihr Sophie ein weiteres Getränk anbietet, lehnt sie ab. »Ich muss noch fahren.« Das Mädchen bedient sich erneut. Plötzlich dreht sie sich mit einem Ruck zu Alice, fixiert sie fast streng. »Maja hat so einen Franzosen kennengelernt, in der Schlange am Crêpes-Stand vor der Klett-Passage. Verrückt, oder? Ausgerechnet dort. Sie war total hin und weg von ihm und er von ihr. Sébastien. Séba.«

Jetzt sieht Sophies Gesicht wieder blass und kindlich aus. »Er kommt aus Paris, sein Vater arbeitet an dieser École normale was weiß ich, als Ingenieur, stammt aus Nigeria. Die Mutter ist weiß und Pariserin. Er sieht aus wie ein Model, dunkle Haut, heller Afro, schon krass. Schreibt eine Arbeit über Colette. Muss man die kennen? Colette als dirty old woman. Davon hat er ständig geredet.« Sie verstummt, zupft ein Stückchen Nagelhaut von ihrem Daumen. »Er hat sie einfach gefragt, ob sie mit ihm geht, nach Paris.«

Sophie spricht den Namen der Stadt schwäbisch aus – Pariss. Ihr Daumen hat angefangen zu bluten, sie steckt ihn in den Mund und nuschelt daran vorbei: »Zu mir war er superhöflich, hat gesagt, ich solle sie unbedingt besuchen. Beide haben das ungefähr zehntausend Mal gesagt.« Sie ballt die Fäuste. »Die haben da eine Riesenwohnung mitten in Paris, an irgendeiner Place de la Fick.« Nach dem letzten Wort schlägt sie sich mit der flachen Hand auf den Mund, dass es klatscht, fängt an zu kichern, ihre Augen werden feucht, dann lacht sie laut, wirft den Kopf zurück und lässt sich nach hinten in die Kissen fallen. Der Pulli rutscht hoch, ihr Bauch leuchtet weiß und ist ganz flach. Von der Küchentheke holt Alice ein Glas Leitungswasser. »Wie lange ist das her?«, fragt sie. Das Mädchen zieht Rotz hoch. »Ach, schon seit Anfang des Jahres. Ihre Oma kam plötzlich mit Leuten an, Bekannten, die was suchten, da musste ich raus, ich hätte nicht so viel zahlen können wie die.« Sie sieht Alice mit zusammengezogenen Augenbrauen an. »Aber Maja hat sich für mich eingesetzt, nur ihre Eltern meinten, das ginge nicht.« Alice räuspert sich, bevor sie ihre Frage stellt: »Warum bist du nicht zurück nach Hause?«

Sophie streckt ihre Beine unter dem Couchtisch aus, die Arme hinter den Kopf, macht sich ganz lang und ächzt. »Nach Steinheim? Weißt du, meine Mom hat schon genug Stress, die soll sich nicht noch um mich Sorgen machen.« Langsam steht sie auf, versucht, mit den Fingerspitzen die Decke zu berühren. »Sie hatte so ein kleines Tagescafé, mit Suppe und Sandwiches, damit ist sie pleitegegangen, während Corona, weil ihre ganzen Kunden nicht mehr ins Büro gegangen sind. Das Café war neben einer Firma, und auf einmal kam keiner mehr. Sie glaubt, ich wohne noch am Hölderlinplatz.«

»Darf ich mir die Hände waschen? Ich muss bald los.« Alice erhebt sich und geht in die Richtung, in der sie das Bad vermutet. Neben der Voliere gibt es noch eine Tür. Mit einem Riesenschritt ist Sophie bei ihr. »Nein, da nicht!« Ihre Stimme zittert, sie hat die Hand ausgestreckt, wirkt plötzlich verloren. »Da drin ist nur Gerümpel. Ich schlaf hier«, sie zeigt auf die Couch, »die kann man ausklappen.«

Sie nimmt Alices Hand, führt sie aus dem Wohnzimmer in die Diele. Das winzige Bad neben der Garderobe ist mit Spiegelfliesen ausgekleidet, in denen sich unter einer Milchstraße aus Zahnpastaspritzern eine schmutzige Duschwanne und verkalkte Wasserhähne verdoppeln. Alices Spiegelbild sieht nicht schlecht aus. Der Alkohol hat ihr gutgetan, gerötete Bäckchen, ein paar verwegene Strähnen lösen sich aus ihrem Haarknoten. Lilli, das ist doch Lilli aus Moabit, die schon mit zwölf ihr eigenes Geld verdient hat! Es gibt keine Seife bei Sophie, nur eine glitschige Shampooflasche in der Dusche. Automatisch fängt Alice an, das Waschbecken mit einem kleinen Handtuch auszureiben. Sie poliert die Armaturen, entstaubt die Ablage. Selbst nach all den Jahren weiß sie noch, wie man einen Lappen faltet, umdreht, erneut faltet, wie man alles schnell blitzblank bekommt. Alice hat viele Jobs gemacht, sie kann angelaufenes Silber putzen, Radieschen zu Blumen schnitzen, ein Großgebinde Pommes frittieren und eine Industriespülmaschine bedienen.

Auf die Klobrille setzt sie sich erst, nachdem sie sie mit etwas Wasser und Shampoo gereinigt hat.

Bei der Rückkehr ins Wohnzimmer bleibt sie an Sophies Schreibtisch stehen. Bücherstapel überall, dunkle Schwarten mit Bibliothekssiglen, daneben ein aufgeklapptes Notebook. »Schreibst du eine Hausarbeit?« Die junge Frau nickt langsam. »Ja, über Clemens Brentanos Rheinmärchen.« Weil sie schweigt, fragt Alice nicht weiter. Sophie geht neben dem Sofa in die Hocke, öffnet den anderen Käfig, ein Trumm von der Größe eines Umzugskartons, streckt die flache Hand aus und sagt leise: »Mäusle, kommt!«

Unter Geknister geraten die Schachteln und Pappröhren in Bewegung, dann läuft eine schwarzweiß gefleckte Maus über Sophies Finger, greift mit ihren dünnen Pfoten in den Körnerberg, der ihr hingehalten wird, schaut sich mit glänzenden Augen um. Schnell verschwindet sie im Ärmel des Mädchens. Sophie flüstert Unverständliches, sie hat die Lider halb geschlossen. Alice weiß nicht, wo sie zuerst hinschauen soll, denn dieser Maus folgen weitere: grau, champagnerfarben, weiß mit roten Augen, pechschwarz. Sie turnen furchtlos auf Sophie herum, nachdem sie sich am Futter bedient haben, sitzen auf ihren Schultern, klettern in den Kragen des Pullis oder über einzelne Haarsträhnen bis auf ihren Kopf. Ihre rosigen Schwänze hängen lang herunter. Sophie sitzt vollkommen still, sie sieht aus, als wäre sie eingeschlafen. »Ich muss wirklich los«, flüstert Alice.

Wieder im Auto friert sie auf einmal, dreht Heizung und Musik auf, fährt rasch bergab; nicht, dass das Mädchen doch noch angerannt kommt mit der Jacke, die Alice in dem trostlosen Flur hat hängenlassen. Ohne nachzudenken, biegt sie am Marienplatz auf die Filderstraße ab und fährt von dort aus auf die Olgastraße. Ihr Telefon klingelt, auf dem Display des Navis erscheint »Fred Sulzberger«, darunter seine Mobilnummer. Sie nimmt den Anruf an. »Lilli, ich muss noch mit Kunden essen gehen, das wird spät heute.« »Jaja«, antwortet sie. Eigentlich wollte sie sich bei ihm einrollen, vielleicht ein Glas Wein trinken. In eine leere Wohnung will sie nicht zurückkehren. Kurzerhand wechselt sie vor der nächsten Ampel die Spur und biegt an dem mächtigen, ochsenblutroten Eckhaus in die Neue Weinsteige ein. Alice fährt die Etzelstraße rauf, ganz langsam, um die Fahrt unter den großen Alleebäumen zu zelebrieren, alte Platanen, deren breite Kronen und gescheckte Stämme sich im Licht ihrer Scheinwerfer aufbauen. Am oberen Ende dieser abschüssigen Straße befindet sich ein Taxistand neben einer Reihe von Altglascontainern. Sie parkt hinter dem Braunglasbehälter. Vorne steht nur ein Taxi, der Fahrer lehnt an der geöffneten Tür auf dem Gehweg und zieht im Schein der Straßenbeleuchtung an seiner Zigarette. Alice schaut kurz in ihre Mails. Wie immer sind in den wenigen Stunden ihrer Abwesenheit wieder Dutzende von Nachrichten eingetroffen. Ihre Assistentin hat den Terminplan für morgen geschickt. Hastig scrollt sie weiter. Ihr Mund fühlt sich pappig an von Sophies Cocktail. Eigentlich möchte sie sich die Zähne putzen. Im Ablagefach sucht sie nach Pfefferminzbonbons, findet aber nur einen alten Knusperriegel. Plötzlich knallt draußen eine Tür, sie schaut auf. Über die dunkle Straße eilt eine Frau in High Heels zu den beleuchteten Containern, sie trägt einen schweren Mantel und um den Kopf einen bunten Schal. Auf dem Pflaster stolpert sie fast, beginnt aber gleich, mit abgehackten Bewegungen Flaschen in den Behälter zu schleudern, die sie aus einem Baumwollbeutel zieht. Dabei schreit sie so laut, dass Alice auch bei geschlossenen Scheiben jedes Wort versteht. »Nicht einmal diese eine Sache konntest du erledigen!«

Auf der anderen Seite steht eine junge Frau mit Kapuzenjacke. Sie hält einen kleinen Hund an der Leine, der in einer Pelle aus hellem Stoff steckt, und tippt sich an die Stirn. Was sie sagt, bekommt Alice nicht mit, sie sieht nur, wie sich das Mädchen zu dem Tier hinunterbeugt und mit Hilfe einer über die Hand gestülpten Plastiktüte seinen Kot aufklaubt. Die Frau hat sich jetzt vor die beiden gestellt und wirft die leere Stofftasche in ihre Richtung. Sofort macht der Hund einen Satz rückwärts, wird von der Jugendlichen mit einem empörten Ausruf hochgenommen und weggetragen. Sie bohrt ihre Nase ins Fell des Tieres und läuft die Danneckerstraße hinunter. Weiter unten steht die Haustür eines mehrstöckigen Wohngebäudes aus den 60er Jahren offen, goldgelbes Licht fällt in den schmalen Vorgarten. Ein großer, dünner Mann tritt vor die niedrige Hecke und winkt. Hier liegt ein Zuhause, das Alice gut kennt. Es ist Marie, die hinter Tochter und Hund herschimpft, Marie, der ihr Schal vom hochgesteckten Haar rutscht. Sie schüttelt den Kopf, winkt zurück, in der erhobenen Hand hält sie ihre Abendtasche, einen Briefumschlag aus bestickter Seide. Es ist Götz, der Luzie die Tür aufhält, sich nach Mignon bückt, dann hinter den beiden im Treppenhaus verschwindet, sie und sich selbst allen fremden Blicken entzieht.

Neben Alice hupt ein Auto. Gemächlich fährt sie aus der Parklücke und über die Kreuzung. Bei der U-Bahn-Haltestelle Bopser wartet sie erneut vor einer roten Ampel. Im Rückspiegel liegt der Platz vor dem Taxistand einsam da, nur ein paar magere Kastanienbäume, leere Bänke. Marie ist weg, vielleicht hat sie ein Taxi genommen, vielleicht ist sie in die Bahn gestiegen, wahrscheinlich zu einem Konzert, einer Vernissage, einem Theaterbesuch; das alles geht ja wieder, und noch nicht einmal eine Maske ist nötig, die auf dem Mantelärmel sitzt, genau am Handgelenk, wie ein zu groß geratener Schmetterling, weiß, hellgrün oder rosa.

# 6

Die schlimmsten Verräter verbergen sich in Freds Arbeitszimmer: angebrochene Chipstüten unter Sofakissen, Weingläser im Bücherregal, Teller mit eingetrockneten Soßenschlieren auf dem Schreibtisch. »Wie gut, dass ich deine Verstecke kenne«, murmelt Alice. Freds Revier kommt immer zuerst dran. Danach geht sie durch die restliche Wohnung, trägt dabei einen leeren Amazon-Karton für den eingesammelten Krempel vor sich her. Über ihrem Arm hängt ein feuchter Lappen. Sie entfernt Ketchuptränen vom Kühlschrank, räumt das seit Tagen im Spülbecken aufgetürmte Geschirr in die Maschine und schaltet sie ein. Im Wohnzimmer liest sie herumliegende Kleidung und Zeitungen auf, findet ein Paar Schuhe, diesmal sind es ihre, unter dem Couchtisch. Pizzapappen und Imbiss-Boxen stapelt sie im Flur. Die wird sie nachher zur Altpapiertonne mitnehmen, bevor sie ins Büro aufbricht.

Fred schüttelt jedes Mal den Kopf, wenn er sie bei dieser Aufräumerei ertappt. Er sieht es überhaupt nicht ein, die Wohnung in Ordnung zu bringen, bevor der Putzmann kommt. Alice beginnt dafür mittwochs eine Stunde später mit der Arbeit. »Es geht Bogdan gar nichts an, wie oft wir etwas bestellen. Oder wie wir leben.« »Wie die Schweine natürlich«, hatte Fred ärgerlich erwidert. »Es ist sein Job, Lilli! Du solltest lieber länger schlafen!« Er konnte sich in Rage reden, aber Alice blieb dabei. Sie war nicht bereit, mehr als nötig preiszugeben, und war sich sicher, dass der Chef des Reinigungsdienstes, der sich auch um Treppenhaus und Vorgarten in der Birkenwaldstraße kümmerte, aus dem Chaos alles Mögliche über ihre Ehe erfahren konnte, zumindest mehr, als Fred ahnte.

Sie denkt daran, wie dunkel es ist, wenn sie morgens losgehen, genauso dunkel wie bei ihrer Heimkehr. Kaum etwas konnte Alice mehr stärken als die gelben Lichtkreise, die die beiden Lampen in ihrem Wohnzimmer beschrieben. Wenn sie auf dem Parkplatz aus dem Auto steigt, sieht sie ihre langen Hälse, wie sie sich zutraulich über die Couch neigen. Dort lümmelt ihr Mann. Auf den niedrigen Glastischen vor ihm öffnen sich die Mäuler der Take-away-Schachteln, aus denen der tröstende Dunst von fettigem Essen aufsteigt. Alice stellt dann aufatmend ihre Schuhe weg, schlüpft aus

Rock und Blazer in Jogginghosen und rettet sich zu Fred auf dieses freundliche Floß, damit sie gemeinsam durch den Feierabend treiben können. Am Anfang meldet sich die Außenwelt, beide Smartphones liegen brummend und zuckend in Reichweite. Zuerst erzählen sie sich gegenseitig ihren Tag. Früher haben sie manchmal Karten gespielt, eine Serie geschaut, sogar das eine oder andere Buch gelesen. Aber in letzter Zeit schlafen sie häufig ein, bald nachdem sie gegessen haben. Sie schaffen es gerade noch, einander zum Zähneputzen anzutreiben und ins Bett zu kriechen. Auf dem Floß herrschen strenge Regeln: Fred darf nicht anfangen zu futtern, falls Alice noch Arbeit mit nach Hause gebracht hat. Auch sie wartet geduldig, wenn er ein dringendes Telefonat zu führen oder eine letzte Akte zu lesen hat. Beide nutzen diese Lücken, um in der Küche »etwas Gesundes« zu organisieren. Meistens hat keiner von ihnen Lust, einen Salat zu machen, also knabbern sie vorgeschrubbte und geschälte Minimöhren direkt aus dem Plastikbeutel oder essen Äpfel, von denen Fred die Schale in einer einzigen, ununterbrochenen Schlange herunterschnippelt. Dieses Kunstwerk knabbern sie gemeinsam auf, weil darin angeblich die meisten Vitamine stecken. Die saftlosen Stücke spülen sie mit Wein oder Bier herunter.

Eine Zeitlang hat das Ehepaar Pogge-Sulzberger sich für Rebsorten, Lagen und Böden interessiert, Weinproben besucht, den Keller mit Flaschen aus den unterschiedlichsten Anbaugebieten gefüllt – und schließlich, wie an den meisten Freizeitaktivitäten, die Lust daran verloren. Geblieben sind Einladungen mit Freunden, meist zum Wochenende. Dann zeigt Alice, was sie von Paula gelernt hat, serviert farbenprächtiges Fingerfood und, wenn alle schon reichlich betrunken sind, eine scharfe Suppe, deren Rezept ihrer Mutter angeblich von einem Koch aus den Pariser Markthallen anvertraut wurde, ›le chien qui fume‹. Manchmal hat Alice deshalb schon überlegt, ob sie möglicherweise Halbfranzösin sein könnte. Seit Jahren bezahlt sie für eine selten genutzte Sprachlern-App, doch viel mehr als die nötigsten Touristenfloskeln bringt sie nicht zustande. Fred, der passables Englisch spricht, bewundert ihr Urlaubsfranzösisch dennoch. All das gehört jedenfalls nur ihnen beiden, auf keinen Fall Bogdan.

Alices iPhone meldet sich, sie hat die Stoppuhr auf zwanzig Minuten eingestellt, genug Zeit, um bequem fertigzuwerden. Ächzend lässt sie sich auf einen Küchenstuhl fallen. In der Kanne schwappt noch ein Rest lauwarmer Tee, sie schenkt sich ein, beugt sich über das Display.

Auf Instagram findet sie Letterellas Account problemlos. Ziemlich affig, dieser Name. Maja hat sich ähnlich gekonnt vor den einschlägigen Pariser Bauwerken in Szene gesetzt, wie Alice das von ihren jungen Teamstern kennt. Der Kerl an ihrer Seite sieht zwar nicht wie ein Model aus, aber nicht schlecht. Das Pärchen spielt mit seinen unterschiedlichen Hautfarben. Eine besondere Vorliebe haben sie dafür, ihre Haarschöpfe, buttergelb und karamellbraun, zu vermischen. Dafür neigen sie einander die Köpfe zu oder lümmeln sich im Gras, auf einem Teppich, lehnen an Hauswänden. Arme Sophie. Ob sie sich diese aufdringliche Verliebtheit oft antut? Alice scrollt weiter. Das ›weird word oft the day‹ wurde ersetzt durch ›le mot du jour‹. Für heute hat Maja einen ganzen Satz ausgewählt: »Un ver dans un verre vert«. Stirnrunzelnd ruft Alice das Leo-Wörterbuch auf und erfährt, dass all diese Wörter gleich ausgesprochen werden und Homonyme genannt werden. Ein ekliges Teekesselchen, passt zu Sophies

Viechern, die fressen bestimmt auch Würmer. Sie rümpft die Nase, schreibt einen Zettel für Bogdan, steckt Scheine in einen Briefumschlag.

Alice respektiert Bogdans Lebensleistung. Er hat sich, so erzählt er, vom einfachen Gebäudereiniger zum Chef von über 20 Angestellten hochgearbeitet. Die kontrolliert er ständig, packt selbst mit an, ist überall gleichzeitig. Nachdem Fred sich einmal über die nachlässige Arbeit ihrer Putzhilfe beschwerte, hat er sich nicht nur sofort entschuldigt und versprochen, eine andere Frau zu schicken – beim nächsten Termin stand er persönlich vor ihrer Tür, auf dem Kopf das blaue Basecap mit dem unübersehbaren B. »Goldstandard bestellt, Goldstandard gekriegt. Bogdan macht das ab heute für Sie, kleiner Steuerberater.« Er nennt Fred nie beim Namen, sondern verwendet stets seine Berufsbezeichnung, als wäre diese ein besonderer Titel. Alice missfällt das, doch ihr Mann nimmt keinen Anstoß daran, im Gegenteil, er nennt den anderen »großer Bogdan«.

»Das sind doch Menschlichkeiten, Lilli«, hatte ihre Mutter oft gesagt, wenn sie angeknabberte Nahrungsmittel und alle möglichen Dinge, die in Betten nichts verloren haben, von den Matratzen ihrer Kundschaft klaubte oder diskret Hosentaschen leerte, bevor sie die Waschmaschine anwarf. Manchmal musste Alice zu ihren Putzstellen mitgehen, weil Paula es nicht leiden konnte, wenn ihre Tochter nach der Schule allein blieb. Alice erinnert sich daran, wie ungern sie an den fremden Küchentischen ihre Aufgaben machte. Weil sie ständig damit beschäftigt war, sich umzusehen und zu wundern, konnte sie sich nur schlecht konzentrieren. Nur bei Frau Kaiser in der Bleibtreustraße gefiel es ihr, sie bettelte sogar darum, mitgenommen zu werden. Frau Kaiser.

Meine erste Schwäbin, denkt Alice fast zärtlich. Schon länger tot als Paula. In der Bleibtreustraße bekam sie Maultaschen und Ofenschlupfer, hörte diese seltsame Sprache. Frau Kaiser »schaffte« im KaDeWe, als Einkäuferin in der Kosmetik-Abteilung. Sie reiste viel und pflegte einen großen Freundeskreis. »Aber gelernt hab ich beim Breuninger.« Alice findet es schwierig, nicht an Schicksal zu glauben, wenn sie daran denkt, wie stark diese wein- und märchenhaltige Landschaft sie schon damals angezogen hatte. Im Grunde hat Frau Kaiser ihre Wege gelenkt, von Hauffs Erzählungen und Uhlands Balladen bis hin zu ihrem Zuspruch für Paula, »dieses Käpsele von einem Kind« müsse einfach studieren. Kein Wunder, dass Alice nach Tübingen ging.

Der Südwesten erschien ihr lieblicher als das Schnoddrige, Preußische ihrer Heimatstadt. Wenn sie durch die Tübinger Gassen streifte, glaubte sie, das angenehme Auf und Ab der Stimmen aus dem »Salon« der Kaisers zu hören, wie damals, wenn die Mutter mit einer weißen Schürze das Getränketablett herumtrug und später mit ihr zusammen im Taxi nach Hause fahren durfte. Einen Mann bekam Alice als Dreingabe, als Geschenk des Landstrichs, in den sie sich zuerst verliebt hatte: in die bis zum Neckar herabsteigenden Weinberge, den Blautopf mit der schönen Lau, den Schwarzwald, in dem Glasmännlein und Holländer Michel wohnen.

Draußen geht bereits die Sonne unter, als Alice einen Blick aus dem Fenster ihres Büros wirft. Sie streckt unter dem Schreibtisch die Beine aus und dehnt sich. Ihre Assistentin hat sie bereits in den Feierabend geschickt. Wahrscheinlich sind nicht mehr viele Leute auf dem Stockwerk. Sie fährt ihren Computer runter, nimmt Mantel und Handtasche aus dem Garderobenschrank. Aus der Tasche zieht sie die kleinste Version der orangefarbenen Tüten. Vorsichtig nestelt sie im Seidenpapier, wickelt die Schachtel aus, lässt den Inhalt auf ihren Handteller gleiten. Ein Paar silberne Vögel schaukeln in den zarten Ringen der Creolen. Nichts wirklich Teures, aber auch kein Modeschmuck. Sie überlegt, ob es Papageien oder Tauben sind. Lovebirds. Ist das übertrieben? Nur eine kleine Aufmerksamkeit, für eine Vogelfreundin. Alice legt die Ohrringe wieder in ihr Samtbett, schließt die kleine Schachtel und steckt die Tüte zurück in ihre Handtasche. Den Kassenzettel zerknüllt sie, bis das Thermopapier keine Zahlen mehr verrät, zieht den Mantel an, fährt noch einmal mit dem Fusselroller über Schultern und Knopfleiste, schließt ab und macht sich auf den Weg ins Parkhaus. Die letzten Meter zu ihrem Audi rennt sie fast.

Als sie den Autoschlüssel auf den Wagen richtet, fällt ihr ein, dass sie etwas vergessen hat. Verdammt. Die Confiserie in der Passage hat noch geöffnet, die Brombeertörtchen hat sie bereits gestern online bestellt. Sie sind zu dieser Jahreszeit nicht im Sortiment. Hoffentlich haben sie sie nicht verkauft, nachdem sie bis jetzt nicht abgeholt wurden. Zur Chorprobe kommt sie nun zu spät, aber es ist ja nicht Freds Schuld, dass sie mehr an Sophie als an ihren gemeinsamen Abend gedacht hat. Sie feiern den Tag ihrer ersten Begegnung, werden zu Hause miteinander anstoßen. Aber am wichtigsten sind die Törtchen. Kurz darauf steht sie in der warmen, süß duftenden Luft der Kaufhauskonditorei und nimmt die Faltschachtel entgegen. Vorsichtig platziert sie das Gebäck im Fußraum des Beifahrersitzes, schaut noch einmal in ihre Handtasche. Orangerot leuchtet die kleine Tüte. Als sie den Wagen startet, lächelt Alice, ohne es zu merken.

Der Parkplatz neben der Kirche ist komplett voll. Alice dreht mehrere Runden, bis sie an der hinteren Friedhofsmauer eine Lücke findet. Mittlerweile hat es angefangen zu regnen, nicht nur das angekündigte Nieseln, es regnet Schusterjungen, und sie sieht Paula unwillig den Mund verziehen, weil ihre erwachsene Tochter den Schirm zu Hause gelassen hat. Natürlich gäbe es einen zweiten im Kofferraum, aber den hat sie einer Kollegin geliehen. Wenn sie jetzt losgeht, wird sie klatschnass ankommen. Hoffentlich hat Sophie die Daunenjacke an, die breite Kapuze schützt zuverlässig. Alice beschließt, bis zur Pause zu warten. Sie löst den Sicherheitsgurt, hebt die Kuchenschachtel auf ihren Schoß, öffnet den Deckel einen Spalt weit und spickt hinein. Die Törtchen, zwei Stück für jeden, scheinen die Fahrt gut überstanden zu haben.

Am Morgen dieses kalten, sonnigen Tages vor fast zwanzig Jahren war Alice schlecht gelaunt aufgestanden. Von ihren Vorgesetzten war sie dazu verdonnert worden, abends an einer Feier teilzunehmen, die Einweihungsparty jenes Steuerbüros, das ihre Firma, einen der kleineren Autozulieferer, vertrat. Es war ihr erster Job nach dem Studium, sie mochte ihre Chefs, fand alles ganz solide, war aber sicher, dass sie dort nicht lange bleiben wollte. »Eine ganz fidele Kanzlei, in der Urbanstraße, gegenüber von der Allianz. Wir müssen uns da sehen lassen.« Wie man »fidel« und »Steuerberater« zusammenbringen konnte, erschloss sich Alice nicht. In den hochrenovierten Altbaufluchten war ein üppiges Buffet aufgebaut worden. Beeindruckend fand sie das musikalische Vorprogramm, dargeboten von einer Solistin des Großen Hauses, zu dem es sogar einen gedruckten Begleitzettel mit Liedtexten gab. Weder Hugo Wolff noch

Mignon-Lieder waren ihr ein Begriff, sie bekam aber eine wohlige Gänsehaut davon und summte eine Zeile vor sich hin, als sie sich vor dem Spiegel des Waschraums die Haare bürstete.

Nachdem sie allen Teilhabern die Hände geschüttelt hatte, beschloss sie, noch etwas Süßes zu essen und möglichst rasch nach Hause zu gehen. Dabei fiel ihr eine Etagere mit bunten Obsttarteletts auf. Sie umschloss eines davon mit der Silberzange, bugsierte es auf ihren Teller und begann zu löffeln. Da erklang hinter ihr eine Männerstimme, ziemlich laut und in unverkennbarem Stuttgarter Schwäbisch, hochnäsig und wohlartikuliert: »Ausgerechnet das letzte Brombeertörtle, das war doch für mich reserviert!« Alice bekleckerte im Umdrehen ihre Seidenbluse mit schwarzrotem Fruchtsaft, als sich eine Beere aus dem Baiser löste. Der Sprecher war wesentlich kleiner als sie und ziemlich üppig. Sie bot ihm an, das Törtchen zu teilen. Er pickte vorsichtig mit der Gabel an seiner Hälfte herum, sie hielt den Teller fest und wunderte sich darüber, dass sein Appetit nicht besonders ausgeprägt war.

Wochen später, nachdem sie zum ersten Mal miteinander geschlafen hatten, gestand ihr Daniel Sulzberger, den ganzen Abend an einer Anmache gefeilt zu haben, »die so groß und prächtig sein sollte wie du«, und am Ende, als er merkte, dass sie bereits beim Nachtisch angekommen war, aus reiner Verzweiflung gehandelt habe. Mit seinem Taufnamen Daniel sprach Alice den jüngsten Partner des Steuerbüros nicht lange an. Schnell wurde er Fred, sie Lilli. Seinen Spitznamen, der einem Schululk mit der Comicfigur Fred Feuerstein entsprang, übernahm Alice sofort, er passte einfach besser zu ihm. Bei seiner Geschichte war er allerdings noch Daniel gewesen. Mit dem Kopf auf seiner Brust hatte sie zugehört, als er unvermittelt zu erzählen begann und dabei mit den Fingern unlesbare Zeichen auf ihren nackten Rücken schrieb.

*Die Geschichte vom Lilledan*

Es war einmal ein Dan. Weißt du, was ein Dan ist? Das kann dir niemand erklären außer mir. Denn ich bin der einzige Mensch, der je einen gesehen hat. Ein Dan ist ein kleines, dickliches Tierchen mit hellem Fell. Es geht nicht gern in die Sonne, lebt in Süddeutschland in Hecken und Mischwäldern, hat einen schwerfälligen Gang und kommt leicht aus der Puste. Außerdem kann es sich beim Fressen und Saufen nicht zurückhalten, dabei verliert es jegliches Maß, schlägt sich den pelzigen Bauch voll, bis es kaum noch atmen kann, und liegt danach halb bewusstlos in seiner Höhle. Dans drücken sich, soweit es geht, vor dem Höhlenbau, aber sie müssen sogar besonders tiefe graben, denn sie haben viele Feinde. Dick und rund, wie sie sind, werden sie besonders gerne von Wanderfalken, Füchsen und Mardern gefressen. Ihr Fleisch soll schmecken wie warmer Streuselkuchen. Wenn sie angegriffen werden, wehren sie sich durch lautes, beleidigendes Schimpfen. Etwas anderes können sie nicht, nicht einmal weglaufen, weil sie einfach zu schwerfällig sind. Deshalb sind Dans fast ausgestorben.

Der Dan, von dem ich erzählen will, lag unter einem Brombeerstrauch im Schatten, dachte darüber nach, dass er eigentlich hungrig war und aufstehen sollte, um sich ein paar Beeren zu pflücken – sie hingen fast vor seiner Nase –, entschied sich aber dagegen. Er war zu müde. Als er gerade wegdöste, hörte er ein Knacken im Gebüsch, danach ein Schmatzen. Ärgerlich öffnete er ein Auge zur Hälfte. Dans strengen sich nur an, wenn es unbedingt nötig ist. Was er erblickte, bewirkte allerdings, dass er beide Augen aufriss und durch das stachelige Gezweig starrte.

Dort stand, auf bräunlichen Zehenspitzen, ein anderes Tierchen, reckte sich empor, zupfte geschickt eine Brombeere nach der anderen ab – die Brombeeren des Dan! – stopfte sie sich mit seinen zarten Pfoten ins Maul. Ein ziemlich großes Maul, das bereits von lila Saft triefte. Es schmatzte dabei. Der Dan erhob sich unverzüglich, schob sich durch die Zweige, wobei sein Fell sich in den Dornen verfing, doch er nahm sich keine Zeit, sich umständlich zu befreien, wie er das sonst getan hätte. Ungeduldig riss er sich los, blonder Pelz blieb büschelweise hängen. Der Dan strebte vorwärts und baute sich knurrend vor dem fressenden Fremdling auf. »Das waren die letzten Brombeeren!«, sagte er mit drohendem Unterton.

Das andere Tierchen vergaß vor Überraschung, sein Maul zu schließen. Der Dan sah mehrere Beeren halb zerkaut auf dessen Zunge liegen. Er sah auch, dass das fremde Tierchen schöne weiße Zähne hatte. Und schöne braune Augen mit langen dunklen Wimpern. Mit denen musterte es neugierig den unfreundlichen Dan. Es klappte das Maul zu, grinste, zeigte mit seiner verklebten Pfote nach oben und sagte: »Was soll die Aufregung? Hier wachsen doch mehr als genug.«

Der Dan bemerkte, wie groß das fremde Tierchen war, ein ganzes Stück größer als er. Mühelos zog es eine Ranke zu sich herab, an der die schönsten Beeren hingen, aber der

Dan war zu klein, um sie zu erreichen. Jetzt staunte er wider Willen über die Selbstverständlichkeit, mit der der Störenfried Beere um Beere abfraß, ohne sich im Geringsten darum zu kümmern, wie sich die Stacheln in seinem glänzenden Fell verhakten. Es beachtete den Dan nicht mehr, sondern stieß ein genießerisches »Mjam!« aus. Der Dan sog tief die Waldluft ein, füllte seine Brust damit, denn er war bereit für eine ohrenbetäubende Schimpfkanonade. Aber er kam nicht mehr dazu, weil das fremde Tierchen ihm in dem Augenblick, als er das Maul aufriss, flugs gleich zwei Beeren auf einmal hineinsteckte. »Lass es dir schmecken«, sagte es, zwinkerte ihm verträumt zu und murmelte: »Ich bin das Lill.«

Die beiden Tierchen fanden schnell zusammen, und bald mochten sie nicht mehr ohne einander sein. Wenn das eine nicht in Greifnähe war, seufzte das andere so lange, bis sie sich wieder umarmen konnten. Eines fraß aus der Pfote des anderen, sie tranken aus einer Pfütze, gingen so eng nebeneinander, dass blondes und braunes Fell sich vermischten, ja allmählich verfilzten, und wenn sie schliefen, lagen sie derart fest ineinander eingerollt, dass niemand sehen konnte, wo der Dan aufhörte und das Lill anfing.

Eines Nachts zog ein Gewitter auf, mit Donnerschlägen und dicken warmen Regentropfen, und Windböen zausten den Wald. Blitze tauchten die Höhle der beiden in weißblaues Leuchten, die Erde zitterte bis in die Tiefe. Die Tierchen umschlangen sich, drückten sich gegenseitig die Nasen ins Fell und wollten, wenn sie schon sterben sollten, wenigstens nicht ohne das andere diese Welt verlassen. Als sie am Morgen erwachten, lebten sie noch, aber sie waren nicht mehr ein Dan und ein Lill, sondern ein Lilledan, halb braun, halb hellhaarig, halb groß und schlank, halb rund und kurz. Das Lilledan war das glücklichste Wesen der Welt, es kannte keinen Trennungsschmerz, kein Warten mehr, keine Zweifel an der Liebe des anderen, denn auch ihre Herzen und Hirne waren zusammengewachsen zu einem einzigen.«

Das Lilledan. Wie lange hat Alice nicht mehr daran gedacht? Anspielungen und Witze darüber dünnten sich mehr und mehr aus, während Fred und sie ihren Alltag stemmten. Eine normale Entwicklung. Vieles, was am Anfang unverzichtbar schien, war verschwunden. Dafür war anderes hinzugekommen. Ihre härteste Zeit war die Kinderwunschbehandlung gewesen. Eine beängstigende Prozentzahl an Paaren überstand das nicht. Alice dachte selten an die qualvollen Prozeduren. Doch der Abschied von Freds Erfindungen war ihr schwergefallen. Mit seinen kleinen Erzählungen hatte er sie getröstet, wenn sie Schmerzen hatte oder verzweifelt über den ausgebliebenen Erfolg der Quälereien in der Spezialpraxis gewesen war.

Nach einem besonders langen Tag im Büro hatte Fred seinen Schöpfungen ein »würdiges Begräbnis« bereitet. Er fand, Alice bat zu oft um eine neue Geschichte vom Lilledan, piesackte ihn deshalb auch, wenn er kurz vor dem Davonschweben in den Schlaf war. Der Erzähler war er, sie die Zuhörerin, so hatte es begonnen, so sollte es bleiben. Aber Fred zeigte sich zunehmend unwillig. »Auf der Couch gibt es keinen Lilledan, nur in der Kiste!« Fred hatte schon ziemlich tief ins Glas geschaut, sie auch. Anders konnte sie sich nicht erklären, weshalb sie am Ende dieses Abends unfassbar lange und laut heulen musste, schluchzend bis zum Schluckauf.

»Lilli, hör auf, du machst mir Angst! Es ist doch nichts

los!« Aber Alice konnte sich kaum beruhigen über seine letzte Geschichte, mit der er »den Kinderkram ein für alle Mal abschließen« wollte. »Du möchtest also wirklich noch eine von diesen Albernheiten hören? Bist du dir sicher?« Er hatte ihnen erneut Wein eingegossen, einen schweren, fast violetten Burgunder, sich zurückgelehnt und mit entschlossener, nicht mehr ganz sicherer Stimme begonnen: »Eines Tages wachte das Lilledan auf und merkte, dass ihm ein Ohr fehlte, ein braunes, spitzes Ohr. Egal, dachte es, das macht ja nix, ich habe ja noch mein blondes Ohr.« Als es später auf Futtersuche ging, fiel ihm auf, es hatte nur noch einen Hinterfuß, einen langen braunen! Der dicke, blonde war verschwunden, hatte sich in Luft aufgelöst. Egal, der war eh zu kurz gewesen. »Wir hüpfen auf drei Beinen weiter«, sagte das Lilledan und hoppelte los. Nach seinem Verdauungsschläfchen sah es, dass beide Vorderpfoten perdu waren. »Verflixt, wie soll ich denn so nach Hause kommen«, murmelte das Lilledan und rollte mühsam als rundlicher Rumpf zu seiner Höhle, denn sein anderer Hinterfuß war jetzt auch weg. Es fühlte sich erschöpft. »Am besten, ich schlafe eine Runde, morgen sieht die Welt ganz anders aus.« Als die Frühsonne rötlich auf sein Lager schien, fand sie vom Lilledan nur noch den Kopf. Bauch und Brust hatten sich im Schlaf aufgelöst, genau wie der Rest. »Merkwürdig. Sollte es mich einfach nicht mehr geben?«, fragte sich das Tierchen. Doch noch während es die blonde und die dunkle Braue über dem blauen und dem braunen Auge hochzog, das Maul mit der schmalen und der vollen Lippe öffnete, verflog das alles wie ein Nebel. Auf dem noch warmen Moos- und Blätterhäufchen lagen zwei Pelzhaare, ein blondes und braunes. Ein Windstoß fuhr in die Höhle, blies das Bett des Lilledan auseinander und trug auch die beiden Härchen davon. Niemand weiß, wohin sie geflogen sind.«

Der Regen hat nachgelassen. Alice merkt, dass sie noch immer auf die Schachtel in ihrem Schoß starrt. Sie kneift die Augen zusammen, drückt die Finger auf die geschlossenen Lider, fester als nötig, schiebt den Karton tief unter den Sitz, packt ihre Handtasche, steigt aus und knallt die Autotür zu.

# 7

Alice geht die Friedhofsmauer entlang, der Duft von nasser Erde, von platzenden Knospen weht zu ihr herüber. Über die verwitterten Steine bauscht sich eine üppige Garbe Winterjasmin. Selbst in der abendlichen Dunkelheit leuchten seine gelben Blüten jedes Mal auf, wenn ein Scheinwerfer sie trifft. Seit die Tage länger werden, hört Alice wieder mehr Vögel, Amseln, die flach geduckt ihren Weg kreuzen, Kohl- und Blaumeisen, im Gezweig vor dem Fenster in der Birkenwaldstraße zutrauliche Rotkehlchen, die sich bis auf den Balkon wagen. Fred kennt die Namen vieler Arten, er ist auf dem Land aufgewachsen, und sein Wissen hat im Laufe der Jahre auf Alice abgefärbt. Doch erst seit sie im Chor singt, achtet sie stärker auf die Stimmen in den Büschen und Hecken und versucht sie wiederzuerkennen und zu unterscheiden.

Es regnet wieder stärker, dennoch verlangsamt sie ihre Schritte, als sie auf die Markuskirche zugeht. Drinnen übt jemand auf der Orgel, die bunten Fenster leuchten, Töne dringen durch die steinernen Wände. Sie bleibt stehen, spürt die leise Musik wie einen warmen Lufthauch, legt den Kopf in den Nacken und schaut zum Turm hinauf. Dunkel steht der breite Helm des Dachs vor dem Regenhimmel, auf der Spitze trieft der goldene Hahn. Allmählich spürt sie die Kälte und wendet sich in Richtung Gemeindesaal. Dort wird Lena sein, ihr entgegeneilen, wahrscheinlich ein gebügeltes Stofftaschentuch schwenken und schimpfend Alices nasses Haar abtupfen. Im Gehen greift sie nach der Handtasche über ihrer Schulter, tastet nach der kleinen Tüte. Am besten nimmt sie die Schmuckschachtel heraus, dann kann sie Sophie ihr Geschenk überreichen, ohne lange herumzufummeln. An der Eingangstür, im Schutz des Vordachs, wirft sie einen Blick auf ihr Handy. Gerade hat die Pause begonnen, da fällt ihr Zuspätkommen nicht so auf. Marie wäre das egal, denkt Alice.

»Kannst du mir helfen?« Alice fühlt eine Hand auf ihrer Schulter, gleichzeitig nach Zimt riechenden Atem und eine helle Stimme nah an ihrem Ohr. Unwillkürlich weicht sie zurück. »Sorry, ich hab dich erschreckt, das wollt ich nicht. Aber mir ist hier was gerissen, kannst du mal halten, da oben?« Bevor Alice weiß, wie ihr geschieht, drückt ihr jemand zwei feuchte Stoffhenkel in die Hand. Das Gewicht des Einkaufsbeutels zieht ihren Arm nach unten, die geplatzte Naht in seinem Boden reißt weiter auf und mehrere erdige Knollen fallen auf die Vortreppe, direkt neben die Schuhe der Frau, die sie angesprochen hat. Es sind derbe Treter, überall mit Lehm verkrustet. Unter ihrer Strickjacke trägt sie tatsächlich einen Blaumann. Das Haar wird von einem Band zurückgehalten und bringt die helle Stirn zum Vorschein. Alice sieht, dass sie Dreadlocks hat, blond, filzig und sehr lang. Sie fallen ihr über Rücken und Schultern. »Gleich hab ich es.« Mit flinken Bewegungen greift die Frau nach den unteren Ecken des Beutels, als wollte sie einen Kissenbezug ausschütteln. Sie schleudert den Inhalt kurz und kräftig hoch. Noch eine Knolle hüpft heraus und kullert davon. Schnell verknotet sie den Stoff, zurrt ihn fest zusammen, dabei sackt alles nach unten. Alice findet die baumelnde Tasche ziemlich schwer. Jetzt bückt sich die andere, sammelt ihre Wurzeln wieder ein und hält sie Alice hin, aufgehäuft in beiden Handtellern. »Danke für deine Hilfe.«

Alice schaut auf die plumpen Knollen. Behutsam stellt sie den Beutel auf dem Boden ab, reibt die Finger aneinander, überlegt, ob sie ein Feuchttuch dabeihat. »Was ist das?«, fragt sie. Ihr Gegenüber schaut sie ungläubig an, reißt die Augen auf, ungewöhnliche Augen, rötlich braun mit einem goldenen Ring um die Iris, lacht laut auf. »Hast du noch nie Topinambur gesehen? Man nennt ihn auch Jerusalem-Artischocke. Da wird es Zeit, dass du probierst. Ich hab so viele ausgebuddelt, die schaff ich gar nicht alle.« Bevor sie sich wehren kann, hat die Frau nach Alices Handtasche gegriffen, den Verschluss gelöst und das verdreckte Gemüse hineingeschüttet.

Alice starrt sie an. Für die geflochtene, cognacfarbene Handtasche musste sie sparen, sie gehört zu den Anschaffungen ihrer ersten Stuttgarter Jahre, ist bis heute fleckenlos gealtert. Vom Studium an ist sie darauf getrimmt worden, nicht loszupoltern, schüttelt nur den Kopf, fischt mit spitzen Fingern eine Wurzel nach der anderen aus der Tasche und legt sie in einer ordentlichen Reihe auf die oberste Stufe. Daneben platziert sie Portemonnaie, Autoschlüssel, Kosmetiktäschchen, Fusselroller, ihr iPad und die Tüte mit dem

Geschenk. Immer noch schüttelt sie stumm und unkontrolliert den Kopf. Wie ein altes Weib, denkt sie. Wackle nur nicht so garstig mit dem Kopf hin und her, dein Hals ist ja so dünne wie ein Kohlstängel, der könnte leicht abbrechen, und dann fiele dein Kopf hinein in die Handtasche; wer wollte dann noch kaufen! Fast möchte sie schrill kichern wie diese böse Hexe aus dem Märchen, das ihr da auf der Zunge liegt. Nein, eine Fee war es, im Zwerg Nase von Hauff.

Erst als sie das bordeauxfarbene Futter wendet, vorsichtig ausklopft und mit dem Fusselroller bearbeitet, bemerkt sie, was diese Chaotin jetzt tut. Sie hat ein Gemeindeblättchen aus dem Kasten neben der Tür gezogen, es zerlegt und die einzelnen Seiten wie eine Markttüte zusammengefaltet. Da hinein lässt sie die Jerusalemknollen plumpsen, knickt sie oben zusammen und reicht sie Alice. »Jetzt bist du böse. Weil ich nicht daran gedacht habe, dass ich deine Tasche versaue. Entschuldige bitte. Ich denke manchmal nicht genügend nach. Dabei warst du so freundlich und hast mir gleich geholfen.« Ihre Stimme klingt hoch, fast kindlich. Alice schaut erst auf, als sie ihre Sachen wieder eingeräumt hat. Dabei nimmt sie den arglosen Ausdruck ihres Gegenübers wahr; zuvor hatte sie nur den Eindruck von Fremdheit und Verkleidung, fühlte sich gestresst von all den Einzelheiten dieses Gesichts: ein glühend rotes Bindi zwischen den Augen, dazu verschiedene Piercings, am Nasenflügel, der Oberlippe, beiden Brauen. Auch ihre Ohren sind vollgesteckt, Läppchen und Ränder mit Ringen verziert. Ihre Haut hat einen gelblichen Ton, fast orange. Um den Hals trägt sie Ketten, an denen Anhänger mit den unterschiedlichsten Amuletten baumeln: die Hand der Fatima neben einem Davidstern, dazu Kreuze mit und ohne Christus. Eines davon hat sie sich gegriffen und schabt mit dem Daumennagel am Leib des angenagelten Jesus entlang. Alice seufzt. »Es ist ja nichts passiert. Ich muss jetzt aber da rein, zur Chorprobe.« Sie ignoriert die ausgestreckte Papiertüte und öffnet die Tür. »Nimm deine Tüte«, sagt die andere, »ich hab sie ordentlich zugemacht, da kann nix mehr rausfallen.« Fred hätte das niemals getan, denkt Alice, als sie das improvisierte Behältnis schweigend in ihrer Handtasche verstaut, er hätte es gar nicht so weit kommen lassen. Und Marie erst recht nicht. Neinsagen, das können beide. »Zum Chor will ich auch!« Alice geht voraus, ohne sich nach der jungen Frau umzudrehen.

Lena sitzt an ihrem Stammplatz vor dem Heizkörper und hält ein Teeglas. Sie trägt einen langen Wollrock und Stiefel, um ihre schmalen Schultern und den Hals hat sie ein dickes Tuch geschlungen. Alice findet sie heute ziemlich blass, aber vielleicht liegt das am kräftigen Rot ihres Lippenstifts. Rasch überschaut sie die im Raum herumstehenden Grüppchen, hört das Murmeln der Pausengespräche. Sophie entdeckt sie nirgends. Keine Daunenjacke an der Garderobe. Vielleicht ist sie auf die Toilette gegangen. Lenas Augenbrauen heben sich plötzlich, auch auf den Gesichtern der anderen Frauen breitet sich Erstaunen aus. Terje ist vorgetreten, ihr Mund steht leicht offen.

Die Fremde hat sich mitten im Saal vor dem Klavier postiert. Ihre Arme ruhen entspannt an den Körperseiten, sie hält sich gerade, den Kopf mit all seinem Zierrat stolz erhoben. Haar, Augen und die seltsam getönte Haut leuchten im Schein der Neonröhren. Sie singt mit ihrer klaren Kinderstimme:

»Meerstern, ich dich grüße!
Oh, Maria hilf!
Gottesmutter, süße!
Oh Maria hilf!
Maria, hilf uns allen aus unserer tiefen Not!
Rose ohne Dornen!
Oh Maria hilf!
Du von Gott Erkorne!
Oh Maria hilf!
Maria hilf uns allen aus unserer tiefen Not!
Dich als Mutter zeige!
Oh Maria hilf!
Gnädig uns dich neige!
Oh Maria hilf!
Maria, hilf uns allen aus unserer tiefen Not!
Quelle aller Freuden!
Oh Maria hilf!
Trösterin im Leiden!
Oh Maria hilf!
Maria hilf uns allen aus unserer tiefen Not!
Nimm uns an den Händen!
Oh Maria hilf!
Uns ans Licht zu wenden!
Oh Maria hilf!
Maria, hilf uns allen aus unserer tiefen Not!
Maria, hilf uns allen aus unserer tiefen Not!«

Terje klatscht laut, sie ruft sogar »Brava!« wie in der Oper. Die anderen Chorschwestern fallen ein, Applaus, erstaunte und begeisterte Kommentare, Fragen und Lachen rund um die junge Frau werden laut, die immer noch mit geradem Rücken in der Mitte ihres Publikums steht, strahlend, plötzlich rotwangig. Das Musterbeispiel für eine geglückte Bewerbung, denkt Alice. Ihr Blick bleibt weiter auf die Tür gerichtet. Keine Sophie.

In ihrer Zeit bei den Cantarinen hat Alice noch nie erlebt, dass eine Frau am ersten Abend derart aufgedreht hat. Die meisten hier sind eher schüchtern und brauchen ewig, bis sie sich trauen, der Gruppe ihr Lieblingslied zu verraten und etwas darüber zu erzählen. Ein Solo hat noch keine geliefert, nicht einmal Marie. Alice glaubt, dass Chorsängerinnen von Natur aus lieber in der Menge aufgehen, als sich in der ersten Reihe zu produzieren.

Doch diese Neue ist anders. Sie plaudert mit allen, niemand stört sich an ihren schmutzigen Händen. »Nein, ich hab nie Gesangsunterricht gehabt.«

Auf Terjes Bitte stellt sie sich vor. »Ich bin Talitha, mein Herz gehört Maria, weil sie die Mutter aller Menschen ist, und wenn ich singe, mach ich das, um mit ihr zu sprechen und um sie zu erfreuen. Und mich selbst natürlich auch.« Sie lacht. »Ach ja, das wollt ihr wahrscheinlich auch noch wissen: Ich studiere Agrarbiologie und liebe die Natur, besonders die ganz winzigen Wesen.«

»Was für ein Auftritt!« Lena kommt zu Alice. »Der Nachwuchs scheint uns ja förmlich zu überrennen. Aber diese Kleine von letzter Woche, die hat eigentlich besser gesungen, hatte ein kräftigeres Organ, nicht so ein Stimmchen. Wie hieß sie doch gleich?« Alice fühlt in ihrer Manteltasche nach der Schmuckbox, schaut weg, zieht die Schultern hoch. Das Marienlied hat sich in ihrem Gehör eingenistet, obwohl sie es dort nicht haben will, diese klagende Melodie, die an keiner Stelle Kraft vermittelt, nur ein Leiern, ein Herausleiern von Mitleid. Maria, hilf uns allen, aus welcher Not denn? Uns geht es doch gut hier, da gibt es ganz andere Leiden auf der Welt.

»... ein wirkliches Erlebnis, dass ein junger Mensch sich mit einem solchen Lied vorstellt«, hört sie Lena sagen. Sie macht Konversation mit Talitha. So haben ihre Eltern sie bestimmt nicht genannt. »Mich tröstet Maria immer. Sie hat mich noch nie verlassen«, sagt sie, auf einmal leiser. Alice wendet sich ihr zu. »Du glaubst wirklich daran?«, fragt sie schroff. Die andere nickt nur. »Wie kann man leben, ohne zu glauben?« Sie streckt ihren Zeigefinger vor, tippt Alice damit auf die Brust. »Du bist doch Alice, oder? Ich hab ganz vergessen, ich soll dir einen Gruß von Soph ausrichten. Sie fühlt sich nicht heute, hat wahrscheinlich ihre Periode.« Kurz weiß Alice nicht, von wem die Rede ist. Soph, das klingt grob und plump. Als sie endlich begreift, fragt sie, ohne nachzudenken: »Was, du kennst Sophie? Siehst du sie heute noch?« Talitha schiebt die Unterlippe vor. »Jaha, ich kenn sie flüchtig. Aber Soph ist ein ziemlicher Angsthase. Sie überlegt immer ewig, bevor sie sich was traut.« »Damit hast du sicher kein Problem«, rutscht es Alice raus.

Ihr Gegenüber grinst breit. Auf einem ihrer oberen Schneidezähne klebt ein Glitzersteinchen. Alice fragt sich, wie man all dieses Zeug am Körper ertragen kann. Fast widerwillig lächelt sie zurück. »Bitte, richte Sophie gute Besserung von mir aus.« Sie überlegt, ob sie Talitha die Schachtel mit den Ohrringen geben soll, entscheidet sich aber dagegen. »Ich hoffe, sie wird bei der nächsten Probe wieder dabei sein.« Ihre Ketten klirren, als Talitha ein paar verirrte Dreads über die Schulter wirft. »Also ich komm auf jeden Fall wieder, ihr seid eine ganz süße Truppe. Bisschen old school vielleicht, aber der Ansatz gefällt mir, mit den Lieblingsliedern.« Mir ist ganz gleich, ob du wiederkommst. Alice ist froh, diesen Satz nicht wieder herauszuposaunen, fragt stattdessen nach Sophies Mobilnummer. In diesem Augenblick gibt Terje das Signal zum Ende der Pause. »Nachher«, sagt Talitha und stellt sich bei den Sopranen auf, natürlich in der ersten Reihe. Im Vorbeigehen flüstert Marie ihr etwas zu, die beiden lachen. Alice kann sehen, wie beeindruckt Marie ist. Mit jungen Leuten kann sie gut; im Job hat sie ständig mit Studierenden zu tun, viele kommen mit Stipendien der Stiftung aus dem Ausland, sie bemuttert sie, hilft ihnen bei Behördengängen, organisiert Ausflüge und Stadtspaziergänge.

Alice fällt auf, wie sorgfältig sich Marie heute Abend geschminkt hat. Nur die violetten Schatten unter ihren Augen durchdringen das Make-up. Marie benutzt ungern Foundation, das weiß Alice, und nur, wenn sie etwas Besonderes vorhat. Früher wäre sie genau über Maries Pläne informiert gewesen.

Terje hat ein Wiegenlied angestimmt, das sie am Klavier mit sanftem Anschlag begleitet. Kindlein mein, schlaf doch ein. Sie teilt die Gruppen auf, einige summen, andere singen den einfachen Text, alle erzeugen dazu ein leises, schabendes Geräusch, indem sie mit beiden Handflächen über ihre Oberschenkel fahren, um das Schaukeln der Wiege zu imitieren. Sie will, dass die Frauen wieder runterkommen, nach dieser Einlage, und es funktioniert tatsächlich. Alice hat schon oft bewundert, wie gut die junge Estin mit den Gefühlen im Chor umgeht. Fast alle schließen während des Liedes die Augen, nur sie selbst schafft das nicht. Aber die Gesichter, in die Alice jetzt blickt, sind auf einmal friedlich, beinahe verjüngt. Sie haben sich bereitwillig unter die schützende Klangglocke zurückgezogen. Wir sind in der Schneekugel, denkt Alice, behütet und beschützt. Wieder dreht sie sich möglichst unauffällig zur Seite, um Marie zu betrachten, deren Lider sich bereits bei den ersten Tönen über die Augen gesenkt haben. Sie trägt ein kurzes Wollkleid und Stiefel, dazu eine Kette, ein Geschenk ihres Mannes zum Hochzeitstag. Plötzlich findet sie es schrecklich, was sie alles von Marie weiß. Die Musik hat sich durchgesetzt, sämtliche Frauen schwanken leicht im Takt hin und her, wiegen sich selbst ein, nur Talitha wirkt nach wie vor hellwach. Fest steht sie da, in ihren dreckigen Schuhen. Schlaf doch ein, weil die Sternlein kommen. Allmählich ist auch Alice bereit, sich der Melodie zu überlassen. Und der Mond kommt auch schon angeschwommen. Ihre Finger sind wieder warm, sie fühlt sich langsam aufgehoben im Gleichklang der Stimmen, blinzelt, um den Tönen aus ihrem Inneren nachzugeben, die mit denen der anderen immer stärker zusammenwachsen – Eia, eia, Wieglein mein, schlaf mein Kindlein, schlaf nun ein, als sie hart am Arm gepackt wird.

Erschrocken zuckt Alice zusammen, wendet den Kopf und sieht in Lenas verzerrtes Gesicht. Ihr schiefer Mund stammelt Unhörbares. Alice greift nach den Händen der Freundin, ohne sie zu verstehen, stützt sie vorsichtig und führt die Stolpernde, Zitternde aus dem Kreis der Sängerinnen zurück ans Fenster, wo sie schwer auf den Stuhl fällt.

# 8

Marie ist als Erste an Lenas Seite. Sie schiebt ihr eine verbeulte Trinkflasche unter die Nase: »Lena, alter Schwede, was machst du?« Über den Kopf der Freundin hinweg entscheiden sie und Alice sich gegen den Notarzt. Schon kommen Terje und die anderen herbeigestürmt, legen Lenas Beine auf einen Stuhl, stellen Fragen wie »Wann hast du zuletzt was gegessen?« und verhindern ein weiteres Gespräch. »Kein Grund zur Aufregung, bitte, kein Theater meinetwegen! Mir war nur etwas schwindlig.« Abwehrend hebt Lena die Hand, aber der Kreis um sie herum schwirrt von Ratschlägen. Sämtliche Chorschwestern stehen jetzt bei ihr, und natürlich hat jede von ihnen ein anderes Hilfsangebot. Schließlich nimmt Lena einen Traubenzucker in Lolliform an, den Aliki, die Mutter von Kleinkindern, aus dem Rucksack gekramt hat. Zwischen Daumen und Zeigefinger hält sie den Stiel mit dem kalkigen Zuckerquadrat und beißt behutsam Stücke davon ab. Als Marie sie erneut auffordert, mehr zu trinken, wird Alice klar, dass sie wahrscheinlich als Einzige hier im Raum weiß, wie diese Metallflasche zu ihren Macken gekommen ist und weshalb eine Schwäbin wie Marie die Wendung »Alter Schwede« benutzt.

Plötzlich geht Alice das Gewäsch und Gewimmel auf die Nerven. Energisch bittet sie um Ruhe. Die Frauen verstummen sofort. Alice wird sonst nie laut, und als sie jetzt ihre Stimme erhebt, macht das umso größeren Eindruck. Sie schämt sich für die erregte Schar rund um die angeschlagene

Lena. Die anderen wirken auf sie nicht hilfsbereit, eher so, als stillten sie einen ungesunden Wissensdurst am Anblick der Gestrauchelten. Ihr drängt sich ein Bild auf, ein Gemälde – sie hat es zusammen mit Fred auf einer Reise durch die Niederlande gesehen und nie vergessen: ein paar Männer vor einer graubleichen, bärtigen Leiche, der ein Arzt gerade den Arm aufschneidet, so dass rohes Fleisch samt Muskel- und Sehnensträngen sichtbar wird. In ihrer Erinnerung hat sich nicht der nackte Tote festgesetzt. Stattdessen hat sie noch immer die Mienen der Zuschauer vor sich: ihre weit geöffneten Augen und verzogenen Münder voller Anspannung, Schrecken und Erleichterung – denn sie liegen noch nicht auf diesem Tisch, können jederzeit davonspazieren, hinaus in die Sonne, weiterleben. Aber das Wissen um diese Tatsache macht ihre Blicke auf den hingestreckten Toten schamlos. Außer in Maries sorgenvollem Gesicht glaubt Alice diese unanständige Überlebensfreude bei allen anderen Frauen zu finden.

Langsam bekommt Lena wieder Farbe. »Ich fürchte, ich habe heute einfach nicht genug gegessen.« Sie schlägt die Augen nieder. Alice stellt fest, dass der sorgfältig aufgetragene Lidschatten, ein cremiges Rosa, das normalerweise frisch und verwegen wirkt, in dem fahlen Gesicht nur grotesk aussieht. Am Arm spürt sie noch immer den harten Griff der Freundin. Wie fest sie zugepackt hat! Vielleicht wird sie heute Abend beim Ausziehen die Spuren von Lenas Angst auf ihrer Haut erkennen. Unvermittelt fangen Alices Finger zu zittern an; sie merkt es, als sie tröstend die Schulter der Freundin berühren will. »Hier muss frische Luft rein«, sagt sie und geht auf die andere Seite des Saals, um die Tür zu öffnen. Sie selbst ist es, die kurz durchatmen muss. Ein Fenster wird sie nicht aufmachen. Der Gedanke an Kälte und Regen in Lenas ungeschütztem Nacken lässt sie frösteln.

Als sie die schwere Holztür öffnet, hört sie Geschrei: »Mama, halt's Maul! Geh mir nicht auf den Sack, okay? Das ist meine Sache, das geht dich nix an.« Nur wenige Meter vor den Stufen zum Eingang parkt ein Moped. Ein kräftiger dunkelhaariger Junge steht breitbeinig daneben, den Oberkörper vorgeneigt. Unter einem Arm klemmt der Helm, das nasse Gesicht ist voller Wut. Cora ist fast so groß wie ihr Sohn. Ihre Kapuze hat sie zurückgeschlagen, als wollte sie Gleichheit zwischen sich und ihm schaffen, indem sie ihren Kopf dem Regen aussetzt, genau wie er.

Was sie sagt, versteht Alice nicht, denn Cora steht mit dem Rücken zur Tür und nuschelt wie gewöhnlich, aber sie sieht ihre Schultern und erhobenen Arme, alle zehn Finger in Abwehr gespreizt. Der Junge brüllt, seine Stimme kippt dabei: »Du blöde Fotze!« Er stülpt sich den Helm über, stolpert beinahe, als er den Ständer wegtritt und auf die Maschine steigt. Beim Start lässt er das Bike mehrfach aufheulen, holpert über den Vorplatz und biegt in die Filderstraße ein.

Alice duckt sich, aber Cora dreht sich bereits um und entdeckt sie. In ihrer Stirn kleben feuchte Haare, der Mund steht halb offen. Um ihr ein Gespräch zu ersparen, weicht Alice in den Saal zurück und geht wieder zu Lena. Sie dreht sich auch nicht um, als sie Coras Schritte, das Knistern ihrer Jacke hört, ein glänzendes, billiges Material, bei dem Alice an Luftballons aus Metallfolie denkt, wie sie auf Jahrmärkten verkauft werden. Mit lautem Scheppern fällt etwas zu Boden, bestimmt Coras Schlüsselbund. Das geschieht nicht zum ersten Mal, und Alice sieht automatisch Lena an. Die zwinkert ihr tatsächlich zu, zwar immer noch bleich, aber schon wieder aufmerksam für alles ringsum. »Mondkalb«, denkt Alice und muss ebenfalls grinsen, weniger über Coras Missgeschick als über Lenas Wiederauferstehung. Zugegeben, sie haben sich ab und zu über die Frau lustig gemacht – allein die Unbeholfenheit, mit der sie sich bewegt, ausgestattet mit einem Trumm von Schlüsselbund, der ihr die Hosentasche ausbeult wie bei einem kleinen Jungen. Jeder Schlüssel trägt ein farbiges Käppchen, vermutlich hängt da pro Haushalt einer. Sie hat bestimmt jede Menge Putzstellen gefunden, wenn auch nicht bei den Cantarinen.

Jetzt meldet sich Terje, die noch am Fenster steht, winkt hastig: »Cora, kannst du kurz kommen?« Zögernd, als ob sie eine Strafe erwartet, tritt Cora auf die Chorleiterin zu, ihre Augen suchen Maries Blick. Gerade von ihr, die sie hierher gebracht hat, scheint sie Schutz und Hilfe zu erwarten, aber ihre Gönnerin hat sich wie eine Schildwache hinter Lena postiert und schaut nach unten auf den weißen Scheitel der alten Frau.

»Lena hatte einen Schwächeanfall«, erklärt Terje, »du kennst dich doch mit so was aus.« Lena protestiert, mit ihr sei alles in Ordnung, man solle ihr doch nur etwas Ruhe gönnen, aber Cora hat sie bereits, ohne zu fragen, am Handgelenk gepackt, es umgedreht und ihre Finger auf das grünliche Aderndelta gepresst. Mit der Linken stellt sie unterdessen die Stoppuhr am Smartphone ein, das sie an einer Kordel quer über dem Oberkörper trägt. Alice staunt, wie geschickt sie sowohl ihre linke als auch die rechte Hand benutzt. Fast wie ein Affe, denkt sie und schämt sich sofort dafür. »Der Puls ist okay«, sagt Cora und lässt Lenas Arm wieder los. »Genug trinken, das vergessen die Alten oft.«

Langsam richtet sich Lena auf, erhebt und schüttelt sich wie ein großer Vogel nach einem Sandbad. Der helle Schal fällt königlich über ihre Schultern. Abwesend reibt sie sich die Stelle, an der Cora zugegriffen hat. Talitha tritt neben sie und hakt sie unter. Alice wundert sich, wie bereitwillig Lena diese Unterstützung annimmt. »Bist du sicher, dass es wieder geht?«, fragt Marie. »Bitte, macht mich doch nicht zum Pflegefall!« Jetzt klingt sie ärgerlich, wehrhaft. Terje hat aufgehört, ihren leeren Kaffeebecher zwischen den Händen zu drehen, und sitzt wieder am Klavier. »Wir nehmen uns Juhan Liiv vor, einmal von vorne, dafür reicht die Zeit noch.«

Lena steht aufrecht und singt mit, aber ihre Hand verkrampft sich in der von Alice. Die Ringe der Freundin drücken gegen ihre Fingerknöchel. Gern würde sie sich befreien, denn die großen, breit gefassten Halbedelsteine tun richtig weh. Doch sie traut sich nicht. Marie, textsicher bei »Ta lendab mesipuu pole«, hat ihre Lesebrille abgenommen und schaut ständig zu ihnen hinüber.

Obwohl sie das estnische Lied liebt, findet Alice nicht mehr in die Musik. Sie macht zwar alles richtig, kein falscher Ton stört, doch die Empfindung, beim Singen fast abzuheben, kommt heute nicht auf. Sie fühlt sich eher, als ob sie mit aller Kraft gegen eine verschlossene Tür anrennt. Die Stimmen der anderen klingen wie ein dutzendfach verstärkter Tinnitus, und sie ist erleichtert, als die Probe schließlich vorbei und Lena nicht erneut umgekippt ist.

An der Garderobe hilft Alice Lena in den Mantel. Marie ist schon wieder da, tanzt hektisch um sie herum: »Ich bring dich heim«, wiederholt sie mehrfach. Alice reicht Lena die Handtasche, dabei sieht sie an Marie vorbei. »Ich habe das Auto vor der Tür.«

Jetzt bleibt auch Talitha bei ihnen stehen, mustert Lena von Kopf bis Fuß: »Du brauchst einen Schutz.« Ihr Ton duldet keinen Widerspruch. Aus der Brusttasche ihres Blaumanns nestelt sie etwas, das sie Lena in die Hand drückt. Nicht noch mehr Wurzelgemüse, denkt Alice. Doch die Gabe entpuppt sich als einfacher Rosenkranz mit hölzernen Perlen und einem grob geschnitzten Kreuz. »Die Mutter Gottes passt auf dich auf. Sie macht es dir leicht, du kannst immer mit ihr sprechen«, sagt Talitha. Als sie lächelt, findet Alice ihr metallverziertes Gesicht fast schön. Lena bedankt sich, steckt die Gebetskette mit verwunderter Miene ein, sieht dem seltsamen Geschöpf nach, das nach einem raschen Abschiedsgruß in die Dunkelheit hinauseilt.

Es ist Lena, die eine Entscheidung trifft. »Marie, ich komme mit dir. Ein paar Schritte an der frischen Luft sind genau das, was ich brauche. Und außerdem hat Alice heute Abend doch etwas vor.« Sie zwinkert ihr schon wieder zu. »Die Feier eures Kennenlernens, wenn ich mich nicht täusche, oder? Ein liebevolles Gedenken mit besonderem Gebäck. Was war es doch gleich, Himbeertörtchen?« Marie runzelt die Stirn. Die Sorge ist aus ihrem Gesicht gewichen, und Alice ist sich nicht sicher, was sie jetzt darin sieht. Abrupt wendet sie sich ab, hat ein für alle Mal genug davon, Maries zahlreiche Mienen zu deuten, und ergreift Lenas Arm: »Ich werde dich trotzdem schnell nach Hause fahren. So ein Unfug, nach dieser Vorgeschichte zu laufen. Fred kommt sowieso nicht vor neun.« Ohne abzuwarten, führt sie die Freundin nach draußen. Die trippelt nur, lässt sich widerstandslos mitziehen. An der gelbgetünchten Mauer vor dem Parkplatz für Gemeindemitarbeiter lehnen ein paar Leute. Ist Sophie doch noch gekommen? Alice hält Lena fest.

Die Schachtel mit den Ohrringen befindet sich in der rechten Manteltasche.

»Götz!« Alice spürt Maries ungestüme Kraft, als sie sich an ihnen vorbeidrängt. »Was für eine Überraschung!« Sie fällt ihrem Mann um den Hals, dabei macht sie ein glucksendes Geräusch, wie immer, wenn sie sich freut. Götz legt einen Arm um seine Frau, küsst sie auf die Stirn und drückt sie kurz an sich. Er ist groß, blond und ziemlich schmal gebaut, trägt Parka und spärliche Bartstoppeln. »Hallo, Marie«, sagt er. »Ich hab euer letztes Lied gehört, klingt schön. Wann tretet ihr wieder auf?« Freundlich nickt er Alice und Lena zu. Schon diese wenigen Worte verraten den Norddeutschen, sein Tonfall klingt etwas blechern. Marie hat seine Hand genommen, sie redet ohne Pause, dass sie sofort wegen eines Tischs bei ihrem Lieblingsitaliener anrufen wolle, aber vorher solle er doch bitte kurz Lena anschauen, denn sie habe eine Schwindelattacke gehabt, und sie müssten sie vor dem Essen unbedingt noch heimfahren. Als sie sich zu Alice und Lena umdreht, lächelt sie so breit, dass man beide Zahnreihen sieht. »Komm Lena, Götz untersucht dich!«

Erst in diesem Augenblick entdeckt Alice die beiden leicht verlotterten Männer, einen älteren und einen jungen. Sie treten hinter der Mauer hervor und kommen auf sie zu, dicht nebeneinander, als ob sie sich gegenseitig vor Regen und Kälte schützen wollten. Der ältere trägt einen Rucksack über der Schulter, der junge hat eine vollgestopfte Plastiktüte dabei. Er ist es auch, der zaghaft die Hand hebt und Götz grüßt. »Herr Doktor, wir sind da, der Kartak und ich.« Die Glocken der Markuskirche schlagen zur vollen Stunde. Im Geläut geht alles Gesprochene für eine Weile unter. Danach wendet sich Götz an Marie: »Du weißt doch, dass ich die

Kontrollen mache. Ich komme von einem Hausbesuch, da wollte ich dir kurz Hallo sagen. Und dann treffe ich Kartak und einen seiner Kollegen«, er weist auf den jungen Mann, »und nehme sie mit in die Praxis. Da ist mehr Druck dahinter, wenn sie wissen, dass ich vor ihrem Haus auf sie warte.« Er zeigt auf einen rußschwarzen Altbau gegenüber der Kirche.

Nach seiner Erklärung versteht Alice zum ersten Mal, was es bedeutet, jemandem den Wind aus den Segeln zu nehmen. Eben noch war Marie in voller Fahrt, stolz gebläht, doch jetzt fällt sie schlaff in sich zusammen, ihr ganzes Gesicht hängt herunter, Mundwinkel, Lider, Wangen. Sie lässt Götz' Hand los, tritt einen Schritt zurück. »Marie, du weißt doch, wie wichtig das ist.« Zu Lena sagt Götz: »Sie können morgen früh in meine Sprechstunde kommen.« Er nickt noch einmal in die Runde und zieht mit Kartak und dem jungen Mann davon. Sie überqueren die Filderstraße bei Rot und verschwinden in einer der bergan führenden Seitenstraßen.

Auf dem Weg zum Auto schweigt Lena. Alice überlegt, ob auch sie weiß, wie heftig Marie werden kann, wenn sie wütend ist. Einmal hat sie Alice eine Macke in ihrem Wohnzimmerparkett gezeigt und ihr gestanden, da habe sie einen Teller nach Götz geworfen. Sie ist sich sicher, dass Kartak einer der Hauptgründe für Streitigkeiten zwischen Marie und ihrem Mann ist. Ihm und anderen Alkoholikern bietet Götz tägliche Abendtermine an, bei denen er prüft, ob sie tagsüber getrunken haben. Allein, wie Marie den Namen Kartak ausspricht, als schleuderte sie einen Batzen Speichel heraus. »Dieser widerliche Säufer! Weißt du, was Götz jetzt wieder getan hat? Er lässt ihn den Eingangsbereich in der Praxis renovieren, da ist seit Jahren nichts geschehen, ist wirklich dringend nötig, und wir haben einen Maler bestellt, also ich natürlich, und was tut Götz? Er verbringt den ganzen Sonntag mit seinem Kartak in der Praxis und lässt den die Tapeten runtermachen, als Therapie!«

Im Wagen schaltet Alice sofort die Sitzheizungen an. Lena gähnt und fröstelt. Ein Glück, dass sie nicht zu Fuß gegangen ist. Am liebsten würde Alice sie fragen, ob Marie ihr je davon erzählt hat, wie sie Götz kennengelernt hat, aber sie möchte keinen Vertrauensbruch begehen. Nachdem sie Lena abgesetzt hat, wartet sie, bis in ihrer Wohnung das Licht angeht.

Zu Hause hängt der Geruch von Zitrusreiniger in allen Räumen. Bogdan hat sämtliche Sofakissen hintereinander aufgereiht und Keile hineingehauen: Alice wirft sie wieder durcheinander. Fred ist nicht da. Sie zieht ein langes grünes Samtkleid an und deckt den Tisch für zwei, mit Kuchentellern, Sektgläsern und den Brombeertörtchen auf einer silbernen Platte. Die Kerzen zündet sie noch nicht an; stattdessen setzt sie sich in die Sofaecke, zieht die Beine zum Kinn hoch, schaut aus dem Fenster auf die beleuchtete Stadt und denkt an Marie, die in diesem Moment wahrscheinlich ebenfalls auf ihren Mann wartet. Über den Kennenlerntag von ihr und Götz weiß Alice Bescheid; Marie hat ihr davon erzählt, als sie sich noch gut verstanden haben.

*Die Geschichte der fetten Marie*

Die fette Marie hasste sich selbst, seit sie denken konnte. Vielleicht gab es in ihren frühen Kindertagen eine Zeit, in der sie fröhlich erwacht war, an ihren rosigen Beinchen und Ärmchen hinunterschaute, ihr rundes Gesicht mit den dunklen Locken im Spiegel versonnen betrachtete und mit sich zufrieden war. Aber diese Zeit hatte sie vergessen. Sie war ein fettes Kind und wurde ein fettes Mädchen, zu dem alle sagten: Dein Gesicht ist ja ganz hübsch, aber du bist fett. Weshalb frisst du so viel? Bekanntlich sind solche Sätze unnütz. Bei der fetten Marie bewirkten sie nur, dass sie selten sprach, keine Freunde hatte und den ganzen Tag lesend zu Hause saß. Überall bekam sie die besten Noten, sie war eine fette Streberin, die ein ausgezeichnetes Abitur machte und davon träumte, neu anzufangen, irgendwo, wo niemand sie kannte, und zog in die nördlichste und größte Stadt, die ihr einfiel, nach Hamburg. An der Universität merkte sie, dass sie verlernt hatte, mit anderen Menschen zu reden. Sie blieb einsam und unglücklich, aber sie war eine gute Studentin. Das dauerte bis zu einem Frühlingstag, als der fetten Marie an der Haltestelle vor der Staatsbibliothek ihre neue Trinkflasche aus Metall vor den einfahrenden Bus kullerte. Marie sprang hinterher, ohne nachzudenken. Der Fahrer legte eine Vollbremsung hin, beschimpfte sie durch seinen Lautsprecher als »fette, verblödete Kuh«, schloss ihr die Türen vor der Nase und fuhr unter dem Lachen der anderen Fahrgäste davon. Marie blieb weinend zurück, Beulen in der Flasche, Schrammen an den Knien und Straßendreck auf dem Mantel. Ein junger Mann kam von der Bibliothek herangeschlendert und überquerte die Straße auf dem Weg zur Haltestelle. Er war groß, schlank und blond. Als er sah, was geschehen war, beschleunigte er seine Schritte.

Während Götz der fetten Marie mit spöttischem Gesichtsausdruck den Staub abklopfte, fasste sie einen Entschluss. Sie wies mit ihrer Grübchenhand auf eine pseudorussische Bar an der gegenüberliegenden Straßenseite und sagte: »Du hast dich wahrhaft ritterlich verhalten. Ich lade dich zu einem Cocktail ein.« Götz, der als Medizinstudent dicke Menschen besonders streng beurteilte, wand sich erst ein wenig. Aber es war Freitag, früher Abend, er hatte sein Lernpensum für diesen Tag durch und nichts Besseres vor. Kaum saßen sie, stellte seine Begleiterin etwas klar: »Nur, damit du weißt, mit wem du es zu tun hast.« Sie klappte ihr knallrotes Kunstlederportemonnaie auf und zog ein Foto heraus. »Das bin ich.« Die Aufnahme zeigte eine hübsche Frau, Kleidergröße 34. Die fette Marie trug etwas jenseits von XL. Sie schwitzte im Gesicht. »Ich sehe dir an, dass du mir nicht glaubst. Ist ja auch nicht ganz einfach.« Bei diesen Worten versetzte sie ihrem Oberarm einen Stipps, dass der herabhängende Speckwulst, den die kurzärmelige Bluse freiließ, sanft schaukelte. »Ich bin übrigens die fette Marie.« Mit Götz' Fassung war es vorbei. »Was!?«, stieß er hervor und starrte zwischen Frau und Foto hin und her. Mit einer selbstbewussten Geste warf die Fette – die fette Marie, sie hatte dieses Wort in den Mund genommen – ihr Haar in den Nacken. Es hatte wahrhaftig dieselbe dunkle, gelockte Textur wie das der dünnen Göttin auf dem Bild. Sie hatten auch die gleichen Augen, groß und kugelrund geschnitten, unter dichten dunklen Brauen. »Sieh nur genau hin. Als Mediziner weißt du ja, wie selten eineiige Zwillinge sind.« Sie kicherte, bestellte beim herangetretenen Kellner zwei Tequila Sunrise und sagte, er solle nicht geizig mit dem Knabberzeug sein. »Jaja«, murmelte Götz, »vier von eintausend.« »Ich habe ein Jahr in Frankreich gelebt und dort studiert«, warf die fette Marie locker ein, während sie die obersten Knöpfe an ihrer Bluse öffnete, so dass der tiefe, warme Spalt zwischen ihren ungeheuren Brüsten zu sehen war. Sie wusste genau, dass es unmöglich war, dort nicht hineinzustarren. »Natürlich in Paris. An der École nationale supérieure des beaux-arts, die gehört zu den besten Kunsthochschulen der Welt. Mein Projekt«, sie sprach es auf Französisch »project« aus, »war eine Verwandlung, une métamorphose. Es heißt«, sie machte eine Pause, in der sie ihm tief in die Augen sah (jetzt war es Götz, der schwitzte), »la Marie grosse, die fette Marie.«

Der Kellner kam mit ihren Drinks, sie sog kräftig an ihrem Strohhalm, ohne mit ihrem Begleiter anzustoßen. »Ich habe dafür zugenommen, mehr als einen Zentner. In Frankreich geht das einfacher als hier, mit dem ganzen Käse und den Patisserien.« Sie leckte sich die Lippen des hübschen Mundes und zog eine Klarsichthülle aus ihrer Laptoptasche. Darin war ein großer Ausschnitt aus einer französischen Zeitung. Götz betrachtete das Blatt. »Das ist unglaublich«, flüsterte er. Auf dem Bild unter dem Artikel sah man ein nacktes Frauenbein, feist und voller Grübchen, es ging über in eine pralle Pobacke. Der Leibesausschnitt ruhte auf einem mit weißen Laken verhüllten Tisch. Die zarte Haut war über und über mit Zeichnungen bedeckt, mit Bildern und Aufschriften. Götz erkannte mindestens ein Dutzend verschiedene Sprachen und Schriften. Obszönitäten und Beschimpfungen, krude Skizzen von Geschlechtsteilen, Telefonnummern, Adressen, neben kleinen Comics, Smileys, Ornamenten, einem Gedicht, das mit den Worten »Au claire de la lune mon ami Pierrot« begann. »Für sechs Stunden habe ich regungslos bäuchlings auf einem Tisch gelegen, in einer Galerie im Marais. Das Publikum konnte sich aus einer Box Kugelschreiber nehmen, sie durften auf meine Haut schreiben oder zeichnen, alles, was sie wollten. Nur verletzen durften sie mich nicht, ich war nicht so mutig wie Marina Abramovic, es gab eine Security.« Sie stopfte sich ein paar Salzstangen in den Mund und sprach kauend weiter. »La grosse Marie – die fette Marie. Landscapes of flesh – Paysages du viande, das war meine Abschlussarbeit. Wie du siehst, gab es gute Presse.«

Sie tippte mit dem dunkelroten Fingernagel auf die Titelzeile der Zeitung, Le Monde, 20. Oktober 1995. Götz, der kein Wort Französisch sprach, starrte erst die Zeitung an, dann Marie. »Du hast dich mit Absicht dick gefressen?« Er warf die Hülle mit dem Artikel auf den Tisch. »I wanna cum into your fat face«, er las laut vor. »Fetten Fotzen wie dir sollte man den Arsch bis zum Stehkragen aufreißen!« Die fette Marie lächelte. »Ein Kunstwerk verlangt Opfer, findest du nicht?« Götz zeigte sich empört. Er begann, die Risiken der Adipositas, er sagte zwischendurch immer wieder Fettsucht, in allen Einzelheiten auszubreiten – Schlaganfall, Gelenkverschleiß, gesellschaftliche Ächtung. »Du meinst vorhin, am Bus?« Er fing an, auf seinen Nägeln herumzukauen. »Das auch. Aber wenn du so ausgesehen hättest wie da«, er wies auf das Foto aus dem Portemonnaie, »hätte ich dich eingeladen und nicht umgekehrt.« Die fette Marie zerbiss knirschend einen Eiswürfel. »Ich werde wieder so dünn werden wie vorher«, sagte sie und sah Götz dabei fest an. »Das war bei diesem Projekt von Anfang an mein Ziel.« Er legte den Kopf schief. »Ein guter Vorsatz, aber verdammt schwierig.«

Marie orderte neue Drinks. Götz schüttelte den Kopf. »Du solltest das nicht tun. Alkohol hat viele Kalorien.« »Bist du jetzt mein Diätcoach?«, fragte die fette Marie. Und Götz antwortete: »Ja, warum nicht?«

So begann die Geschichte von Götz und Marie. Am nächsten Morgen bestellte er sie in ein Krankenhaus, in dem er gerade ein Praktikum in der Geriatrie machte. Vor zwei Gläsern Mineralwasser in der Cafeteria entwarf er für Marie einen Ernährungsplan auf der Basis von Hähnchenbrust, Gemüse und Vollkornprodukten. Sie musste täglich zum Wiegen und Blutdruckmessen in seinem WG-Zimmer antreten, und er sah ihr mit konzentriertem Gesichtsausdruck zu, wenn sie im Abendrot auf einem Sportplatz ihre Runden drehte, weinend, schwitzend und hustend. Fasziniert beobachtete er, wie sich aus den Speckfalten ein schmales, graziöses Geschöpf hervorschälte, das er von Tag zu Tag großartiger fand. Die fette Marie sprach nicht mehr viel. Sie hatte genug damit zu tun, sich abzustrampeln, gesund zu essen und nebenbei ihre Magisterarbeit zu schreiben. Nach dem Training, Götz lief mit, seit sie ein normales Tempo vorlegte, saßen sie verschwitzt nebeneinander auf einer der Zuschauerbänke und tranken Wasser aus Fahrradflaschen. Götz ließ sich von Marie seinen Prüfungsstoff abfragen und nannte sie »Marie-Marie« nach einem alten Song, den sie beide mochten. Sie erzählte ihm von ihrem Praktikum in der Kunsthalle; dort unterstützte sie die Abteilung für Museumspädagogik, organisierte Führungen für Schulklassen und gab zu, dass sie Kinder mochte.

An einem warmen Abend im September überquerte ein junger Mann in Jeans und Polohemd die Laufbahnen. Als er Marie entdeckte, riss er den Arm hoch, winkte enthusiastisch und kam auf sie zu. Götz blieb mit Absicht sitzen. Er konnte nicht fassen, wie tief er diesen grinsenden Menschen hasste. Er war Jurastudent und hatte Marie in der Staatsbibliothek angesprochen, natürlich erst, als sie schon dünn gewesen war. Götz wusste, dass sie dort manchmal zusammen Kaffee tranken. Jetzt spürte er, wie heftig sich sein Magen bei Maries fröhlichem Gesicht, ihrem Zurückwinken und den Küssen zusammenkrampfte, die der Kerl auf ihre erhitzten Wangen tupfte. Nach der Begrüßung zog er Karten für ein Konzert in einem Club aus der Tasche. Marie schien eingeweiht. Ihr Ausgeh-Outfit hatte sie in der Sporttasche mitgebracht und sich in der Umkleide frisch gemacht. Lachend ging sie im Minikleid zwischen den beiden Männern, die sich gegenseitig musterten. Marie sah Götz träumerisch an. »Komm doch heute Abend mit«, schlug sie vor. »Die sind seit Tagen ausverkauft«, grätschte der Juratyp dazwischen. Natürlich gab es noch eine Karte für Götz. Das Konzert war stimmungsvoll und irgendwann küsste Götz Marie mitten auf der Tanzfläche.

Gelungene Liebesgeschichten zu erzählen, ist langweilig, denn sie hören sich alle gleich an. Marie und Götz blieben zusammen, machten ihre Abschlüsse, und als Marie, für die die Jobsuche wesentlich schwieriger war als für ihn, endlich eine Stelle in Tübingen fand, war Götz neugierig auf den unbekannten Süden und ging mit. Schon bevor sie ihre Töchter bekommen und nach Stuttgart gezogen waren, spürten beide, dass die Zeit auf der Aschenbahn, zwischen Waage, Stoppuhr, Keuchen und Mineralwasser, etwas Besonderes gewesen war. Was danach kam, überstrahlte niemals diese Gloriole. Wenn Götz die hoffnungslosen Fälle unter seinen Patienten zweimal täglich besuchte und dabei zusah, wie die

Verkrampfungen ihrer Leiber sich unter dem Morphium auflösten, das er ihnen spritzte, spürte er eine Andeutung jenes Gefühls, das ihn bei Maries langsamer Schmalwerdung erfüllt hatte, beim Anblick ihrer anbetenden Augen. Wenn Marie mit ihren Mädchen Kraniche aus Buntpapier faltete oder zu einem Waldspaziergang aufbrach, obwohl sie nach den Stunden im Büro so erschöpft war, dass sie bei jeder Geringfügigkeit explodierte, wenn sie gesund kochte, um ihr Gewicht zu halten, oder sich in eine enge Jeans zwängte, hoffte sie auf diesen Ruck, der bei ihrem Anblick damals durch Götz' ganzen Körper gegangen war, ihm die Mundwinkel hochgezogen und sein Gesicht mit einem einzigen breiten Grinsen erleuchtet hatte.

Was ihnen stattdessen geblieben war, konnte niemand ernsthaft schlecht nennen. Götz fand sich zurecht in diesem Leben; er liebte es, kranken Menschen zu helfen, er liebte seine Töchter, und auch wenn er den Südwesten und die dortigen Eigenarten nicht besonders schätzte, war er doch nicht unglücklich in seiner neuen Heimat. Auf Marie war er stolz; ihre Verwandlung gehörte zu den größten Erfolgen seines Arztberufs.

Sie hatte ihm nie erzählt, wie viele Stunden vor ihrem Sturz an der Bushaltestelle sie mit Beobachtungen verbracht hatte, wie oft sie an seinen Arbeitstisch in der Staats- und Universitätsbibliothek herangeschlichen war, um herauszufinden, welches Fach er studierte, oder wie oft sie sich in der Nähe seiner Mediziner-Clique vor dem Kaffeeautomaten herumgedrückt hatte. Wer beachtete schon ein fettes Mädchen? In Paris war sie tatsächlich gewesen, sogar an der École nationale supérieure, wenn auch nur als Kunstgeschichts-Studentin. Dort wurde sie »la grosse Marie« genannt, das entsprach der Wahrheit. Einige Studenten und Dozentinnen hatten sie ziemlich gemobbt, und sie brach ihr Auslandssemester vorzeitig ab. Das gemeinsam mit Götz erkämpfte Gewicht zu halten, fiel ihr nicht leicht, besonders nach den Geburten. Außerdem konnte sie nicht glauben, dass sie inzwischen wirklich aussah wie das Mädchen auf dem Foto, das eine entfernte Kusine zeigte. Immer wieder fragte sie ihren Mann, ob er sie wirklich schön fände und liebe. »Hör mit dem Gebettel auf, Marie«, hatte Götz irgendwann gesagt. Später ging er gar nicht mehr auf diese Fragen ein. Marie aber hielt Ausschau nach jemandem, der anfing zu leuchten, wenn sie auftauchte. Ihre Kinder taten das für eine lange Zeit. Danach fing sie wieder an zu suchen.

# 9

»Alice? Hallo, Alice?« Die Stimme am anderen Ende ist so schrill, dass Alice sie nicht zuordnen kann. Für den Bruchteil eines Augenblicks hofft sie, es könnte Sophie sein, aber Talitha ist gestern Abend davongelaufen, ohne ihr die Nummer zu geben. Sähe sie jetzt Sophies Namen auf dem Display, ihr Herz würde aufgeregt schlagen. Alice hasst unterdrückte Nummern, und so früh am Morgen bedeuten solche Anrufe nichts Gutes. Wenn sie ehrlich ist, fürchtet sie immer, eine schockierte Assistentin aus Freds Büro wäre am Apparat, weil er mit dem Gesicht auf seiner Schreibtischplatte liegt, vom Herzinfarkt gefällt. Der Rauch seiner Frühstückszigarette hängt noch im Raum. Natürlich weiß ihr Verstand, dass ihr Mann, der sie vorhin zum Abschied in den Nacken geküsst hat, wahrscheinlich noch unterwegs ist. Freds einziger Sport besteht darin, von ihrer Wohnung in der Birkenwaldstraße eine lange Staffel mit dem rätselhaften Namen Im Kaisemer hinunterzulaufen, bis er an der dröhnenden Heilbronner Straße vor den Betonklötzen des Europaviertels steht und bei der Stadtbibliothek in die U-Bahn steigt. In der Bäckerei des Edeka am Olgaeck lässt er sich eine Tüte mit Butterbrezeln und eine zweite mit »süßen Stückle« füllen, für seine Angestellten, Partner und natürlich für sich selbst. So bepackt muss er höchstens noch fünf Minuten weiterzockeln, bis er im Büro in der Urbanstraße angekommen ist.

»Ja?«, meldet sie sich schließlich. »Alice? Bist du das? Hallo, hörst du mich?« Alice wechselt mit dem Telefon zum anderen Ohr. Aus dem Fenster vor ihrem Schreibtisch sieht sie über die halbe Stadt. Der gläserne Keil der Landesbank füllt sich mit den Farben des Sonnenaufgangs, eine aufwändige Show in Orange und Gold. Schwarz hebt sich die Hügelkette vom Horizont ab; auf einem von ihnen steht die Grabkapelle der württembergischen Könige. Schnell schaut Alice auf einen Teefleck am Bauch der Kanne und spürt, wie ihre Angst wächst. Endlich bringt sie die Frage heraus: »Ist was mit Fred?«

Die Frau am anderen Ende der Leitung stößt hastig Satz um Satz hervor: »Wieso mit Fred? Was soll mit ihm sein? Es geht um Lena. Sie ist gefallen, ich bin bei ihr zu Hause, wollte ihr vor der Arbeit ein Buch vorbeibringen, diese Djuna-Barnes-Biografie. Eigentlich nur als Vorwand, um zu schauen, wie's ihr geht, hab mir halt Sorgen gemacht, nachdem sie im Chor zusammengeklappt ist. Sie hat nicht aufgemacht, dabei hab ich Sturm geklingelt. Da bin ich mit dem Schlüssel rein, zum Blumengießen hat sie mir einen gegeben, dir doch auch.« Sie räuspert sich und redet weiter. »Da finde ich Lena auf dem Sofa, in Unterwäsche! Ein Häufchen Elend, hat geschlafen. Alice, ihre Arme und Beine und die Lippen, alles war blau, wie Goethe bei seiner Geburt! Ich musste sie schütteln, um sie wachzukriegen. Sie war ganz indigniert, was ich zu einer ›so unchristlichen Zeit‹ bei ihr wolle. Dann erzählte sie, sie sei gestern im Bad gestürzt, wegen Schwindel. Hat einen Cocktail aus Schmerz- und Schlaftabletten genommen. Ganz schief sieht sie aus – Marie sagt ganz schebs, dieses schwäbische Wort kennt Alice schon lange –, bestimmt hat sie sich was gebrochen.« Endlich holt Marie Luft. Ausgerechnet Marie. Alice merkt nicht, wie laut ihre eigene Stimme klingt: »Mensch, ruf den Notarzt! Oder Götz!« Vom anderen Ende kommt ein lautes Ausatmen, eher ein Pusten. Marie bläst Rauch aus. »Sie weigert sich, wird total fuchtig, wenn ich davon anfange, will mir die Freundschaft kündigen. Immerhin liegt sie jetzt im Bett. Mit Müh und Not hab ich sie da reinbugsiert.« Sie räuspert sich und Alice hört, wie sie eine neue Zigarette aus der Schachtel klopft. Im Gegensatz zu den meisten Rauchern, die Alice kennt, ist Marie nicht auf IQUOS umgestiegen. Ihr Feuerzeug schnappt auf, sicher das goldene. Es ist so massiv und schwer, dass es unmöglich echt sein kann. Marie hat nie verraten, woher es stammt. Alice hat schon überlegt, ob sie es vielleicht geklaut hat, bei einem Kongress oder in einer Bar. Im Stehlen hat sich Marie angeblich schon als Teenager geübt: Fett und voll diebischer Wut will sie durch die Kaufhäuser auf der Königstraße gezogen sein.

»Alice, kannst du herkommen? Das würde Lena beruhigen, sie ist total neben der Kapp'. Die muss geröntgt werden, das seh sogar ich. Ich hab Mignon im Auto, die pinkelt mir alles voll, wenn sie noch lange da eingesperrt bleibt, und in einer halben Stunde geht das Meeting los, über ein neues Projekt in Budapest, und Termine mit Stipendiatinnen hab ich außerdem.«

Wie kann man seinen Hund bloß Mignon nennen, denkt Alice wieder einmal, als sie nach einem »Komme sofort« auflegt.

Sie hat das Tier sogar für ein Wochenende gehütet, als Marie mit den Studierenden zu einer Ausstellung nach Basel fuhr. Luzie und ihre Schwester, für die die kleine zimtfarbene Straßenhündin aus einer rumänischen Tierrettungsstation eigentlich angeschafft worden war, zogen sich mit Ausreden aus der Affäre. Götz fiel ohnehin aus, irgendeine ärztliche Fortbildung. Am ersten Abend bei Alice stand Mignon, die weichen Wüstenfuchsohren lauschend aufgestellt, den Schwanz eingezogen, lange an der geschlossenen Wohnungstür und fiepte nach Erlösung durch ihr Rudel.

Alice greift nach Tasche und Autoschlüssel und erlaubt sich, als sie in ihren Wintermantel schlüpft, einen Gedanken an ihre Daunenjacke, die vielleicht gerade Sophie wärmt. Bei ihr könnte sie später vorbeischauen. Falls Lena sich nur den Fuß verknackst und Marie eine harmlose Angelegenheit zum Drama aufgeblasen hat. Natürlich musste sie wieder ihren blöden Goethe unterbringen. Alice kennt diese Geschichte längst, vom blauen Baby, das der Dichterfürst bei seinem Eintritt in die Welt gewesen sein will. Dieses verstörende Bild verwendete Marie jedes Mal wenn sie von den Geburten ihrer eigenen Töchter berichtete. Immer musste sie voll aufdrehen, um jeden Preis Beachtung finden.

Beim Anschnallen bemerkt Alice ein paar kurze helle Haare auf dem Autositz. Mignons Zeit in ihrer Obhut ist schon lange her. Trotzdem findet sie manchmal noch Spuren dieses Gastes. In Mignons dunklen Augen zeigt sich ihr ganzes Wesen: sanft, voller Ängste, duckmäuserisch durch all die Tritte, die sie in ihrem Hundeleben abgekriegt hat. Erstaunlich war, wie schrill sie jedes Mal kläffte, wenn jemand durch das Treppenhaus lief oder gar die Wohnung betrat, stets bereit, die Ihren zu beschützen. Draußen stemmte sie ihre vier Pfoten gegen den Asphalt, um nicht an einer Baustelle mit flatterndem Absperrband vorübergehen zu müssen, drückte sich an Hauswände, sobald Passanten entgegenkamen. Am ersten Tag bei Pogge-Sulzbergers verweigerte sie das Futter, fraß erst am nächsten Morgen und nur aus Freds Hand. Ihm folgte sie überraschenderweise auf Schritt und Tritt, und das von Anfang an, leckte demütig seine Finger und begrüßte ihn mit zaghaftem Schwanzwedeln.

Während Alice langsam die Birkenwaldstraße hinunterfährt, sieht sie Bogdans Kombi, der in der Einfahrt eines mächtigen Killesberg-Palastes parkt. Er selbst fegt den Rinnstein aus, die Baseballkappe tief in der Stirn. Sie hupt, hebt die Hand. Er fährt hoch, das Gesicht wütend verzogen. Sein Mund entspannt sich, sobald er Alice bemerkt, formt ein Grinsen. In militärischer Geste reißt er Arm und Besen zum Gruß in die Höhe. Über die Freisprechanlage ruft Alice ihre Assistentin an, bittet sie, ihre nächsten Termine zu verschieben. Das letzte Mal hat sie das getan, als ihr ein vereiterter Backenzahn gezogen wurde.

Vor dem Bahnhofsturm wölben sich in regelmäßigen Abständen enorme Bullaugen aus dem Boden, umgeben von knallgelben Einfassungen – die Oberlichter der zukünftigen unterirdischen Abfahrtshalle. Wie üblich staut sich der

Verkehr an diesem Punkt der Heilbronner Straße, und Alice befiehlt der Sprachsteuerung: »Spiel die Cantarinen-Playlist!« Sofort setzt die Stimme einer Altistin ein: »Über gelb' und rote Streifen ziehen hoch die Vögel fort. Trostlos die Gedanken schweifen, ach! sie finden keinen Port, und der Hörner dunkle Klagen einsam nur ans Herz Dir schlagen.« Alice summt leise mit, sie hört Lena hinter diesen Versen und macht sich Sorgen.

Als sie in die Seitzstraße einbiegt, fällt ihr auf, dass Lena sie schon eine Weile nicht mehr nach Hause eingeladen hat. Bei ihrer letzten Verabredung gingen sie ins Café, davor spazieren, genau wie in den ersten Monaten der Pandemie. Damals waren sie meist auf dem Schimmelhüttenweg unterwegs gewesen. Er führt zwischen den Weinbergen und »Stückle« entlang, die in diesem schneelosen Winter nass und unansehnlich dalagen, bis sich der Pfad hoch über der Stadt hinzieht und weite Ausblicke bietet. Sie suchten sich einen halbwegs trockenen Platz auf einer der vielen Stützmauern, mit denen die Steillagen gegürtet sind. Von dort schauten sie über kahle Holunderbüsche, schwarze Rebstöcke und angefrorene Rosenkohlstauden in das eng eingeschnittene Heslacher Tal hinunter. Alice öffnete eine Keksdose und schenkte Lena Kaffee aus der Thermoskanne ein. Sie war froh gewesen, der Freundin auf diese Weise etwas zurückgeben zu können: Wie oft hatte sie nach einem anstrengenden Arbeitstag an Lenas Esstisch eine Parade von Delikatessen empfangen. Auch wenn diese Mahlzeiten äußerlich nichts gemeinsam hatten mit den Emmentaler-Essiggurken-Stullen ihrer Kindheit, blieb das Gefühl dabei stets gleich: Jemand kümmerte sich um sie und umsorgte sie so selbstverständlich, wie das zuletzt ihre Mutter getan hatte.

Gerade deshalb fand Alice seltsam, wie die Freundin sich in letzter Zeit aus ihrer Gastgeberinnenrolle zurückzog. Bis jetzt hat sie nicht gewagt, sie nach dem Grund zu fragen. Es wäre ihr vorgekommen, als erkundigte sie sich nach Lenas Bestattungsvorsorgevertrag.

Schon von weitem leuchtet Maries hellblauer Beetle vor Lenas Haus. Sie fährt ihn schon ewig, und er ist längst kein Statussymbol mehr, eher ein stummer Zeuge ihrer Fahrweise: Beulen, Kratzer, eine leicht eingedellte Stoßstange. Auch jetzt steht er mit einem Hinterrad auf dem Bordstein. Schebs, denkt Alice. Schebs wie meine arme Lena. Schnell und präzise parkt sie gegenüber ein. Auf der ruhigen Seitzstraße fährt kaum ein Auto. Die Glocken der Markuskirche schlagen zur halben Stunde. Sie hat sich vor einem Besuch bei Lena noch nie gefürchtet. Jetzt spürt sie ihren Puls unter der Zunge.

Als sie zum ersten Mal vor der wilhelminischen Wohnburg stand, hatte sie den Kopf in den Nacken gelegt und lange an der Sandsteinpracht emporgeschaut, hatte einen Hasen entdeckt, eine Eule mit ausgebreiteten Flügeln, Ritter und Edelfrauen im Laubwerk und sich im Treppenhaus daran gefreut, wie aus den schwarzweißen Sprenkeln des Terrazzo das Wort »Salve« leuchtete. Nun traut sie sich nicht ins Haus. Sie wartet im »Bödele«, einem kleinen, mit Terrakottafliesen belegten Vorplatz, starrt auf die geschnitzte Ranke an der Eingangstür und beißt sich auf die Lippen.

Plötzlich hört sie gedämpftes Jaulen und dreht sich um. Es kommt aus dem Beetle. Mignon steht aufrecht auf dem Rücksitz. Das ganze Tier zittert. Marie weiß doch genau, wie sehr die Hündin sich fürchtet, wenn sie allein bleiben muss. Trotzdem setzt sie sie diesem Stress aus, nur damit sie ihr nicht im Weg ist. Alice rüttelt an der hinteren Wagentür, deren Schloss früher schadhaft gewesen war. Wie sie Marie einschätzt, war sie damit noch nicht in der Werkstatt. Das Auto lässt sich wirklich öffnen. Wedelnd springt Mignon vor Alice auf den Gehweg, fiept aufgeregt und erlaubt sofort, dass Alice sie auf den Arm nimmt. Kurz drückt sie das Gesicht ins Fell; Alice meint eine Spur von Maries Parfum unter dem warmen, talgigen Hundegeruch zu entdecken.

Mit Mignon an der Brust die Haustür aufzuschließen, erweist sich als Kunststück. Im Treppenhaus setzt Alice das Tier ab, weist mit einer Handbewegung nach vorne und sagt: »Lauf!« Die Hündin springt mit klappernden Krallen die Stufen hoch, die Spitze ihrer dünnen, hochstehenden Rute leuchtet wie eine Fahne im Halbdunkel. Alice folgt ihr eilig.

»Wir beide könnten bestimmt allerhand miteinander anfangen.« Lenas hellbraune, bei Sonnenschein fast bernsteingelbe Augen funkelten, als sie Alice nach der Chorprobe eingeladen hatte, »auf eine Tasse Tee«. Staunend war sie Stockwerk um Stockwerk hinaufgestiegen. Die riesigen Buntglasscheiben tauchten das Treppenhaus in ein vielfarbiges Aquariumslicht. Selbst an Hitzetagen blieb es hier angenehm kühl. Aus dem Dämmer schwammen Delphine heran, Schlingpflanzen, ein goldäugiger Oktopus, und vor Lenas Wohnung schließlich die Allerschönste: eine Nixe mit Fischschwanz und üppig wogendem Algenhaar. Der Künstler hatte dem Gesicht der Meerfrau einen rätselhaften Ausdruck verliehen. Wahrscheinlich lag das nur an einer zufälligen Asymmetrie, in der die Glasstücke für Augen, Mund und Nase ins Oval des Kopfes eingesetzt waren, aber die Nixe schaut je nach Lichteinfall versonnen, beleidigt oder boshaft.

Bisher hatte Alice den ihr anvertrauten Schlüssel nur

benutzt, wenn sie beauftragt war, Körner in eine Schale auf dem Küchenbalkon zu füllen, damit eine verwöhnte Schar Singvögel sich keinen anderen Futterplatz suchte, solange ihre Hüterin verreist war. Das ist schon lange nicht mehr vorgekommen. Alice stochert herum, verfehlt das Schloss, legt kurz die Stirn gegen das harte Holz der Tür. Drinnen hört sie keinen Laut und weiß nicht, was sie mehr fürchtet, das Elend der verletzten Freundin oder Marie mit all ihrer Wucht. Sie drückt sich in die Diele wie eine Einbrecherin, die Hündin schlüpft hinterher. Die Tür zum Salon steht offen, Morgenlicht fällt auf den honigfarbenen Sekretär, Buchrücken reichen bis unter die Decke, es riecht schlecht und ist ganz still.

Gleich neben der Eingangstür stapeln sich mehrere verschnürte Müllbeutel, daneben Kartons voller Altpapier und Leergut. Ein Kleiderberg liegt vor dem Biedermeierschrank, der als Garderobe dient. Post-its kleben auf seiner Spiegeltür. »Reinigung! Waschpulver! Bad putzen!« Mignon schnüffelt an einem umgekippten Stiefel.

»Ich bin da!«, ruft Alice verhalten. Maries Namen bringt sie nicht heraus, schon vorhin am Telefon hat sie das nicht geschafft. Nach Lena will sie nicht schreien, falls sie schläft.

Im Schlafzimmer, hat Marie gesagt. Bis dorthin läuft man ein Stück. Lenas Wohnung ist, ohne jede Übertreibung, enorm groß. Alice muss Salon, Esszimmer, Arbeitszimmer durchqueren – repräsentative Räumlichkeiten mit Eichenparkett, einer Loggia, alten Einbauschränken. In Küche und Bad gibt es Kacheln, auf denen sich das Seegetier des Treppenhauses wiederfindet.

»Alles ein paar Nummern zu groß für ein altes Weible, das Zeit seines Lebens in einer nicht gerade als Gelddruckmaschine bekannten Branche gearbeitet hat. War sie mal reich verheiratet? Hat sie geerbt? Geschickt spekuliert?« Unverblümt stellte Fred seine Steuerberater-Fragen, nachdem er mit Alice zur Maibowle in die Seitzstraße eingeladen worden war. In einer Kristallschüssel schwammen Waldmeisterstängel und Zitronenscheiben. Alice hat ihm die Geschichte erst mal nicht verraten. Sie klang wie ein Märchen, und auf ebendiese Weise wurde sie erzählt: abends im Bett, als sie im Dunkeln nebeneinanderlagen.

*Die Geschichte von der guten Tante*

In einer Stadt im Süden Deutschlands lebte einmal ein kleiner Junge in einer großen Wohnung. Sein Vater und seine Mutter hatten nicht nur viel geerbt, sie arbeiteten tagsüber und oft ganze Nächte hindurch, um dieses Geld zu vermehren. Beide waren besessen von ihrer Arbeit, dem Geld und allem, was man kaufen konnte, um anderen Menschen zu zeigen, wie erfolgreich man war: Autos, Kleider, Schmuck und Uhren. Der kleine Junge passte nicht in ihr Leben, aber sie hatten ihn nun mal, er war ihnen zugestoßen wie ein Schnupfen oder eine Blasenentzündung. Sie sorgten für ihn, er bekam teure Sachen, damit er gut mit seinen Eltern harmonierte, Karateunterricht und viele Computerspiele. Was er nicht bekam, war ihre Zeit. Er konnte sich nicht erinnern, einmal ohne Kindermädchen gewesen zu sein. Die Frauen, die ihm sein Vesperbrot schmierten und ihm abends vorlasen, waren dick oder dünn, groß oder klein, sie hatten braune, ockerfarbene oder helle Haut, blonde, schwarze oder weiße Haare, manche waren lustig, andere mürrisch, die eine machte die besten Pfannkuchen, die andere bastelte Leute aus Kastanien, die Nächste konnte mit den Ohren wackeln. Der Junge fand es schrecklich, wenn sie irgendwann weggingen. Und wenn sie gingen, sagten sie zum Abschied: »Mein kleiner Pfannkuchen, mein Fröschlein, mein Hasenohr, ich habe dich sehr gern, aber jetzt ist unsere Zeit zu Ende, und ich gehe wieder zurück zu meinen Kindern, zu meinen Enkeln, nach denen mein Herz schreit, Tag und Nacht, die ich mehr liebe als alles auf der Welt.« Bei jedem Abschied war der kleine Junge traurig, aber er gewöhnte sich an die Traurigkeit, denn Menschen, auch Kinder, können sich an alles gewöhnen, auch daran, jeden Tag Hunger zu haben, mit Bomben beworfen oder regelmäßig geschlagen zu werden. Die Gewöhnung an Scheußlichkeiten verändert Menschen allerdings, sie verformt ihre Seelen. Die Seele des kleinen Jungen aus der riesigen Wohnung bildete keine Ausnahme. Sie bekam eine dicke Hornhaut. Seine von all den Abschieden abgemagerte und feuchtkalte Seele war mit einem Panzer ummantelt. Ohne diese Hornhaut hätte er nicht aufhören können zu weinen, wenn sich wieder mal eine Frau verabschiedete, die für ihn gesorgt hatte. Die Hornhaut half ihm dabei, nicht dauernd an sie zu denken. Sie hielt ihn davon ab, eine Haarnadel, einen Schal oder einen Keks, den diese Frau gebacken hatte, in einer geheimen Kiste aufzubewahren, daran zu schnuppern und stundenlang von ihr zu träumen. Er wurde älter, gleichgültiger und freute sich auch nicht mehr wie ein tollpatschiger Welpe, wenn er seine Eltern in ein Restaurant oder in ihre prächtigen Büros begleiten durfte. Dann kam der Tag, an dem die Eltern beschlossen, in ein weit entferntes Land umzuziehen, wo sie noch bessere Geschäfte machen und noch mehr Geld verdienen konnten. Dieses Land war wirklich weit weg, man sprach dort eine Sprache, die schwer zu erlernen war. Deshalb beschlossen sie, ihren Jungen nicht mitzunehmen.

Er hörte sich ihre Pläne in aller Ruhe an und fragte nur: »Und wer passt auf mich auf? Bekomme ich dann endlich einen Hund?« Ein eigener Hund war sein größter Wunsch. »Haustiere kann man dem Personal heutzutage nicht mehr zumuten«, sagte seine Mutter. »Ein Hund, mein Junge, was für eine Idee!«, rief sein Vater.

Der Umzug der Eltern in das ferne Land rückte näher, die Wohnung füllte sich mit Kisten und Kartons, zwischen denen der Junge Verstecken und Ritterburg spielte, fast immer allein, weil er nicht leicht Freundschaften schloss. Die Eltern gaben Anzeigen in allen Zeitungen der Stadt auf, um eine nette Frau zu finden, die bereit war, mit dem Jungen in der Riesenwohnung zu leben und sich um ihn zu kümmern. Doch es war wie verhext – niemand meldete sich, dabei waren die Eltern bereit, ein fürstliches Gehalt zu zahlen. Allmählich machten sie sich Sorgen: weit mehr um ihre Reise als um den Jungen, und wurden täglich nervöser. Schließlich riefen sie ihren Sohn eines Nachmittags ins Wohnzimmer, zeigten ihm einen bunten Prospekt mit Fotos von lachenden Jungen, die Fußball spielten, in einem See badeten und Würste an Stöcken in ein Lagerfeuer hielten. »Schau mal, wie viel Spaß diese Kinder haben. Das ist ihr Zuhause.« Der Vater deutete mit dem Finger auf ein weißes Haus mit zwei Türmen, eine Art Burg. »Alle diese Jungen gehen da in die Schule und wohnen auch dort. Zusammen mit ihren Lehrern. Ist das nicht eine fabelhafte Sache? Tag und Nacht wirst du mit anderen Kindern zusammen sein. Du bist nicht mehr allein, und statt einer Nanny kümmern sich alle möglichen Leute um dich.« Die Mutter nickte und lächelte. »Das nennt man ein Internat. Wir haben dich dort angemeldet, und morgen fahren wir mit dir hin. Gar nicht weit von hier. Und das Beste: Es liegt direkt an einem See. Da kannst du jeden Tag schwimmen und Boot fahren.« Der Junge betrachtete die Bilder, die zufriedenen Mienen seiner Eltern. Danach ging alles schnell. Die Hornhaut um seine Seele barst wie die Schale einer Nuss. Sie sprang ab, als der Junge einen lauten Schrei von sich gab. Er schrie, dass Mutter und Vater zusammenfuhren. Er schrie, und sein kleines blasses Gesicht wurde rot wie eine Erdbeere. Er schrie, dass ihm die Spucke aus dem Mund flog. Dann griff er nach dem Prospekt mit der weißen Burg und den lachenden Kindern, riss ihn mittendurch, warf die Fetzen auf den Teppich und trampelte darauf herum. Er schrie immer dasselbe: »NEIN!« Als er fertig war, stellte er sich vor seine verblüfften Eltern hin und sagte: »Wenn ich aus meinem Zuhause fortgehen muss, wird etwas geschehen, das euch ein Leben lang leidtun wird.« Tief holte er Atem und hängte ein Wort an, das seine winzig kleine, grauhaarige Kinderfrau zu ihm gesagt hatte, wenn ihr seine Faxen zu viel wurden: »BASTA!«

Mutter und Vater waren bleich geworden. Ihnen standen sogar Schweißperlen auf der Stirn. Ihr Sohn hatte ihnen noch nie, wirklich noch kein einziges Mal, widersprochen. Normalerweise bemerkten sie ihn kaum. Sie sahen sich an, öffneten gleichzeitig den Mund, um etwas zu sagen, da schellte es plötzlich an der Wohnungstür. Die Klingel schrillte laut durch die halbleeren Räume. Sie schrillte dermaßen durchdringend, dass die Eltern sie nicht ignorieren konnten. Die Mutter öffnete die Tür. Auf der Fußmatte stand eine hübsche Frau in einem himmelblauen Mantel. In der einen Hand hielt sie einen Blumenstrauß, in der anderen ein eingewickeltes Päckchen. »Lena!«, sagte die Mutter mit erschrockener Stimme. »Ich habe ganz vergessen, dass du vorbeikommen wolltest.« »Wenn meine einzigen Verwandten ans Ende der Welt auswandern, möchte ich mich zumindest von ihnen verabschieden«, sagte Lena, lächelte, drückte der Mutter den Strauß in die Hand, schlängelte sich an ihr vorbei, legte ihren Mantel auf einen Umzugskarton und ging direkt auf den Jungen zu. Sie gab ihm die Hand und sah ihm in die Augen. Ihre Augen sehen aus wie Tassen voller Tee, hellbrauner Tee, dachte der Junge. »Als ich dich zum letzten Mal besuchen durfte, warst du noch ein Baby«, sagte Lena. »Wirklich schade, dass du nach China umziehst, bevor wir uns richtig kennenlernen.« Sie gab ihm das Päckchen. »Das ist ein Abschiedsgeschenk.« »Danke«, sagte der Junge, der sonst nicht gern mit Fremden sprach, schon gar nicht mit Erwachsenen. Seine Gesprächigkeit überraschte ihn selbst. »Aber ich ziehe nicht nach China, ich bleibe hier.« Der Vater räusperte sich. »Freundchen, du bleibst keineswegs hier, du kommst ins Internat.« Seit der Junge in die braunen Augen der Tante geschaut hatte, fühlte er sich seltsam beruhigt. Seine Seele, die ohne ihre Hornhaut zitterte, badete auf einmal in warmem Tee. »Warum packst du nicht dein Geschenk aus?«, fragte Lena, bevor er dem Vater antworten konnte. Er wickelte etwas Rundes aus. Es war eine Glaskugel, in der auf einer Wiese aus grünem Papier ein Hund mit Schlappohren saß. Eine rosa Zunge hing ihm aus dem Maul, dabei sah er aus, als lache er. Neben dem Hund stand ein Junge, der ebenfalls lachte. Über ihnen war der Himmel blau, aber vom blauen Himmel fielen tausende von weißen Flocken. Je stärker man die Kugel schüttelte, umso mehr schneite es.

Der Schnee blieb auf dem Kopf des Jungen, auf dem Rücken des Hundes liegen, aber sie lachten weiter, und der Junge, der die Kugel schüttelte, glaubte, dass sie ihn sehen konnten. »Ich wünschte, ich könnte zu den beiden hineingehen«, flüsterte er Lena zu. Ohne es zu merken, war er ganz nah an sie herangetreten. Seine Eltern waren in die Küche gerannt, um Kaffee aufzusetzen. Auch wenn dieser Besuch ihnen so gleichgültig war, dass sie ihn vergessen hatten. »Magst du Hunde?«, fragte Lena. Der Junge nickte stumm. »Ich habe einen Hund, sagte sie. »Er heißt übrigens Otto, das bedeutet Acht auf Italienisch, weil ich ihn im August in Rom auf der Straße gefunden habe.«

Der Neffe, Alice vergisst immer wieder seinen Namen, lacht aus einem angestaubten Silberrahmen von der Kirschholzvitrine herunter. Schütteres Haar, maßgeschneiderter Anzug, groß und schlank. Aber er ähnelt Lena, besonders um die Augen herum. »Meine Tante hat viel mehr für mich getan als meine Eltern. Sie haben mich liebevoll behütet, Lena und Otto. Wir verbrachten wunderbare Jahre zusammen, in der Wohnung meiner Kindheit. Meine Lenatante zog einfach zu mir. Ihr Chef hatte nichts dagegen, dass sie mehr von zu Hause aus arbeitete, war ein fortschrittlicher Typ.« Alice hat diesen Neffen nur einmal getroffen, bei Lenas Siebzigstem. Die Wohnung gehört ihm, sogar die Putzfrau bezahlt er. Er lebt in London, aber er sorgt für seine Tante. Früher hat sie ihn öfter besucht.

Auch im Salon riecht es nicht gut. Auf einem Tischchen neben dem Sofa klebt ein Quader mit pelziger Kruste auf einem Teller mit eingetrocknetem Fett. »Fischfilet Bordelaise«, murmelt Alice und stellt das Zeug aus der Reichweite von Mignons feuchter schwarzer Schnauze.

Eigentlich will Alice nicht glauben, was sie da sieht. Mit Lena hat das alles nichts zu tun, es passt eher in ein böses Märchen, in dem giftige Kröten über weißgedeckte Tische springen. Wo war bloß Lenas Putzfrau Sylvia, eine hübsche Pragerin, mit der sie sich duzt. Alice geht weiter bis ins Arbeitszimmer.

Auf einmal steht Marie da, lautlos, wie aus dem Boden gewachsen. Mignon dreht bei ihrem Erscheinen durch und schnellt in erstaunlichen Sprüngen an ihr hoch, wirft sich auf den Boden, um Marie ihren rosabraun gefleckten Bauch darzubieten, wird aber nicht beachtet. Die Herrin hält Abstand, auch zu Alice. Wie in der Coronazeit verweigert sie die Hand zum Gruß. Tränen haben die Wimperntusche verschmiert, ihre Augenränder sind gerötet. »Was ist hier eigentlich los?« Alice geht auf die Schlafzimmertür zu. Sie funktioniert wieder, obwohl sie sich vor Lenas Zustand fürchtet. »Hier muss mal Luft rein!«, sagt sie energisch.

Paula Pogge war den reinsten Bilderbuchtod gestorben: beim Spatzenfüttern in der Grünanlage unweit ihrer Wohnung hatte sie der Schlag getroffen. Über mehrere Stunden saß sie auf einer Bank unter einer Kastanie, den Kopf auf der Brust, und alle Passanten dachten, die alte Frau sei eingenickt: Rätselheft auf dem Schoß, Brötchentüte daneben, Vögel zu ihren Füßen. Fix und fertig aufgebahrt und angezogen lag sie im Keller des Krankenhauses, als Alice über die Autobahn angebraust kam. Und nun will ihre alte Freundin, ihre Lena, sie ähnlich böse überraschen.

Alice hat ihre Hand bereits auf der Türklinke, als Marie sie am Arm packt. »Warte mal, ich hab sie grade überredet, sich hinzulegen.« Ihre wirren schwarzen Locken stinken nach Rauch. Müde sieht sie aus, tiefe Augenringe, aber gestylt für die Arbeit, Sneakers zum Seidenkleid, ein Nietengürtel, lauter Sachen, die Alice nie einfallen würden. »Lässt du mich jetzt bitte da rein?« »Hast du gesehen, was hier los ist?« Marie rollt mit den Augen. »Dieses Chaos? Ich war ja seit Wochen nicht bei ihr, sie hat unsere Treffen ins Café umgelenkt. Und auch ihr Ausbruch vorhin, krass gaga.« Wenn sie sich aufregt, fällt Marie in den Slang der Achtziger, vermischt mit Ausdrücken, die sie von ihren Töchtern aufschnappt. Alice versucht, an ihr vorbeizukommen. »Lass mich bitte durch, Marie. Warum ist noch kein Notarzt da?« Ihre Unterlippe zittert. Sie stellt sich Alice in den Weg, blockiert die Tür mit aller Kraft.

»Warte bitte, ich halt das sonst nicht aus, sie hat mich fast geschlagen.« Alice bückt sich, hebt Mignon hoch und drückt sie ihrer Besitzerin in den Arm. »Marie, lass mich durch. Hier ist dein Tier, das Auto war nicht abgeschlossen.« In zärtlichem Automatismus drückt Marie einen Kuss auf den Hundekopf, Mignon leckt ihr ausführlich das Gesicht, die rosige Zunge fährt über Kinn und Wangen. Alice ekelt sich, sie schiebt die beiden weg.

Trotz ihrer langen Freundschaft betritt sie Lenas Schlafzimmer heute zum ersten Mal. In einem verschnörkelten Eisenbett liegt sie, eine Papierpuppe zwischen schwellenden Plumeaus. Auf dem schneeweißen Kopfkissen sieht sie nicht blau aus, wie Marie behauptet hat, sondern trocken und gelb wie ein alter Briefumschlag. Unaufhörlich zwirbelt sie ein Stofftaschentuch zu einer Wurst. Alice kommt näher, bemerkt »Roma« und Schweiß. Lena hat noch nie schlecht gerochen. In ihren Mundwinkeln hat sich weißes, klebriges Zeug gesammelt. Alice senkt den Blick, als sie sich auf die

Bettkante setzt. Behutsam löst sie das feuchte Tuch aus Lenas Hand. »Lena, weißt du, wer ich bin?« Die trübseligen Augen im Papiergesicht vergrößern sich schlagartig. »Alice, meine Liebste, wie kommst du darauf, dass ich nicht alle Tassen im Schrank habe? Es ist Vormittag, wir befinden uns in der Seitzstraße, unser Bundeskanzler heißt Olaf Scholz. Wieso bist du nicht an deinem Arbeitsplatz?« In ihrer Stimme klingt so viel Spott, dass Alice sich zu Marie umdreht. Diese steht im Türrahmen, zuckt mit den Schultern, rettet sich rasch in die Hocke, um die Hündin davon abzuhalten, eine Zwiebackpackung unter dem Bett hervorzuziehen. »Marie, lass doch das Tier! Du ruinierst nur deine Sachen, hier ist alles schrecklich staubig.« Sie seufzt und schließt die Augen. Marie tritt näher, sie klopft sich tatsächlich das Kleid ab. »Lena, geh in die Klinik. Da stimmt was nicht mit deiner Hüfte, sogar ich sehe, dass das geröntgt werden muss.« Sie wischt auf ihrem iPhone herum. »Es gibt zwei Möglichkeiten«, sagt Alice entschlossen, aber Marie unterbricht sie sofort: »Tut mir leid, aber ich muss los, sonst bekomme ich wirklich Probleme.« Sie umarmt Alice fest, küsst sie auf die Wange, sie spürt die weichen Lippen, findet unter dem Rauch Maries eigenen, irgendwie rührenden Karamellgeruch. »Du bist ein großartiger Mensch, Alice. Verzeih mir bitte.« Auf ihren Pfiff schießt Mignon unter dem Bett hervor, Zwiebackkrümel in den Barthaaren. »Gute Besserung, Lena!« Die Wohnungstür knallt ins Schloss. Lena stöhnt, vergräbt das Gesicht in den Kissen und sagt kraftlos: »Musste ausgerechnet sie mich in meinem Elend aufstöbern? Ich hätte mich schon wieder aufgerappelt, aber Marie kreischt mich noch auf die Bahre.«

Alice darf schließlich die Bettdecke zurückschlagen,

das Nachthemd hochschieben, einen kurzen Blick auf die Bescherung werfen: eine Flusslandschaft von Blutergüssen mit Hauptstrom und zahlreichen Nebenarmen, die sich von Hüftknochen zu Hüftknochen zieht. »Wie konntest du das die ganze Nacht aushalten?« Lena wirkt kleinlaut, murmelt, sie habe gehofft, es würde am nächsten Morgen schon besser sein. Nachdem sie die Decke wieder über den versehrten Leib gebreitet hat, greift Alice nach dem elfenbeinfarbenen Tastentelefon und wählt den Notruf.

# 10

Lena ist fort. Die Sanitäter haben sie auf eine Bahre geschnallt und in den Rettungswagen geschoben wie einen Braten in den Ofen. Unter den Augen der jungen Männer und der Notärztin kam sie Alice schon wieder obenauf vor – nahezu elegant, in einem Hausanzug aus hellblauem Piké, das Haar mit einem Samtband aus dem Gesicht genommen. Sogar Lippgloss hatte sie aufgetragen. Alice war hastig den Kleiderschrank durchgegangen, um ein paar Sachen zu packen und hatte Scham empfunden angesichts der seidenen, spitzenverzierten Unterwäsche der Freundin.

Die leere Wohnung dehnt sich schweigend vor ihr aus, alle Türen stehen offen, der Geruch von Antiseptikum hängt noch im Flur. Alice wirft das vergammelte Fischfilet weg, macht Lenas Bett, packt Schmutzwäsche in den Korb neben der Dusche. Zwischendurch klingelt immer wieder ihr Handy. Bei einem Meeting schaltet sie sich dazu, auf Lenas Chaiselongue sitzend. Der goldgerahmte Spiegel an der gegenüberliegenden Wand wirft ihr Bild zurück. Sein welliges altes Glas zeichnet die vorgefundene Wirklichkeit weicher nach. Die grimmigen Drachen auf der chinesischen Vase neben dem Sofa blicken sanfter, Alice sieht jung darin aus, fast schon mädchenhaft, wie verkleidet in ihrer Bürokluft. Sie vertieft sich in ihr iPhone, um sich nicht länger anschauen zu müssen.

Aus der Klinik kommt kein Rückruf. Die Notärztin hat vorhin die verletzten Stellen abgetastet und gemeint, das Becken sei wahrscheinlich gebrochen. Darunter kann sich Alice nichts vorstellen, furchteinflößend klingt es allemal. Sie füttert Google mit der Diagnose. Bilder und Beschreibungen aus dem Netz brechen sofort über sie herein, bringen mehr Sorgen als Klarheit. Am meisten ängstigt sie die Vorstellung von einer Lena, die nie wieder laufen kann oder innere Blutungen hat.

Auf WhatsApp rührt sich nichts, nicht einmal Fred hat sich gemeldet, dabei möchte sie sich am liebsten bei ihm verkriechen. Anrufen wird sie ihn nicht, das machen sie während der Arbeitszeit nie. Sie schreibt stattdessen, wie immer ohne Großbuchstaben, damit es schneller geht: »lena eben vom notarzt abgeholt, marienhospital, schlimmer sturz gestern nacht, mach mir sorgen, bin noch in der wohnung, fahre bald ins büro. bei dir alles gut? küsse und liebe, dein lill.« In diesem Augenblick kann sie nicht anders unterschreiben als mit ihrem alten Kosenamen. Während sie ins Arbeitszimmer hinübergeht, summt sie erst leise, dann mit zunehmender Lautstärke vor sich hin: »Meerstern, ich dich grüße, oh Maria hilf! Gottesmutter, süße, oh Maria hilf! Maria, hilf uns allen, aus unsrer tiefen Not!« Nur diese erste Strophe hat sie im Gedächtnis behalten. Bei dem Wort »Meerstern« denkt sie an weicharmige Seesterne und die Nixe im Treppenhaus. Selbst die Melodie, mit der sie gestern noch gefremdelt hat, schwingt sich plötzlich zärtlich aus ihrer Kehle und begleitet sie bei ihrem Rundgang durch die verwaisten Räume auf der Suche nach Lenas Adressbuch.

Im Sekretär steht ein Rolodex mit vergilbten Kärtchen. Alice findet Sylvia unter S, nur eine Handynummer. Es klingelt endlos, schließlich dringen Straßenlärm und Kinderstimmen an ihr Ohr. Dann meldet sich eine heisere Stimme: »Ahoj, kdo tam je?« Um sich besser zu konzentrieren, schließt sie die Augen. »Hallo Sylvia, hier ist Alice aus Stuttgart, eine Freundin von Lena. Wir haben uns schon bei ihr in der Wohnung getroffen, in der Seitzstraße. Du kennst mich, ich bin die, die in dem Kaufhaus arbeitet.« Kinder quengeln in der Nähe, Sylvia antwortet ihnen freundlich, aber bestimmt und Alice hört, wie begeisterte Juchzer sich entfernen. »Alice, natürlich weiß ich.« Sylvia spricht ein fast makelloses Deutsch mit starkem slawischem Akzent. In Tschechien hat sie nach dem Abitur eine Ausbildung zur Krankenschwester abgebrochen, weil bei ihrer ersten Nachtwache mehrere alte Leute starben. Im Prager Nachtleben lernte sie einen jungen Deutsch-Kurden kennen, Besitzer eines Bistros in der Nähe von Stuttgart. Sie war ihm gefolgt und hier hängengeblieben. Ihre Antwort kommt im Stakkato: »Ich bin in Prag, mit meinen Nichten, im Letná Park, hab sie grade weggeschickt, Süßis kaufen. Was ist mit meiner Lena?« Alice erklärt die Situation und erfährt, dass Sylvia schon seit mehreren Wochen nicht in Deutschland ist, weil ihr Bruder sich nach einem schweren Motorradunfall in einer Reha befindet und die Schwägerin Vollzeit arbeitet. Sylvia kümmert sich um Kinder und Haushalt. »Aber ich habe Lena die Nummer von einer Kollegin gegeben, als Ersatz. Sie hat nicht dort angerufen?« Genau wie heute früh bei Marie schnappt ein Feuerzeug auf. Sylvia dreht selbst. Alice erinnert sich, dass sie Blättchen und andere Utensilien in einem Gefrierbeutel mit Clipverschluss aufbewahrt. Mit einem tiefen Stöhnen stößt sie den Rauch aus. Ich stresse jede, die ich anrufe, denkt Alice. »Wann kommst du wieder zurück nach Stuttgart?«

Wer Lena kennenlernt, trifft über kurz oder lang auf »ihre Beste«. Alice hatte über diesen Namen gelächelt; allerdings war ihre Mutter stolz darauf gewesen, von einigen ihrer »Herrschaften« als »unsere Perle« bezeichnet zu werden. Natürlich saugte Sylvia die Wohnung und transportierte Einkäufe mit ihrem alten Opel, Überbleibsel eines Verflossenen. Lena half der Alleinerziehenden bei der Bewältigung der deutschen Bürokratie und hatte sich als gewissenhafte Nachhilfelehrerin um Sylvias Tochter gekümmert, die mittlerweile die Polizeischule besucht. Die beiden mögen sich, das ist offensichtlich. Alice stört sich allerdings an Lenas vertraulichem Umgang mit der jüngeren Frau; diese kleinen Inszenierungen, wenn die Pragerin ihr in Shorts und Mickymaus-Shirt die Tür öffnete, eine halbvolle Kaffeetasse in der Hand, während Lena noch im Bett lag, quietschvergnügt im Negligé, vor sich Tee und Brötchen auf einem Tablett. Auch Marie war nicht gut auf die Blondine zu sprechen. »Diese Sylvia ist eine richtige Elster. Was die Lena schon alles abgeschwatzt und in ihr Nest geschleppt hat!«

Sylvia klagt am anderen Ende, ihre Stimme ähnelt jetzt wirklich der einer Elster, rau und wild: »Oh, meine arme Lena, miláčku!« Sie weint und wird lauter: »Aber wenn ich angerufen hab, hat sie jedes Mal geantwortet: Alles prima, alles prima! Ich komme wunderbar zurecht! Bleib du in Prag, solange du magst! Hat Selfies geschickt, lauter Smileys, sah gut aus!« Sie verschluckt sich, keucht, ein rasselnder Raucherhusten folgt. »So hab ich mir natürlich keine Gedanken gemacht. Lena, was für eine starke Frau, hab ich gedacht, gesünder als ich!« Die Kinderstimmen rufen erneut: »Teta, teta!«, im Hintergrund die eiernden, gutgelaunten Töne eines Leierkastens. Sofort hat Alice den Geruch von gebrannten Mandeln in der Nase. Laut und hingebungsvoll beginnt eine Männerstimme zu singen, und Sylvias Nichten fallen ein: »Holka modrooká nesedávej u potoka«. Alice erkennt die Volksweise vom blauäugigen Mädchen sofort. Es darf nicht am Bach stehen bleiben, der Wassermann packt es sonst am Schopf, um es in die Tiefe zu ziehen. Durch das Handy tönt ihr die vertraute Melodie entgegen, ein ausgelassener Klang, wie Wasser, das über Steine hüpft. Sie staunt darüber, wie gut sie sich an jedes Wort in der fremden Sprache erinnert.

Zusammen mit dem Gesang entsteht ein weiteres Bild von Lena und Sylvia: Mit vorgebundenen Schürzen standen sie in der Küche. Ihre Hände berührten sich bei jedem Griff in eine Schüssel voller Zwetschgen. Im Herbst vor Corona muss das gewesen sein, gar nicht lang her. Sie lachten, als sie die Kerne herausschnitten, stattdessen ein Stück Würfelzucker in die violetten Früchte drückten. Sylvia stimmte plötzlich laut und herzhaft die ersten Takte von »Holka modrooká« an, gab Lena einen Stups mit ihrer runden Hüfte: »Jetzt du!« Lena wiederholte holprig, verpatzte das gerollte R, sie sangen lachend, drehten den hellen Kartoffelteig zwischen ihren bemehlten Handflächen zu Kugeln, pressten die Zwetschgen hinein. Dutzende von Knödeln warteten auf einem Holzbrett neben dem Herd, aus Lenas größtem Topf stieg Wasserdampf. Sie fand sich schnell zurecht mit diesem Kinderlied, und bald sangen sie gemeinsam, Elster und Dame im innigen Duett: »Holka modrooká nesedávej tam«. Daneben knisterte eine Pfanne voll Bröselbutter. Alice blieb Zaungast, war an den gedeckten Tisch genötigt worden, durfte sich nicht die Hände schmutzig machen. Spritzendes Fett, Sylvias ausgelassenes Lachen. Lenas Haar, das sich im Dampf kräuselte. Als die fertigen Zwetschgenknödel auf Alices Teller lagen, begraben unter Schichten von Zimtzucker, standen die beiden Arm in Arm vor ihr, wiegten sich im Takt, Schulter an Schulter. Lenas Wangen waren gerötet, die Augen strahlten. Sylvias Make-up löste sich auf.

Alice weiß noch, wie sie dachte, dass Lenas blonder Engel zwar etliche Jahre jünger sein mochte als sie selbst, aber ziemlich mitgenommen aussah von ihrem Leben zwischen wechselnden Männern und zahllosen Jobs in Gastronomie und Gebäudereinigung. Dagegen halfen auch die Kosmetikkünste des alten Osteuropa nicht viel – silberblauer Lidschatten, flamingorosa Lippenstift, reichlich Wimperntusche. Sylvia blieb trotzdem eine schmale, schöne Person, die ohne Scheu ihren Lockenkopf an Lenas Schulter legte und ihr einen Kuss auf den Hals drückte. Später erledigte sie den Abwasch, die nackten Arme tief in den Spülschaum getaucht. Gluckernd formte das Schmutzwasser einen Wirbel, Rülpser drangen aus dem Ausguss, und Sylvia beugte sich über das Becken, legte eine Hand hinters Ohr. »Hastrman, der alte Wassermann hat was gesagt, hörst du? Er schickt dir Küsse, miláčku!« Als sie das Kosewort aussprach, sah sie nur Lena an. Sylvia war die Jüngste in ihrer Schar. Die mit dem süßen kleinen Mädchen, das jetzt Polizistin wurde.

Die Drehorgel im Prager Park plätschert weiter aus ihrem Handy, dazu Sylvias bittende Stimme: »Alice, Alice?« »Ich höre«, antwortet diese spröde. »Jetzt weiß ich ja Bescheid, ich muss mir eine andere Lösung einfallen lassen.«

Alice drückt das Gespräch weg, steht auf und kehrt dem Spiegel den Rücken. Auch wenn sie sich in der Töchterschar als die Reizlose, die Älteste, die Kinderlose fühlt, als eine, die immer vernünftig sein muss, ist es dennoch an ihr, sich zu kümmern. Lena verschenkt ihre Zuneigung in ungleichen Portionen, zu unterschiedlichen Zeiten. Aber das spielt jetzt keine Rolle. Tatkraft ist gefragt. Warum hat sie Sylvia nicht nach der Nummer dieser Putzkollegin gefragt? Grimmig schreibt sie ihr eine Nachricht, endet mit »bitte ganz schnell antworten!!«, drückt danach eine Kurzwahl.

»Bogdan, hier spricht Alice Pogge. Aus der Birkenwaldstraße.« »Ah, die Frau vom kleinen Steuerberater!« »Bogdan, haben Sie eine Minute?« »Für die große Frau, immer.« Alice atmet tief durch. »Eine ältere Dame, eine Freundin von mir, braucht dringend Unterstützung, wenn sie aus dem Krankenhaus zurückkommt. Können Sie mir jemanden empfehlen? Aus Ihrem Team? Ein bisschen kochen, putzen und aufräumen?«

Bogdan knurrt etwas, Alice versteht ihn nicht. Sie ahnt, Nachfragen lohnt sich nicht. In der Verbindung knistert es. »Moment, Moment. Warte«, sagt er. »Sieht nicht gut aus, habe keine Kapazitäten. Zu viele sind weggegangen, während Corona. Sie wissen, kein Deutscher will diesen Job machen. Brauche jede Hand, jeden Finger!« Er wird lauter, als trage Alice persönlich die Verantwortung für diese Verhältnisse. »Ich habe hier Schulen zu putzen, kriege keine Leute dafür. Eben schickt mir einer von meinen Männern was aufs

Handy, Fotos. Das glaubst du nicht, die werfen die Scheiße an die Decke. Und denkst du, die können spülen? Oder die Schüssel treffen?« Er holt Luft, dann lacht er plötzlich. »Jetzt hab ich wohl Glück, kriege sicher bald viele Leute aus der Ukraine.« Alice überlegt, ob sie sich verhört hat. »Bogdan«, sagt sie nach einer Pause, »haben Sie jemanden für mich? Es ist nicht wichtig, ob diese Person viel Deutsch kann. Sie muss nur zuverlässig und freundlich sein.« »Was meinen Sie für eine Person, Frau Steuerberater? Ich habe keine Personen, keine einzige. Suche selbst dauernd. Aber wenn sich was tut, rufe ich an.« »Hören Sie«, Alice merkt, dass ihr Herz rast, »mein Name ist Pogge. Oder Alice. Nicht Frau Steuerberater. Okay?« Als er schweigt, fragt sie sich, ob sie erst bis zehn zählen oder gleich deutlicher werden soll. Doch er antwortet mit einem langgezogenen »Jaaha, hab verstanden. Gruß an den Mann, okay?«

Bogdan, selbst von durchschnittlichem Wuchs, grinst regelmäßig verhalten, wenn er Fred bei seiner Hausmeisterei zusammen mit Alice im Treppenhaus oder auf der Straße begegnet. Ein Paar, bei dem die Frau größer ist als der Mann! Er war nicht der Erste und würde nicht der Letzte sein, der sich nach ihnen umdrehte oder Bemerkungen machte.

Noch vor ein paar Jahren hätte Fred versucht, Alices Zorn zu besänftigen, und seine Lippen in ihren Handteller gedrückt, um ihr ein Lächeln zu entlocken. Nur sie und er hätten gewusst, dass er mit der Zungenspitze vorsichtig die Linien darauf nachzeichnete, die lange Lebenskurve, die bis hinunter zum Handgelenk reicht. »Du wirst ganz bestimmt hundert.« Die starke Kopflinie für ihren klaren Verstand, die zu den Fingern hinaufstrebende Liebeslinie und jene einzelne, tiefe Einkerbung in der Handkante unterhalb des kleinen Fingers: das Zeichen für eine einzige große Liebe. Seine erste Freundin hatte ein Faible für solche Dinge gehabt – Tarot, Pendeln, die Chakren, vielleicht, um ihrem BWL-Studium etwas Unberechenbares entgegenzusetzen.

Alice sucht nach ihrem Schlüsselbund, in der Aufregung hat sie ihn in den Flur gepfeffert, vor Lenas offenen Garderobenschrank. Sie schließt die geschnitzten Türen, steht wieder vor einem Spiegel, der ihr Bild deutlich erwachsen zurückwirft, mit gerunzelter Stirn, weil sie nicht nachrechnen will, wie lange Fred ihr schon nicht mehr aus der Hand gelesen hat. Das sind alte Rituale aus der Zeit des Lilledan. Dessen Untergang war nicht Freds Schuld, auch nicht ihre. Das wundersame Doppeltierchen hatte dem Mahlwerk der Kinderwunschbehandlung nicht standgehalten. Alice weiß nicht, was sie schlimmer fand, die Schmerzen, wenn ihre Eier herausgerupft – geerntet – wurden, oder den geplanten Beischlaf. Sie hatten fünf vergebliche Versuche gemacht und sich gemeinsam entschieden, damit aufzuhören. Erst allmählich hatte sie gemerkt, wie stark sie jede fremde Berührung ihres Körpers verabscheute. Alle ihre Glieder, ihre weichsten und empfindlichsten Organe, schienen ein eigenes Gedächtnis dafür entwickelt zu haben, welche Prozeduren mit ihnen durchgeführt worden waren, und sie schreckte zurück, auch vor Fred, der sich unbedarft und trostbedürftig näherte.

Eine Zeitlang war sie Abend für Abend im Bad geblieben, nachdem ihr Mann ins Bett gegangen war, hatte ein langes Stück Zahnseide abgerissen, sich um Daumen und Mittelfinger geschlungen, so fest, dass die Spitzen lila anliefen, gründlich sämtliche Zwischenräume gereinigt, danach die elektrische Bürste, Munddusche, Zungenschaber benutzt, noch ein Peeling aus Meersalz und Olivenöl auf Hals, Stirn und Wangen aufgetragen. Sie saß auf dem Badewannenrand, während die klebrige Masse langsam erstarrte. Beim Abreiben mit warmem Wasser hatte sie an Pökelfleisch gedacht und an Hundepfoten, die im Winter auf den mit Salz bestreuten Gehwegen wund wurden. Wenn sie endlich ans Bett trat, brannte Freds Lampe noch, er selbst war eingeschlafen und sie nahm ihm lautlos die Brille von der Nase, um ihn ja nicht zu wecken.

Schließlich wendet sie sich vom Spiegel ab, greift nach den Mülltüten, dem Karton mit Altglas und schafft sie nach unten, kehrt noch einmal zu Lenas Tür zurück, um sich zu versichern, dass sie wirklich abgeschlossen ist. Eigentlich will sie prüfen, welchen Ausdruck das Nixengesicht heute zeigt. Grünblau, gleichgültig, glasig. Von ihr ist keine Hilfe zu erwarten. Während sie den Abfall zu den Tonnen im Hinterhof trägt, das Leergut in ihrem Kofferraum verstaut, singt sie weiter leise vom Meerstern, spürt, wie sich der Knoten in ihrer Kehle ein wenig löst. Lena wird sich schon melden, man muss viel Zeit mitbringen im Krankenhaus. Sicher wartet sie noch auf das Röntgen, auf verschiedene Untersuchungen. Nach Corona ist die Personaldecke dünn, das weiß jeder. Sie hat jedenfalls das Richtige getan, das Marienhospital ist keine schlechte Klinik, da wird man sich gut um Lena kümmern, und bis sie wieder rauskommt, hat Alice etwas organisiert.

Das iPhone brummt im Außenfach ihrer Handtasche. »Bettine, was gibt's?« Ihre Assistentin berichtet mit einem gewissen Triumph in der Stimme, sie habe jetzt einen »ganz kompakten Mittag« für Alice arrangiert, einen Lunchtermin und verschiedene Calls rundrum – mit dem Resultat, dass sie unverhofft ein riesiges offenes Fenster von mehr als zwei Stunden hat. »Das darfst du dir mal gönnen, Alice. Komm ja nicht auf die Idee, hier aufzutauchen und irgendeine Halde abzuarbeiten, ich schmeiß dich eigenhändig raus!«

Erst einmal bleibt sie unschlüssig auf dem Gehweg stehen. Ob sie schnell an der Genazinostaffel vorbeigehen soll? Die orangefarbene Tüte steckt immer noch in ihrer Handtasche. Oder doch lieber ins Marienhospital, Lena unterstützen? Wenn das überhaupt gestattet ist. Seit Corona haben sie doch strengere Besucherregeln. Die Wintersonne kommt aus ihrer Wolkenkluft hervor und streift Alice mit einem schwachen goldenen Schimmer. Den ganzen Vormittag frei. Wie einfach das plötzlich ging. Die Zeit gehört ihr. Wenn sie sich wirklich beeilt, in sportlicher Gangart, kann sie in einer Viertelstunde bei Sophie sein.

Dem Zimtduft aus der hippen Bäckerei widersteht sie, indem sie die Straßenseite wechselt. Komisch, zu Fuß unterwegs zu sein. Neugierig liest sie die Speisekarte eines Cafés, betrachtet Keramik im Schaufenster eines Ateliergeschäfts. Die Metzgerei daneben bietet »Florentiner Leberkäse« an. Sie schickt ein Foto davon an Fred, der sich noch nicht gemeldet hat. Vor einem Kiosk stehen Handwerker in Arbeitshosen um ein Tischchen, rauchen und pusten in ihre Kaffeebecher. Ich besuche Sophie. Oder ist das ein Überfall? Für eine Studentin muss es früh am Morgen sein. Aber vielleicht freut sie sich über die Ohrringe. Hastig kramt sie ihren Labello aus der Handtasche, fährt sich damit über die Lippen, tastet nach den Pfefferminzbonbons, aber die Tüte ist leer.

Frischen Atem braucht sie unbedingt, als Sicherheit für den geplanten Überraschungsbesuch. Sie steigt die Stufen zum Kiosk hinauf und grüßt mit »Guten Morgen«. Im Verkaufsraum ist kein Mensch, aber hinter einem halb geöffneten Vorhang sind Stimmen zu hören. Dort stehen Regale voller Pakete. Das gelbrote DHL-Schild hat sie schon am Eingang bemerkt. Sie greift nach Kaugummi und Bonbons, räuspert sich kräftig, doch auf das Gespräch im Nebenraum hat das keinen Einfluss. Etwas Schweres fällt herunter. »Scheiß Päckle, als ob keine Sau mehr normal einkauft!«, schimpft ein Mann. »Hallo!«, ruft Alice.

Eine Frau mit blauschwarz gefärbtem Vokuhila tritt hervor und schiebt sich gemächlich hinter den Verkaufstresen. »Hasch's eilig?«, fragt sie. Alice legt die Süßigkeiten vor ihr ab. Aus dem Paketraum rumpelt es erneut. »Heilandsack!« Die Frau fährt herum, verdreht die Augen in Richtung des Mannes, der »Nix passiert!« ruft. »Macht drei Euro.«

Mittlerweile hat Alice ihr Portemonnaie hervorgekramt. Ohne zu lächeln, mustert die Frau den Schein in ihrer Hand, macht keine Anstalten, ihn entgegenzunehmen. »Hasch du's net kleiner, ich bin fei keine Bank.«

Feindesland, denkt Alice, ich bin in Feindesland geraten, und umfasst ihr Etui. Sein Leder ist weich und lavendelblau, auf der Schließe zeigt sich diskret, aber unverkennbar das Designerlogo. Die Kioskfrau weiß nicht, dass sie Prozente bei ihrem Arbeitgeber bekommt. Nie würde sie sonst so viel für eine Geldbörse ausgeben. Oder doch? Um allen zu zeigen, dass sie es kann? Dass sie es geschafft hat? Am liebsten möchte Alice dieser anderen mit ihren herabhängenden Mundwinkeln entgegenhalten: Ich bin eine von euch! Ich bin Lilli aus Moabit, Kaltmamsells Tochter! Ich darf mir etwas leisten, mir hat niemand was geschenkt. Du hattest eben nicht die Disziplin, hättest dich ja auch anstrengen können, dich auslachen lassen im Gymnasium zum Grauen Kloster, von den Schnöselkindern, weil du so stark berlinert hast. Ein Fünfziger ist für mich kein großer Schein!

Vorhin hat sie sich nicht gewehrt, obwohl sie das Duzen von Anfang an gestört hat. Sie weiß, dass sie nur Kraft verschwendet, wenn sie sich auf eine Auseinandersetzung einlässt. Jetzt klappt sie ihr Portemonnaie weit auf, damit die Frau gut hineinsehen kann und steckt den Fünfziger langsam zwischen die grünen und gelben Banknoten, lässt den Magnetverschluss zuklicken. Dann holt sie Luft und erklärt ruhig, sie habe es sich anders überlegt, dreht sich um und schließt im Hinausgehen leise die Tür hinter sich. Dabei empfindet sie Scham. Dieses Geprotze war nicht nötig. Die andere hat einen Groll auf Alice gehabt, hat an ihr gerochen, was sie für eine ist, eine Bonzenfrau. Genau wie sie selbst an Cora riecht, wo diese Chorschwester herkommt: aus dem Land, wo die penetranten Blüten des billigen Weichspülers blühen, die nicht über all das hinwegduften können, das fehlt. Cora kommt aus dem Land, aus dem Alice geflohen ist, wo Marmor, Stein und Eisen bricht, wo die Schwester wegen einer grässlichen Sache starb, wo man ständig über Geld streitet und die Mutter »Du Fotze« nennt.

Sie läuft schneller, schwingt weit mit den Armen aus, summt halblaut, nicht vergleichbar mit ihrem lauten Mutgesang in Lenas Wohnung: »Komm, lieber Mai und mache die Bäume wieder grün und lass uns an dem Bache die kleinen Veilchen blühn.« Sie hat fast das Gefühl, einen Ausflug zu machen. Mit diesem Maienlob hat sie sich im Chor vorgestellt, fröhlich und klassisch zugleich, harmlos und vollkommen verschieden von all den Schlagern, die Paula Pogge, durchaus sangesfreudig, erschallen ließ, wenn sie ihre eigenen Fenster putzte oder in der Küche herumwerkelte, manche davon in einem halbverstandenen Englisch, das der jugendlichen Alice peinigende Röte in die Wangen trieb. Im Gegensatz zu Cora hatte Alice mit dieser Wahl nichts von sich preisgegeben. Erst als sie Lena näher kennenlernte und sich unter ihren Mitsängerinnen heimischer fühlte, war sie mit »Alice in Wonderland« herausgerückt, hatte die Leichtigkeit dieser Walzermelodie wie ein Flattern in der Brust gespürt, eine späte Entschuldigung bei ihrer Mutter.

Ihr ist noch nie aufgefallen, wie steil die Seitzstraße ansteigt, bevor das altmodische Türmchen am Rande eines Spielplatzes auftaucht. Sprayer haben an seinem Fuß Zahlenfolgen und ein riesiges Auge hinterlassen, dessen Wimpern wie Strahlen abstehen. Die Schienen der Zahnradbahn kreuzen ihren Weg. Sie führen bergauf zu den Hügeln, auf denen dunkel der Wald steht. Alice wird immer schneller, schluckt die kühle Luft, stellt sich die schaukelnden Silbervögel in Sophies Ohren vor. Diese Zeisige in der Voliere, ob sie tagsüber schlafen? Das Bücherchaos um Sophies Schreibtisch kommt ihr wieder in den Sinn. Inzwischen hat sie damit begonnen, Brentanos »Rheinmärchen« zu lesen, an ein paar Abenden auf dem Tablet, findet es schräg und schwülstig, aber immerhin steht sie nicht mehr ganz unwissend da. Sie könnte fragen, ob Sophie diese Geschichte als Thema gewählt hat, weil es darin von Mäusen wimmelt. Auch ein sprechender Star namens Hans kommt vor, der sich mit einer Stopfnadel das Leben nimmt, um anschließend gebraten und verzehrt zu werden, immerhin von einer Prinzessin. Schon hat Alice die Kreuzung erreicht, an der der Schimmelhüttenweg von der Seitzstraße abzweigt, sie passiert die Rückseite des Marienhospitals, wundert sich, wie anders die Gegend bei Tageslicht aussieht und steht vor dem HUKK-Bau, seinen schauerlichen, orange gestrichenen Garagen. Schritt für Schritt wird sie langsamer, mustert die verwilderte Treppe. Oben ragt die alte Gartenlaterne aus dem Gestrüpp, ihr Glas hat einen Sprung. Noch einmal zieht sie das iPhone aus der Tasche. Nichts. Von niemand. Dass bei ihrem Aufstieg diesmal kein Dornenzweig am Mantel hängen bleibt, nimmt Alice als gutes Omen, ebenso die angelehnte Haustür. Schnell schlüpft sie ins Treppenhaus, als sie ein paar Stufen vor Sophies Wohnung plötzlich abrupt innehält und starrt.

# 11

Das Mädchen steht an der Wohnungstür und schließt sie ab. Alice fasst nach dem Treppengeländer, ihr wird plötzlich schwummrig, sie fürchtet zu stolpern. Die schimmernden Kordeln von Talithas Dreads, heute von einem Batiktuch zusammengehalten, fallen über ihre Schultern, lauter Stroh, zu Gold gesponnen. Fade spült die Enttäuschung über Alice hinweg, sie rührt sich nicht, schaut die junge Frau nur an, die sich jetzt umdreht, hochgezogene Augenbrauen, ein Lächeln, diese Kinderstimme: »Du willst zu Soph? Die ist nicht da.«

Stumm betrachtet Alice das zerschrammte Schuhwerk, einen Rucksack, verziert mit Buttons, die sie aus ihrer Jugend kennt: Die Blume im Soldatenhelm, Peacezeichen, Regenbogen, Fuck the Army. Unpassender geht es nicht, denkt sie, bevor sie die letzten Stufen nimmt und fragt: »Wohnst du etwa auch hier?«

Die braunen Augen ruhen auf Alice. Wieder verwirren sie die zahlreichen Gesichtsverzierungen, Silber, Rot, dazu ein Bonbon, das von einer Backentasche in die andere wandert. Schon greift Talitha in die Brusttasche des Blaumanns. »Auch eines?« Auf ihrem Handteller liegt ein zusammengebackener Brocken. »Die lösen alles auf, super für die Stimme.« Alice glaubt nicht, dass sie ihr Mienenspiel im Griff hat, denn das Mädchen zieht hastig die Hand zurück und steckt die Bonbons wieder weg. »Keine Ahnung, wann Soph wiederkommt. Ich würde dich reinbitten, aber du weißt ja, wir sind nicht allein …« Sie zwinkert Alice zu, dabei lässt sie den Schlüsselring um ihren Zeigefinger kreisen. »Meinst du die Vögel und Mäuse?« Talitha kichert. »Ja, die auch.«

Sie schultert ihren Rucksack und wendet sich zum Gehen. »Hat Soph, das Schaf, dir nichts von mir erzählt?« Alice zögert. »Sie ist wirklich ein Schaf. Eigentlich müsste ich beleidigt sein, nach allem, was ich für sie tue. Aber wahrscheinlich wird man verschroben, wenn man sich so lange vergräbt.« Während Talitha durch das Treppenhaus stürmt, singt sie aus voller Kehle Tonleitern. Im Hausflur zupft sie Alice am Ärmel. »Hast du kurz Zeit?« Als diese nicht antwortet, setzt sie nach: »Ich brauche jemanden, der mir für eine halbe Stunde hilft. Und jetzt bist du da.« Sanft schiebt sie Alice in Richtung Kellertreppe. »Hey, lass mich!« Aber Talitha lacht nur, umfasst Alices Hand, drückt sie fest und schüttelt sie ein paar Mal, als wären sie einander gerade vorgestellt worden. »Nix Schlimmes, nix Illegales, ich versprech es.« Alice bleibt nichts anderes übrig, als ihr zu folgen, durch einen nach schlecht gewordenen Kartoffeln müffelnden Gang bis zu einem Kellerabteil, dessen Holzverschlag das Mädchen mit dem Fuß aufstößt. Verschiedene Besen, eine Schneeschippe, Putzzubehör und Streugutbeutel reihen sich ordentlich an der Wand auf. Talitha greift nach zwei Plastikeimern, drückt Alice einen davon in die Hand. »Aber was soll das? Du musst mir schon sagen, was das wird!« Statt einer Antwort wird Alice untergehakt. Gemeinsam verlassen sie das Haus.

»Soph hat bestimmt die ganze Zeit von Maja geredet, stimmt's? Maja, die große und herrliche Maja. Maja, alle lieben Maja! Maja, Maja, Maja, erzähle uns von dir!« Die beiden letzten Sätze singt sie, dabei imitiert sie nicht ungeschickt die Stimmlage und den unverkennbaren Akzent des Schlagersängers Karel Gott: »In einem unbekannten Land, vor gar nicht allzu langer Zeit, war eine Biene sehr bekannt, von der sprach alles weit und breit. Und diese Biene, die ich meine, nennt sich Maja, kleine, freche, schlaue Biene Maja.« Sie durchqueren den Vorgarten, vorbei an der Laterne. »Wir treffen heute unsre Freundin Biene Maja.« Jetzt rennen sie die steile Staffel hinunter bis vor die Garagen. »Maja, alle lieben Maja! Maja, Maja, Maja, erzähle uns von dir!« »Du bist verrückt«, sagt Alice und schnappt nach Luft, »was willst du von mir?« Talitha gibt sie nicht frei, der feste Griff ihrer trockenen Finger ist unwiderstehlich. Alice stolpert neben ihr her, drosselt zunächst das Tempo, um nicht zu fallen, läuft dann weiter, so schnell sie kann. Mehrfach schlägt sie beinahe lang hin, keucht, merkt, dass sie diejenige ist, die während des wilden Galopps laut quietscht. Die Eimer fliegen mit klappernden Metallbügeln neben ihnen her. Alices Hals brennt, ihre Augen tränen. Auf den Schienen der Zahnradbahn, die die Seitzstraße kreuzen, halten sie kurz inne, rasen Hand in Hand am Spielplatz vorbei und stehen plötzlich wieder an einer dröhnenden Fahrbahn. Auf der rechten Seite sieht Alice das alte Straßenbahndepot, weiter hinten grüßt der grüne Helm der Markuskirche und bringt sie zurück in die Wirklichkeit. Was mache ich hier? Schwer atmend passieren sie ein Thai-Restaurant. Ihr fällt ein, wie Marie grinsend erzählt hat, dass es früher »Madame Phuc« hieß, doch nach einer Weile umgetauft wurde. In ihrer Manteltasche summt und vibriert das Handy, aber sie schnauft zu stark, um den Anruf entgegenzunehmen. Für einen Augenblick schaut sie nach oben. Ein Schwarm Tauben segelt durch den grauweißen Himmel, der Verkehr braust über die Filderstraße, hinein in den Heslacher Tunnel. Vor ihnen liegt hoch und hässlich das Hotel ParkInn mit seinem Appendix aus Rewe und Drogeriemarkt, Fitnessstudio und Wohnanlage. »Grün!«, ruft Talitha, und sie folgt ihr. Ich bin das Schaf, denkt Alice und bleibt auf einem zertretenen Rasenstück stehen.

Das Mädchen geht unvermittelt in die Hocke. Kurz überlegt Alice, ob sie vorhat, in aller Öffentlichkeit zu pinkeln. »Schau, da. Und da!« Mit flinken Fingern pickt sie einen Zigarettenstummel nach dem anderen aus dem lehmigen Gras und wirft die alten Kippen in ihren Eimer. Auffordernd schaut sie zu Alice hoch. »Komm, mach mit!« Die rührt sich nicht. »Jede Zigarette verseucht vierzig Liter Wasser. Alles, was darin lebt, stirbt ab, diese kleinen Tierchen, die man nur unter dem Mikroskop erkennt, du weißt doch, die, die wie eine Schlappe aussehen.« »Pantoffeltierchen«, sagt Alice. »Und Volvox, die Alge, Amöben, Rädertierchen, Krebse, Schnecken, einfach alles.« »Aber das ist doch Aufgabe der Stadtreinigung. Dafür zahlen wir Steuern.« Alice fühlt sich alt bei diesen Worten, schiebt mit der Schuhspitze ein paar Stummel zusammen. »Was wird dir fehlen, wenn du mir eine halbe Stunde hilfst? Dreißig Minuten deines Lebens? Allein schaff ich nie so viel wie gemeinsam mit dir.

Schau ruhig eine Weile hin. Auf einmal siehst du nur noch Kippen, und du willst sie alle haben, alle.«

Sonderbar und erschreckend, wie viele Stummel auf einem derart begrenzten Areal verteilt sind. Die andere Wahrnehmung beginnt sofort – Alice unterscheidet Selbstgedrehte, IQOS und normale Filterzigaretten. An manchen leuchtet Lippenstift, andere liegen schon länger und haben sich zu filzigen Fetzen zersetzt. Mit bloßen Händen muss sie nicht arbeiten, Talitha hat knallgelbe Gummihandschuhe aus ihrem Rucksack gezogen. »Für mich fühlt es sich besser an, alles zu spüren, aber natürlich sind die Dinger voller Gift, sogar Arsen und Schwermetalle sind da drin.« Alice hört nur mit halbem Ohr zu, sie hat längst begriffen, dass die junge Frau es ernst meint. »Machst du das oft?« »Oh, jeden Tag. Ich geh ganz früh los oder spätabends, dann komm ich schneller durch. Aber eigentlich will ich gesehen werden. Die meisten denken nicht drüber nach, wenn sie ihre Kippe wegschmeißen. Hab ich früher auch gemacht. Sogar die brave Soph war ne alte Umweltsau.« Sie kichert rau. »Gehört irgendwie zum Rauchen dazu, so Freiheit, schnipp und weg.«

Bevor sie sich bückt, sieht Alice über den Marienplatz. Im trüben Vormittagslicht leuchtet seine helle Pflasterung, umkränzt von blattlosen Bäumen, umbraust vom Verkehr, umstanden von Häusern und dem ausgehöhlten Hügel, in dem die schwarzen Tunnelmäuler klaffen. Ein paar Leute torkeln über die kahle Fläche. Nein, sie selbst schwankt, ist es nicht gewohnt, ständig in die Knie zu gehen, sich vorzubeugen und wieder aufzurichten. In Bodennähe steigen Gerüche auf, verbrannter Tabak, Hunde-Urin, nasse Erde, frühe Kräuter, die sich allmählich hervorwagen. Ihre Eimer füllen sich mit beängstigender Geschwindigkeit, nicht nur mit Zigaretten, auch mit Kronkorken, Bonbonpapier und anderem Plastikmüll.

Eine Frau nähert sich, begleitet von einem kleinen Jungen. Das Kind bleibt stehen, zeigt auf Talitha und Alice. »Mama, was machen die da?« Schon hat er einen Stummel aufgelesen, mit dem er auf die Eimer zustrebt. »Maxi, pfui! Wie ekelhaft!« Seine Mutter schreit, der Junge erschrickt. Zwischen Daumen und Zeigefinger hält er im perfekten Pinzettengriff seinen Fund hoch. Die Frau schlägt nach der Kinderhand, der durchweichte Tabakrest fällt herunter. Sie wühlt in ihrer Handtasche, zieht ein pinkfarbenes Päckchen hervor, zupft ein Feuchttuch heraus. Alice verzieht vor dem künstlichen Obstgeruch unwillkürlich das Gesicht. Erstaunlich, wie die Frau es schafft, gleichzeitig die Packung zurück in die Handtasche zu stecken, diese zwischen die Knie zu klemmen und den heulenden Jungen zu sich heranzuziehen. Sie führt das Tuch mit groben Bewegungen über das Kindergesicht, danach nimmt sie sich seine Finger vor. Dabei schimpft sie: »Sie sollten sich was schämen! Wir sind doch nicht im Slum hier!« Nachdem sie das Feuchttuch auf den Boden geworfen hat, packt sie ihren Sohn am Arm und überquert die Straße.

Sie haben den Platz erst zur Hälfte umrundet, da sind ihre Eimer bereits bis zum Rand gefüllt, und Talitha verschwindet mit ihnen hinter dem gläsernen Aufzug, der die U-Bahn-Steige anfährt. »Alles vorschriftsmäßig entsorgt.« Alice kreuzt die Arme über der Brust. »Ich gehe jetzt. Aber vorher gibst du mir bitte Sophies Nummer.« »Warum guckst du denn auf einmal so streng?« Viel zu lange umarmt sie Alice, überwältigt sie mit ihrem Kräuterduft, dem Druck von Ketten und Armbändern, ihrer Muskelkraft, die sich schon bei der rastlosen Sammelei gezeigt hat. »Du hast mir geholfen, danke! Zur Belohnung lade ich dich ein.« Tatsächlich spürt Alice ihren Rücken, auch die Knie schmerzen, und sie freut sich auf einen Cappuccino und eine Zimtschnecke. Ringsum gibt es mehrere Cafés. Aber das Mädchen macht bereits einen neuen Anlauf zum Aufbruch.

»Komm, wir nehmen die Zacke!« Wieder reißt Talitha Alice mit sich, über den Platz zur Haltestelle der Zahnradbahn, die schräg hingelagert auf ihren Schienen wartet, eine fette gelbe Raupe. Die Plattform, auf der man Fahrräder abstellen kann, hängt leer bis auf ein Mountainbike an ihrem Vorderteil. Alice protestiert nur schwach, sie lässt sich mitschleppen, gehorcht dem Ruf »Mach schnell, sie fährt gleich los!«, und fällt neben dem Mädchen auf einen Sitz. Draußen hat ein Nieselregen begonnen, Spritzer platzen auf den Scheiben, die Bahn arbeitet sich stöhnend bergauf.

Talitha streckt sich gähnend und schließt kurz die Augen. Bist du jetzt endlich müde, denkt Alice. Ihr fällt ein, dass sie ihre Maske nicht aufgesetzt hat, kramt ein zerknittertes Exemplar aus der Manteltasche. Im Wagen sitzen nur wenige Leute. Talithas unverhülltes Gesicht kümmert niemand. Eine Rentnerin klammert sich an den Griff ihres Einkaufstrolleys. Im weißen Haar der alten Frau erkennt sie die Linien des Kamms. Rosa Kopfhaut, rotgeränderte Augen, den Rest verbirgt der Mundschutz. Lenas Haar ist viel flauschiger, aber heute früh hat es nicht mehr schön ausgesehen. Ich muss in der Klinik anrufen. Sie tastet nach dem Handy, da erhebt sich Talitha. Inzwischen verspürt Alice fast eine gewisse Erleichterung darüber, dass jemand anderes alles entscheidet.

Sie sind vor einer unscheinbaren Kirche mit schräg abfallendem Dach und kurzem braunem Turm ausgestiegen. Alice hat ihr iPhone aus der Tasche gezogen, die Liste der entgangenen Anrufe wird immer länger. Unbekannte Nummern, das wird Marie sein. Oder das Krankenhaus. »Ich fahre zurück ins Büro.« Talitha nimmt ihr das Gerät aus der Hand, tippt etwas ein. Dann strebt sie mit großen Schritten bergauf. »Da hast du Sophs Kontakt. Was willst du bloß mit der? Die bringt es fertig, tagelang kein Wort mit mir zu reden. Maja kam mit jedem ins Gespräch, Soph stand daneben und machte Kulleraugen.« Im Reden nestelt sie einen Stoffbeutel aus dem Rucksack, nimmt eine braune Kugel von der Größe einer Cocktailtomate heraus und wirft sie über den nächsten Zaun. Sie landet zwischen sorgfältig gestutzten Rosenbüschen. Im Weitergehen verteilt sie ein Geschoss nach dem anderen, achtet dabei darauf, stets Beete oder freien Erdboden zu treffen. »Hier, nimm dir auch welche. Hab ich selbst gemacht, Saatbomben, aus Lehm, Sand und Wildblumensamen – Kornblumen, Mohn, Leimkraut. Im Sommer blühen sie, das ist gut für die Schmetterlinge und alle Bienen, zahm und wild. In diesen toten Gärten gibt's nur Kirschlorbeer und Rollrasen, da verhungert jedes Insekt.« Kornblumen, hat Terje erzählt, sind die estnischen Landesblumen. Manchmal trägt sie eine Bluse, an deren Revers und Manschetten die zackigen, leuchtend blauen Blüten wuchern. Schwer liegen die Lehmkugeln in Alices Hand. Sie glaubt nicht, dass jemand sie beobachtet. Solche Wohnstraßen, noch dazu am Waldrand, sind um diese Tageszeit menschenleer. Nicht einmal hinter den zugezogenen Gardinen bewegt sich etwas. Trotzdem lässt sie ihre Saatbomben, was für ein Wort, lieber unauffällig neben Straßenbäume fallen. »Du bist genau wie Soph, eine Schisserin.« Talitha hat sie aus dem Villenviertel auf einen steilen Weg gelotst, der mitten zwischen Weinbergmauern verläuft. Aus groben Sandsteinquadern gefügt, steigen die mächtigen Wände an der Bergseite des Hohlwegs auf. Im schrägen Winkel lagern Rebhänge neben Gartengrundstücken, manche mit Obstbäumen bestanden, andere verwahrlost. Alice weiß, dass sie mit Lena hier in der Gegend spazieren gegangen ist, allerdings nicht auf diesem Pfad. Sie erklimmen eine schmale Staffel, mitten durch einen Hang. Als sie kurz innehält und sich umdreht, um über Tal und waldige Hügel zu blicken, fühlt sie wieder Schwindel, sieht die Umrisse der Stadt nur wie aus weiter Ferne, ein paar helle Klötze, locker hingestreut. Die Stufen unter ihr beginnen zu wackeln. Ein Stein sitzt lose im Erdreich, er schwankt plötzlich, und Alice rettet sich mit einem unsicheren Schritt zur Seite, strauchelt, hat die Wiese unter den Füßen und läuft langsam weiter. Am Ende der Treppe biegen sie in einen Waldweg ein.

»Du kennst Sophie wohl ganz gut?« Alice bleibt stehen, sie braucht eine Pause. »Wir sind gleich da«, sagt Talitha, ohne anzuhalten. Alice tun die Füße weh, im Rücken zieht es kräftig. Ein Blick auf die Armbanduhr: Sind sie wirklich erst seit einer Stunde unterwegs? Zur Bahnhaltestelle würde sie nicht mehr zurückfinden. Eigentlich glaubt sie, den Wald oberhalb von Lenas Wohnviertel zu kennen, doch hier ist sie bestimmt nie gewesen. Dichtes Gestrüpp, richtiges Unterholz, wächst am Fuß mächtiger Stämme, sie erkennt Tannen mit schwarzen Wipfeln voller Zapfen. Die blattlosen Riesen der Laubbäume zu bestimmen, überfordert sie. Efeu und Waldreben spinnen sich zwischen herabhängenden Zweigen zu undurchdringlichen Matten. Aus den Kronen ertönt wildes Keckern. Alice schrickt zusammen und hält erneut inne. Weißblaues Leuchten, Flügelschlagen, mehr Geschrei, dann ist der Vogel im Dickicht verschwunden. »Waldpolizei«, sagt Talitha über die Schulter hinweg, »der Eichelhäher. Komm nur, da vorne ist es.« Das vertraute Dröhnen aus dem Stadtkessel hört Alice jetzt nur noch, wenn sie sich darauf konzentriert. Auch das übliche Stuttgarter Waldgefühl hat sich verflüchtigt, nämlich der Eindruck, sich eher in einem Park voller Jogger, Hunde und Radler zu befinden und überall breite helle Wege zwischen den Bäumen hervorblitzen zu sehen. Talitha führt sie weiter durch die Wildnis, bis sich die Baumreihen plötzlich lichten und vor ihnen wieder der vertraute Hohlweg mit den Stützmauern liegt. An einem bemoosten Holzzaun halten sie inne.

Alice erkennt das Grundstück sofort, aber sie sagt nichts, wartet neben ihrer Begleiterin und betrachtet schweigend das schief in den Angeln hängende Tor. Talitha zieht eine Haarnadel aus ihrer Frisur, steckt sie ins Schloss und stochert ein wenig darin herum, bis es knackt. Ein Plattenweg führt durch langes, wintergelbes Gras, gebeugt von der Nässe der letzten Tage, dazwischen einzelne grüne Flecken. An den Wiesenrändern wachsen Brennnesseln. Eine dichte Dornenhecke, behangen mit Resten von dunkelrotem Laub, begrenzt den hinteren Garten. Jenseits der Hütte mit ihrem schindelgedeckten Spitzdach erhebt sich wieder der Wald. Die Stämme ringsum sind bleistiftgrau, lehmrot oder borkig braun. Marie kennt ihre Namen, von ihr weiß Alice auch, dass das Riesennest aus stacheligen Zweigen ein Brombeergebüsch ist und man besser nur die Früchte auf Augenhöhe pflückt, wegen des Fuchsbandwurms. Talitha hat sich wie ein altmodischer Lakai an die geöffnete Pforte gestellt, die ironische Verbeugung, ihre ausgestellten Füße und die einladende Armbewegung haben etwas von Schülertheater: »Tritt ein!« Unter dem Dachvorsprung steht eine blaugestrichene Bank.

Terje hat damals nicht verraten, wem der Garten gehört, wahrscheinlich, damit niemand den Besitzern seinen verlotterten Zustand vorwerfen konnte. Die glücklichen Cantarinen wären allerdings nie auf eine solche Idee gekommen. An diesem Altweibersommertag hatten sie Papiergirlanden und Lampions aufgehängt, Kuchen und Getränke auf einem Tisch arrangiert, den sie aus der Hütte schleppten. Sie hatten gar nicht mal schlecht »Geh aus, mein Herz und suche Freud« gesungen und gemeinsam mit Terje ihre Chorfreizeit geplant. Paris war das erklärte Ziel. Diese Aussicht euphorisierte die Gruppe und brachte eine in Alices Erinnerung nahezu überirdische Aufführung von »À la claire fontaine« unter dem Schein des Septembermondes hervor, bei der die Frauen nebeneinander aus der wilden Wiese wuchsen wie seltsame, bewegliche Pflanzen. Nahe der Hütte taumelten Leuchtkäfer – Lena nannte sie Johanniswürmchen –, und immer wieder durchquerten Fledermäuse im Torkelflug die Dämmerung. Alice saß neben Marie, so dass sie ihre Wärme spüren und ihr Parfum riechen konnte.

Der Rucksack wird aufgeschnallt; zum Vorschein kommen eine Wolldecke, Äpfel, eine Keksmischung und eine Thermoskanne. »Picknick. Bedien dich!« Eigentlich hat Alice keinen Hunger, doch als sie auf der Bank sitzt, Decke unterm Hintern, den Rücken an die Holzwand gelehnt, in den Händen einen warmen Becher, schmecken ihr die billigen Waffelröllchen und Schokotatzen, der bittere Tee. Kauend fragt sie: »Wohnst du schon lange mit Sophie zusammen?« Talitha stellt ihre Tasse ab. »Ich kenne Soph von einer Uni-Party. Wir sind eigentlich nicht richtig befreundet, aber als ich ankam, so ohne Bleibe, hat sie mich nicht weggeschickt. Vielleicht war sie sogar froh, endlich mal wieder jemanden zu sehen. Das ist aber eine andere Geschichte. Ich kann dir sagen, im Grunde ist sie froh, dass sie mich hat. Du weißt ja wahrscheinlich, was sie jobbt?« Alice schüttelt den Kopf. »Na ja, als Tiersitterin. Dafür wohnt sie umsonst. Hat sie auf Kleinanzeigen gefunden. Die Wohnung gehört einem Typen, der von seiner Firma ins Ausland geschickt wurde. Seine Freundin wollte das nicht machen, fand es zu gruselig.« »Du meinst, diese Zeisige und Mäuse zu versorgen?« »Ja, unter anderem. Ich helfe Soph, nehme ihr jede Menge unangenehme Aufgaben ab. Schließlich bin ich ein Marienkind. Aber ich glaube, sie wird nicht warm mit mir.« Talitha lächelt, diesmal zieht sie nur die Mundwinkel hoch, das Gesicht wird zur Fratze. »Warum denkst du das?«, fragt Alice. »Das merkt man doch. Für Soph gibt es nur Maja, Maja, Maja. Völlig sinnlos, denn die kommt nicht mehr zurück.« »Sie lebt in Paris, nicht wahr?« »Du weißt ja schon allerhand.« Jetzt klingt sie beleidigt. »Ich verstehe, weshalb Sophie trauert.« »Trauern, das klingt, als sei jemand gestorben, voll übertrieben!« »Finde ich nicht.« An Talithas verwundertem Blick merkt Alice, wie laut sie geworden ist. »Bist du noch nie verlassen worden?« Die Augen der anderen leuchten auf: »Ich kann nicht verlassen werden, weil Maria immer bei mir ist.« »Mit anderen Worten, dein Glaube macht dich mitleidslos«, stellt Alice fest, steht auf und reibt die Hände aneinander. Allmählich wird ihr kalt. »Mit einer Freundin zu streiten, sie zu verlieren, das kann schrecklich wehtun.« Talitha dreht die Thermosflasche um, ein paar Tropfen fallen auf die moosigen Platten. »Erzähl mir von dieser Freundin, mit der du gestritten hast! Ist es die Alte, der gestern schlecht geworden ist?« Erzähl du mir lieber von Sophie, möchte Alice sagen, aber der Wunsch, über Marie zu reden, gleicht dem Verlangen nach einer Zigarette oder einem starken Drink, auch in der Gewissheit, diesem nachzugeben, könnte ein Fehler sein. Sie wundert sich, denn Gesprächen mit Fred und Lena über dieses Thema ist sie so weit wie möglich ausgewichen. Sophies Mitbewohnerin zwingt sie auf die Bank zurück, indem sie ihre lehmverschmierten Hände auf Alices Schultern legt. Sie scheint vollkommen sicher, die andere Frau werde sitzen bleiben und mit ihrer Erzählung beginnen. Inzwischen hat sich eine kräftige hellgelbe Sonne eingestellt, ihr Licht strahlt über Schneeglöckchen, blasslila Krokusse und sogar einige schüchterne Primeln, sie wärmt Alices Gesicht, das sie jetzt Talitha zuwendet.

## 12

*Die Geschichte von Marie und Alice, erzählt von Alice*

Ich war schon eine ganze Weile in diesem Chor, als Marie dazukam. Ihre Stimme fand ich nicht besonders, ein dünnes Sopränchen, wie ein gesprungenes Schnapsglas, aber man merkte ihr die Freude am Singen an, und ich habe sie sofort gemocht. Allein ihr Aussehen, dieses schiefe Lächeln, die auffälligen Ohrringe, ihre Art, sich zu bewegen, die mir wilder und freier schien als meine eigene. Eigentlich hatte ich genug Freundinnen, aber Marie wollte ich kennenlernen. Ihr schien es ähnlich zu gehen, denn vom ersten Tag an suchte sie meine Nähe. Bei unseren Pausengesprächen konnten wir kein Ende finden, und eines Abends fragte sie, ob ich Lust hätte, sie nach Hause zu begleiten, auf einen Wein. Marie hat ein Talent zum Erzählen. Wenn sie vor dir sitzt, in die Ferne schaut und in melodiösem Schwäbisch, das nichts Grobes hat, ihre Geschichten ausspinnt, bekommst du schnell das Gefühl, dein Leben sei ausgesprochen langweilig.

Meine Mutter hat von manchen Leuten gesagt, sie seien mit einem silbernen Löffel im Mund geboren. Als Kind habe ich das nicht verstanden, erst auf dem Gymnasium. Dort fand ich nur schwer Anschluss. Meine Noten waren zu gut, ich selbst war zu anders, kaum eine wollte viel mit mir zu tun haben. Mir blieb nichts anderes übrig, als meine Klassenkameradinnen erst zu beobachten, dann zu imitieren: so hörte ich auf zu berlinern, verschmähte Discounter-Jeans, lackierte mir die Nägel durchsichtig, achtete auf all die Kleinigkeiten, an denen sie erkennen, woher du kommst, die Silberlöffelmädchen. Als Marie zum ersten Mal mit erhobenem Kopf in den Gemeindesaal trat, ist mir dieses Wort wieder eingefallen. Sie wirkte leicht und glänzend und sicher in allem, was sie tat.

Woran merkt man, dass man befreundet ist? Marie brachte mir eine Tüte saure Pommes mit zur Probe, weil ich einmal erwähnt hatte, dass ich diese Dinger in der Kindheit geliebt habe. Ein andermal schenkte sie mir den neuen Asterix auf Französisch, wegen meiner fixen Idee, mein unbekannter Erzeuger sei vielleicht Franzose gewesen. Fast täglich schickte sie mir lustige Nachrichten. Wir sprachen über unsere Mütter. Über die ersten Interrail-Reisen, die Uni, das Studium. Das Zusammensein mit ihr gab mir ein prickelndes Gefühl, als seien wir beide Jahrzehnte jünger als unsere Chorschwestern. Dauernd kicherten wir herum, ich weiß nicht einmal, worüber wir ständig lachen mussten. Einmal zog sie für uns zwei Ringe aus einem Kaugummiautomaten neben der Kirche. Wir trugen sie am kleinen Finger, obwohl die billige Legierung unsere Haut grünlich verfärbte. Marie verlor ihren Ring bald. Meinen besitze ich noch heute, konnte ihn nicht wegwerfen, auch nicht nach dieser ganzen Sache.

In den ersten Monaten unserer Freundschaft, dieser genüsslichen gegenseitigen Ausfragerei, habe ich ab und zu meinen Mann erwähnt, etwa in dieser Art: Morgen Abend kann ich nicht, wir treffen uns mit Freunden. Ich weiß auch noch, dass ich einmal sagte: Mein Mann geht mit mir ins Kino. Daran erinnere ich mich deshalb genau, weil Marie unerwartet spitz antwortete, Götz und sie gingen nie zusammen aus. Ich hatte gelacht, weil ich das für einen Scherz hielt, aber sie warf mir einen Blick zu, und ich merkte, es war ernst gemeint. Ihre Geschichte von der fetten Marie kannte ich und glaubte sie nicht recht. Ich wusste, dass Götz Arzt war, dass er aus Hamburg kam, dass sie zwei Töchter und eine lange gemeinsame Vergangenheit hatten. Es war nicht erfreulich, mit Marie über Männer zu reden, weder über ihren eigenen noch über andere.

Götz traf ich nur ganz selten, fand ihn aber nicht unsympathisch. Mir fiel etwas anderes auf: Paare gehen auf unterschiedliche Weise miteinander um, sobald sie nicht mehr unter sich sind. Manche sind symbiotisch, ergänzen sich gegenseitig, vollenden die Sätze des Partners. Andere haben diese klare Rollenverteilung, er ist der Unterhalter, sie das Publikum oder umgekehrt. Und dann gibt es solche, die »Wir zwei gegen den Rest der Welt« aufführen oder in Kleinkindersprache kommunizieren. Alle haben irgendein Spiel, eine Art Zimmertheater. Sobald Fremde zuschauen, bewegen sie sich auf einer Minibühne. Marie und Götz hatten kein Spiel. Sie versuchte es ab und zu, aber er ging nicht darauf ein. Mir tat das leid. Deshalb habe ich nie mehr als nötig von Fred und mir erzählt.

Wenn man erst einmal angefangen hat, sich auf jemanden einzulassen, gibt es ab einem bestimmten Punkt kein Zurück mehr. Wären wir jünger gewesen, hätten wir Tag und Nacht zusammengesteckt. Natürlich läuft das anders, wenn man berufstätig und verheiratet ist, in Maries Fall dazu Kinder und einen Hund hat, einen Haushalt, andere Freundschaften. Nach den Proben saßen wir auf den Stufen vor dem Saal, statt mit den anderen zum Italiener zu gehen. Später suchten wir uns eine Bank auf dem nahen Friedhof. Auf manchen Gräbern brannten zu jeder Jahreszeit diese roten Dauerlichter. Ihre Flammen, ein paar echte, andere in LED, zuckten und flackerten in der Dunkelheit. Das fand ich schön und dachte dabei an die Kerze mit der 200 Stunden-Batterie auf dem Grab meiner Mutter in Berlin.

Häufig sprachen wir über das Singen. Einmal erzählte Marie, dass sie sich noch genau daran erinnere, wie sie zum ersten Mal aus purer Lust, ohne Aufforderung durch Erwachsene, ein Lied angestimmt habe. Es sei »Hab mein Wagen vollgeladen« gewesen. Im Sommer, auf dem Rücksitz des VW-Cabrio ihrer Großeltern, bei offenem Verdeck. Sie habe die erste Strophe allein gesungen, danach seien ihr Bruder und die Großeltern eingefallen. Auf dem Rückweg vom Obstgarten der Familie, mit Eimern voller Kirschen und ihrem lauten Gesang, der sie wie der Fahrtwind umwehte. Und sie sei noch so klein gewesen, dass man ihr ein Kissen unter den Po gestopft habe. Nach Maries Geschichte von dieser Landpartie überlegte ich ernsthaft zu lügen, was mein erstes Lied betraf. Doch Marie flößte mir Vertrauen ein.

Mein erstes Lied hieß »Droben am Berg, da steht eine Kuh«. Unsere Nachbarn grölten es vom Balkon, später im Hinterhof, am Vatertag in Moabit, und ich sog jeden Ton auf. Noch heute sehe ich die rote Deichsel des Bollerwagens, mit dem sie schließlich loszogen, Bierkästen auf der Ladefläche. Ihr Ausflug machte mich neidisch, weil ich an diesem Sommertag zu Hause bleiben musste. Zwar durfte ich mir Eis am Stiel aus dem Tiefkühlfach nehmen, aber meine Mutter musste arbeiten. Wie so oft an Feiertagen, half sie in einem Lokal um die Ecke aus. Ich hatte es mir mit meinem Eis auf dem Balkon gemütlich gemacht und lauschte dem Gesang, der von unten zu mir hinaufschallte. Bestimmt ging ich noch nicht in die Schule. Jedenfalls war ich enorm stolz darauf, wie gut ich mir das alles merken konnte. Besonders gefiel mir das Gejodel im Refrain: »Holladihia, holladiho, holladihoppsassa, holladiho«. Sobald meine Mutter nach Hause zurückkam, trug ich ihr meine neue Errungenschaft vor. Sie hörte eine Weile zu, bevor sie zur Spüle ging, einen frischen Lappen nahm, ihn anfeuchtete, mit Kernseife einrieb, bis es schäumte. Daraufhin hielt sie mich ziemlich unsanft an meinen Rattenschwänzen fest und wusch mir den Mund aus, obwohl ich zappelte und spuckte. »Solches Zeug wird bei uns nicht gesungen«, sagte sie, »wir sind kein Pack.« Marie starrte mich verständnislos an. Plötzlich sprang sie auf und rief: »Los, sing es mir vor! Das geht doch nicht, dass ich so was nicht kenne!«

Droben am Berg, da steht eine Kuh,
die macht ihr Arschloch auf und zu.
Holladihia, holladiho, holladihoppsassa, holladiho!
Und unten im Tale, da stehet ein Ochs,
der hat dieser Kuh ins Arschloch geglotzt.
Holladihia, holladiho, holladihoppsassa, holladiho!
Droben am Berg, da stehen zwei Zicken,
die eine will grasen, und die andre will ficken.
Holladihia, holladiho, holladihoppsassa, holladiho!

Bevor ich überhaupt einen Ton herausbrachte, hatte ich Marie schon den Rücken zugedreht, doch bereits nach den ersten Takten stand sie vor mir, nahm meine eiskalten Hände in die ihren und sang aus voller Kehle den Refrain mit. Ich spürte den Druck ihrer Finger, warm und stark, und in diesem Moment war mir alles egal – ob uns jemand hörte, dass ich kein Silberlöffelmädchen war und keine Kinder bekommen konnte. Hier war Marie, deren Gesicht sich stark verzerrte, wie bei allen Singenden – der aufgerissene Mund rundete sich zum O, zog sich für A und Ei breit auseinander, ich sah ihre Zunge, den Speichel an den Eckzähnen, ihre dunklen, glänzenden Augen, um die sich Fältchen verdichteten und hatte keine Angst mehr, vor dem Lied nicht und vor gar nichts.

Im Februar, kurz vor Beginn der Pandemie, fuhren wir auf Chorfreizeit. Terje hatte Frankreich ins Spiel gebracht, weil sie dort Freunde hatte, einen Pastor und seine Frau in einem Vorort von Paris. Dort sollten wir im Pfarrhaus logieren, alle zusammen in einem großen Saal, aber dafür mit der einmaligen Chance, ständig in der Kirche zu proben, und das für einen minimalen Unkostenbeitrag. Besonders begeistert war ich nicht. Mir setzte die Vorstellung zu, mit all den Frauen in einem Raum zu schlafen. Schon in der Schulzeit konnte ich solch erzwungener Intimität nichts abgewinnen, wahrscheinlich, weil ich ohne Geschwister aufgewachsen bin. Doch die Begeisterung, mit der Terje und die übrigen Chorschwestern auf diese Reise hinfieberten, sich in der Übernahme von Organisationsaufgaben überboten, steckte mich an. Lena konnte nicht mitkommen, sie erwartete den Besuch ihres Neffen. Weil Terje ständig betonte, wir sollten uns auf »spartanische Unterbringung« einstellen, steckte ich ein Schlafhörnchen und Ohrstöpsel ein.

In unserer WhatsApp-Gruppe erschienen Bilder von einem niedrigen grauen Haus mit grüngestrichenen Fensterläden und Schieferdach. Es stand mitten in einem Garten, nah bei der Kirche. Terjes Pastor und seine Frau posierten winkend vor der Mauer, mit der die gesamte Anlage umgeben war.

Von der Reise habe ich nicht mehr viel in Erinnerung: den Geruch nach frischem Kaffee und Desinfektionsmittel im TGV, unsere Aufregung, als der Zug den Bahnhof verließ. Marie und ich blieben kurz an der Tür stehen, betrachteten das penetrante Rosa des Morgenhimmels, während die anderen sich die besten Plätze sicherten und ihren Proviant auspackten.

Den Namen des Vororts habe ich vergessen, St. Soundso sous les tilleuls oder so ähnlich. Ich weiß noch, dass es in der gefliesten Diele des Pfarrhauses nach Apfelmost gerochen hat und wie kalt der Schlafsaal war. Seine Fenster gingen auf den Gemüsegarten hinaus, in dem ein paar Hühner pickten. Der Boden war mit Flickenteppichen bedeckt, deren Knoten sich in die Fußsohlen drückten. Die Pfarrersfrau hatte auf jedes Kopfkissen einen Apfel gelegt und darunter zwei längliche Karamellbonbons. Dabei musste ich an eine Piratenflagge denken, Schädel und gekreuzte Knochen, und Marie bekam einen Lachanfall, als ich ihr das ins Ohr flüsterte.

Wir probten den ganzen Tag in der kleinen Kirche, nur unterbrochen von den Mahlzeiten, die uns der Pastor persönlich, zusammen mit zwei grimmigen Teenagermädchen, servierte. Ich glaube, ich habe nie wieder so viel gesungen, auf Deutsch, Französisch und Estnisch. Später schloss sich der Chor der Gemeinde an, und wir traten zusammen beim sonntäglichen Gottesdienst auf.

So verging das Wochenende. Am Sonntagmittag hielt mir Marie ihr Smartphone unter die Nase: »Na, was meinst du? Spontan sein? Einen Tag verlängern? Nach diesem Abenteuer hier?« Sie wies mit dem Kinn auf das Pfarrhaus, in dessen Tür Terje gerade den Pastor umarmte. Ich sah nur die geschwungenen Schriftzüge ›Hotel Chopin‹ vor einem Hintergrund aus Rot und Gold. »Da wäre ein Zimmer frei. Den Tipp hab ich von einer Kollegin.«

Das Hotel lag am Ende einer überdachten Passage. Vom Aufruhr der Grands Boulevards trat man direkt in einen mit milchigem Licht erfüllten Schutzraum ein. Hier saßen Leute an Cafétischen und unterhielten sich, andere kramten vor den Buchläden in Kartons mit alten Postkarten und Stadtansichten. Marie blieb vor einem Salon du thé stehen, und ich fragte, ob sie Lust auf etwas Süßes habe. Sie schüttelte nur den Kopf, seufzte aber tief. Wir setzten uns an einen freien Tisch, sie bestellte Milchkaffee, dazu einen mehrschichtigen Schokoladenkuchen. Sie war müde und still, aber unser Schweigen fühlte sich nicht bedrückend an. Schnell verschlang sie das Gebäck, leckte die Gabel ab und ging in den

Laden. Als sie endlich wiederkam, sah sie erleichtert aus, an ihrem Arm hingen mehrere Papiertüten. »Diese Mitbringsel nerven mich immer total, aber jetzt hab ich auf einen Schlag alle versorgt, Götz, die Mädchen, Lena und meine Kolleginnen.« Begeistert hielt Marie mir ihre Einkäufe entgegen: bunte Marmeladen und mehrere Pralinenschachteln. Ich gab ihr den Zimmerschlüssel, damit sie ihre Beute abstellen konnte. Danach wollten wir einen Bummel durch das Viertel machen.

Der rote Rock bauschte sich um Maries schlanke Beine, als sie die Stufen zum Hotel hochlief. Ein Mann trat heraus und hielt ihr die Tür auf, sie sagte etwas zu ihm und er lachte, blieb noch stehen, als sie bereits eingetreten war, um ihr hinterherzuschauen. Plötzlich hatte ich keine Lust mehr, herumzusitzen. Hastig schob ich einen Schein unter meine Tasse. Die Passage Jouffroy macht einen Knick, wenn man am Hotel Chopin links abbiegt. Dort hatte ich vorhin ein Geschäft gesehen, in dessen Schaufenster großformatige Schwarzweißfotografien ausgestellt waren, Porträts von Sängerinnen, Filmstars, Schauspielern. Sie sah mir entgegen, als hätte sie auf mich gewartet: das träumerisch grimmige Gesicht unter dem dunklen Schopf, die Hosenträger, das Jackett über der Schulter, ich hörte ihre raue Stimme, »Frederick, name of care«, und ließ mich davon in das Geschäft ziehen.

Das Porträt von Patti Smith war nicht billig. Der junge Mann im Laden legte eine Lage Seidenpapier über ihre unergründlichen Augen, bevor er das Bild in einen Umschlag steckte. »Une femme comme un hurricane,« sagte er und sprach danach zu schnell für mich, etwas über einen französischen Dichter und dass Patti sein Haus gekauft habe. Ich verstand den Namen nicht, wollte nachfragen, aber eine

Gruppe Asiaten kam herein, also lächelte ich nur und verabschiedete mich. Im Foyer lag die schwarze Hotelkatze auf dem Rezeptionstresen, ich konnte nicht widerstehen, sie zu streicheln, fragte mich, ob Marie das vorhin auch getan hatte.

Ich trug den neu erworbenen Schatz hinauf in unser Zimmer. Wir haben zu Hause eine Wand, dicht an dicht vollgehängt mit Bildern. Dort wollte ich Patti sehen, zwischen einer Schautafel mit Seevögeln, die Fred auf Sylt gekauft hat, und dem Plakat von Picassos Stier. Oben saß Marie auf dem Bett, es stank nach Aceton, um sie herum lagen verschmierte Wattepads. Sie schüttelte ein Fläschchen mit rotem Lack, nickte mir zu und fragte: »Soll ich dir auch schnell die Füße aufhübschen?« Mit raschen Strichen führte sie den kleinen Pinsel über ihre Zehennägel. Marie behauptet, sie habe Spinnenfüße, das stimmt, ihre Zehen sind lang und knochig, aber es sind schöne Füße, und das weiß sie auch. »Was hast du gekauft?«, fragte sie, ohne aufzusehen. Der rechte Fuß war fertig, in glänzendem Dunkelrot, vorsichtig streckte sie das Bein aus, zog das linke hoch. »Ein Foto, etwas Besonderes, ein Geschenk, ich freue mich echt darüber.« Sie lachte, hörte dabei nicht auf zu pinseln. »Zeig her, du Geheimniskrämerin. Für wen ist es denn? Für den Daheimgebliebenen?« Patti auszuwickeln, dauerte nicht lange. Marie summte: »Because the night belongs to lovers, because the night belongs to us. Ist das euer Song?« Ich nahm die Karte heraus, die mir der junge Mann als Dreingabe geschenkt hatte, eine kitschige Aufnahme des Eiffelturms im Sonnenuntergang. Darauf wollte ich Fred ein paar Worte schreiben, gleich hier, damit das alles, wie Marie vorhin gesagt hatte, erledigt war und wir uns der Stadt zuwenden konnten.

Ehrlich gesagt weiß ich nicht mehr genau, was wir geredet haben, jedenfalls nicht wortwörtlich. Ich habe schon tausend Mal darüber nachgedacht, weil es mein letztes vernünftiges Gespräch mit Marie war. Ich legte das Foto vorsichtig auf den Tisch und erzählte, dass Fred bereits in der Schule durch die Zeichentrickserie »Fred Feuerstein« zu diesem Spitznamen gekommen war, aber Patti Smith eigentlich seine Patin gewesen sei. Denn Patti schrieb den Song »Frederick« für ihren Mann, und mir erschien er wie eine Offenbarung meiner Liebe zu Fred. Ich fand ihn vollkommen, als hätte sie dabei nicht an ihren, sondern an meinen Mann gedacht: »Frederick, name of care, all the things I've been dreaming of are expressed in this name of love.« Nach diesem Song taufte ich Fred zum zweiten Mal, um mit dem Liebesgedicht die Begeisterung der Schuljungen für eine ziemlich dämliche Comicfigur abzuwaschen.

Ich sang »Hi, hello, wake from thy sleep, God has given your soul to keep«. Marie fiel ein, wir klangen gut zusammen, aber plötzlich hörte sie mittendrin auf, schraubte das Fläschchen zu, obwohl drei Zehennägel unlackiert blieben, und stand auf. »Fred ist also ein Spitzname?« Ich hätte gerne weiter geschmettert, aber offensichtlich war das nicht ihr Wunsch. »Er heißt in Wirklichkeit anders, dein Mann?« Ich zuckte die Achseln, sagte: »Ja, er fand seinen Taufnamen schon immer lahm«. Marie klaubte die Wattepads von der Tagesdecke, lief ins Bad, warf sie in den Mülleimer, kehrte zurück zum Bett, sammelte ihre Utensilien ein und starrte dabei auf ihre Hände, auf einen dicken, blutroten Strich Lack, der sich über einen ihrer Daumen zog. »Ist sein richtiger Name denn so hässlich?«, fragte sie. Dabei versuchte sie, den verschmierten Finger wieder sauber zu bekommen, es sah aus, als täte sie sich dabei weh, so heftig, wie sie über ihre Haut kratzte. Warum benutzt sie keinen Nagellackentferner, dachte ich. »Nein, natürlich nicht. Daniel Sulzberger, das klingt doch gut, findest du nicht?« Marie ging zum Fenster, sie rüttelte am Griff, anscheinend klemmte etwas, denn sie fluchte, bevor sie es aufriss. Im Gegenlicht sah ich nur ihren schwarzen Umriss, hörte, wie sie sich räusperte, bevor sie wieder sprach. »Er heißt also nicht Fred Pogge? Und du? Wurdest du auch so romantisch zum zweiten Mal getauft? Wieso heißt du nicht wie dein Mann? Oder hast du einen dieser Doppelnamen, wie alle Karrierefrauen?« Es fühlte sich an, als sei durch das Fenster auf einmal sämtliche Luft aus dem Zimmer geströmt. Ich atmete schneller und fing an zu schwitzen, an den Handflächen, unter den Achseln, im Gesicht, und als mir der Schweiß langsam an den Schläfen herunterrann, hörte ich Maries Finger knacken. Einen nach dem anderen zog sie aus dem Gelenk, eine grauenvolle Angewohnheit, die ich bisher nie an ihr bemerkt hatte. Ihre Stimme klang gereizt, als sie erneut fragte, ob ich immer Alice genannt worden sei oder ebenfalls einen Geheimnamen habe.

Zum ersten Mal fühlte ich Abwehr ihr gegenüber. Meine Mutter hat mich Lilli genannt. Fred war der Einzige, der diesen Namen kannte und benutzte. Alles in mir sträubte sich dagegen, ihn auszusprechen, als würde mir damit etwas entrissen, und ich dachte an ein Märchen: »Ach wie gut, dass niemand weiß, dass ich Rumpelstilzchen heiß.« »Schon«, sagte ich langsam, »ich würde es eher einen Kosenamen nennen, aber das ist doch ziemlich privat.« Marie knallte das Fenster zu, dass ich zusammenzuckte. Sie atmete hörbar durch die Nase ein. »Dann eben nicht«, flüsterte sie, griff nach ihrer Handtasche und stürmte aus dem Zimmer. Sie war barfuß hinausgerannt, ihre roten Schuhe mit den winzigen Absätzen, kitten heels, standen noch unter der Garderobe, einer davon war auf die Seite gekippt. Ich war perplex, konnte mir einfach nicht erklären, was auf einmal geschehen war. Sie nahm mir doch nicht ernsthaft übel, dass ich ihr nicht jedes Detail meines Lebens anvertraute? Vielleicht hat das alles nichts mit mir zu tun, überlegte ich, ging dabei im Zimmer auf und ab, betrachtete das dunkelrote Muster auf der Tapete, Schäferinnen, Schafe und Schäfer auf weißem Grund, ein altmodisches, fast lächerliches Dekor. Ohne Schuhe wird sie nicht weit kommen, sie wird sich wieder beruhigen. Wie oft habe ich im Beruf erlebt, wie Leute außer Fassung gerieten, dabei Dinge sagten, die sie Minuten später bereuten, Dinge, die tief aus ihrem Inneren kamen, die nur mit ihnen und ihren eigenen geheimen Geschichten zu tun hatten, viel weniger als mit demjenigen, den sie zufällig damit überrollten und verunsicherten. Deshalb wartete ich auf Marie, darauf, dass sie vor der Tür mit dem Schlüssel klirrte, am Knauf drehte und sie sich durch den Spalt schob, den Kopf gesenkt, bereit zur Versöhnung. Zwischendurch rief ich Fred an, aber sein Telefon war besetzt. Das enttäuschte mich, ich hätte gerne seine beruhigende Stimme gehört. Schließlich wurde mir das Warten zu dumm. Ich beschloss, unseren Spaziergang allein zu machen, irgendwo etwas zu trinken und später ins Hotel zurückzukehren. Eigentlich war mir nicht mehr nach Ausgehen, aber ich zwang mich, schließlich durfte mir Marie nicht den Abend verderben, ich war in Paris.

Selbstverständlich machte mir mein einsamer Gang durch das abendliche Quartier keine Freude. Ich konnte nicht aufhören zu grübeln, hoffte die ganze Zeit, Marie zu finden und sie zu fragen, was denn nur in sie gefahren war. Eine Weile lief ich die Grands Boulevards entlang, überlegte kurz, in das riesige Kino an der Ecke zu gehen, aber die Vorstellung, einsam im Dunkeln zu sitzen, bereitete mir Magenschmerzen, also stöberte ich in einem Buchladen, der noch geöffnet hatte, und ging danach weiter, bis ich zu einem kleinen Triumphbogen kam. Dort blieb ich stehen und sah einem Jungen zu, der versuchte, die darunter pickenden Tauben zu fangen, bis seine Mutter ihn wegführte. Bald machte ich kehrt.

Am Anfang der Passage gab es ein Lokal, das einen Eisenbahnwaggon der Jahrhundertwende imitierte, einen Speisewagen mit vergoldeten Lämpchen auf den Tischen und roten Samtsesseln. Eine Weile blieb ich stehen, mit dem Gesicht nah an der Scheibe, weil ganz hinten Marie saß, das Handy ans Ohr gepresst, ein Glas Rotwein in der freien Hand, an dem sie immer wieder nippte. Zwischendurch spielte sie mit ihrem goldenen Feuerzeug, ununterbrochen redend, blass und erregt. Kurz überlegte ich, hineinzugehen, aber ich war verwirrt und wütend. Ihr Ausbruch hatte mich verletzt, ich fühlte mich schlecht behandelt. Wieso sollte ich ihr hinterherlaufen? In diesem Augenblick trat ein Kellner auf mich zu, er berührte mich leicht am Arm und fragte, ob ich nicht eintreten wolle. Ich stotterte etwas Unzusammenhängendes, wandte mich ab und eilte, so schnell ich konnte, zurück zum Hotel. Im Foyer blieb ich eine Weile auf dem Sofa unter einer Palme sitzen, versuchte in einer französischen Zeitschrift einen Artikel über den rechtsextremistischen Anschlag von Hanau zu lesen, rief erneut Fred an, aber nur die Mailbox meldete sich. Vielleicht war die Frau gar nicht Marie gewesen und ich hätte mich lächerlich gemacht, in diesem albernen Waggon-Lokal. Ich stieg die Treppe zu unserem Zimmer hoch und ging auf dem Gang auf und ab, betrachtete eine stockfleckige Ansicht des Pont Neuf, stellte mich schließlich vor die Tür, um zu hören, ob sich drinnen etwas rührte.

Auf dem Bett lag Maries aufgeklappter Koffer, sie beugte sich darüber und verstaute ihren Schminkbeutel. Als ich eintrat, richtete sie sich auf. Sie hatte jetzt Jeans und Sneakers an, dazu den hellen Blazer, den sie auch auf der Hinfahrt getragen hatte, und sah mich mit zusammengepressten Lippen an. Ihre Hände zitterten, sie war zerzaust und verheult. »Marie, ich verstehe einfach nicht, was los ist. Was soll das alles?« Statt einer Antwort klappte sie den Koffer zu, zog die Reißverschlüsse so wild zu, dass ein Zipper abriss, und warf das kleine Metallstück in den Papierkorb. »Du fragst mich, was los ist?« Mit einem Knall stellte sie den Koffer auf den Boden. »Wenn du die Wahrheit wissen willst, ich kann dich nicht mehr ertragen. Schon seit einer Weile gehst du mir auf die Nerven, und jetzt reicht es mir endgültig. Du glaubst, du bist großartig mit deiner verlogenen Musterehe und deinem liebenden Ehemann und euren Kosenamen, mir wird schlecht davon! Ich bleibe keine Minute länger hier.« Das O von Kosenamen zog sie künstlich in die Länge. Ich begreife bis heute nicht, weshalb ich einfach nur dastand und in Tränen ausbrach. »Weshalb heulst du jetzt? Ich bin diejenige, die verletzt worden ist. Das macht mich rasend, wie du dich jetzt als das arme Opfer hinstellst, mit deinen Tränen!« Sie sagte noch ein paar gemeine Sachen, dass ich lästig sei wie eine Klette, dass sie genügend Leute kenne und mich nicht brauche und ihre Zeit nicht länger mit einer wie mir verschwenden wolle. Und ich solle sie nie wieder ansprechen oder anrufen, es sei zwecklos. Als ich endlich ins Bad ging, um mir das Gesicht zu waschen und die Nase zu putzen, hatte sie längst die Tür hinter sich zugeschlagen und war durch das Treppenhaus davongepoltert.

# 13

Coras Finger haben sich gerötet, aber sie greift tief ins dampfende, schaumige Wasser hinein, hebt die silberne Teekanne heraus und wischt sie ab, bevor sie sie umgekehrt auf das Abtropfgestell setzt. Lenas Gummihandschuhe hängen unbenutzt neben der Spülbürste. Als Nächstes angelt Cora den verschnörkelten Deckel der Kanne heraus und dreht den Hahn auf. Der Deckel scheint nicht ganz sauber zu sein, denn sie mustert ihn mit zusammengekniffenen Augen, bevor sie ans Küchenfenster tritt und ihn ins Nachmittagslicht hält. Auf der Arbeitsplatte liegen eine Tube Zahnpasta und eine abgenutzte Zahnbürste, Alice hat das schon gesehen, als sie an die Küchentür kam und sich darüber gewundert. Cora drückt einen Kringel Paste auf einen Lappen und bearbeitet den Silberdeckel mit kreisenden Bewegungen. Minzgeruch vermischt sich mit dem Zitronenduft des Spülmittels. Es ist einfach eine Legende, dass man Blicke im Rücken spürt wie ein Prickeln, denkt Alice. Ich stehe schon so lange hier, dass sie Löcher im Kittel haben müsste. Aber Cora hat Alice nicht bemerkt.

Sylvias hellblaue Kittelschürze ist ihr zu klein. Sie muss die Knöpfe vorne offenlassen, was den patenten Sauberfrauen-Ausdruck zerstört, dazu ist ihr das Kleidungsstück zu kurz und bedeckt nur knapp ihren mageren Hintern. Mondkalb, was polierst du da? Wollte Lena unbedingt diese angelaufene alte Kanne für ihren Tee? Cora hat das Gefäß mittlerweile umgedreht, und Paste auf die Zahnbürste gekleckst. Damit schrubbt sie Tülle und Bauch, summt leise vor sich hin, folgt der Melodie aus Lenas Küchenradio, das unter einem Hängeschrank angebracht ist. Ein Schlagersender läuft, Alice erkennt Roland Kaiser und denkt an die Moabiter Küche und ihre Mutter, bei der ein Abwasch viel schneller erledigt wurde.

Alice räuspert sich und sieht, wie Cora erstarrt, sie lässt die Zahnbürste fallen. »Oh«, sagt sie nur, als sie sich umdreht, erwidert Alices Lächeln nicht und wischt sich hastig die Hände an der Schürze ab. Alice stellt einen Teller mit belegten Broten auf der Arbeitsplatte ab. »Oh«, macht Cora erneut und betrachtet besorgt die unberührten Sandwiches. »Hat denn die Frau Herzmann nix essen mögen? Vorhin hat sie doch gesagt, Halbweißes mit Schinken, Tomate und hartem Ei, das hatte ich alles da, heut früh besorgt. War da was nicht in Ordnung?« Misstrauisch hebt sie den Teller, schnüffelt, schüttelt den Kopf. Alice kommt näher und streckt ihr die Hand entgegen.

»Cora, gehört das Ihnen?« Die Frau errötet tief. »Wieso haben Sie das?«, stößt sie hervor. Dabei sieht sie Alice nicht in die Augen. »Es lag im Wohnzimmer, ich wollte es Lena bringen, weil ich dachte, es wäre ihres, aber vorne drin steht ein anderer Name.« Erschrocken verfolgt sie Coras Bewegungen, wie sie das Geschirrtuch vom Haken reißt, damit in der sauberen Stahlspüle herumfährt, es zwischen den Fäusten knetet, bis sie Alice das hellgrüne Buch endlich abnimmt. Sie drückt es kurz an die Brust, verstaut es aber nicht in ihrer Tasche, einem karierten Plastikungetüm, das an einer Stuhllehne hängt, sondern legt es auf den Küchentisch. Vorher wischt sie über die Platte. Das Schweigen wird für Alice unerträglich, sie zwingt sich zu einem Lächeln und weist auf das Notizbuch. Auf dem Deckel eingeprägt steht »Dankbarkeitstagebuch«. »Das ist hübsch. Sicher haben Sie es geschenkt bekommen.« Cora antwortet sofort, als sei ihr die angespannte Situation ebenfalls bewusst. Sie klappt das Buch auf und fährt mit dem Zeigefinger über das Vorsatzblatt, auf dem in aufwändig gestaltetem Handlettering steht: »Für meine allerbeste R. zum Geburtstag.« »R., das steht für Rita.« Coras Gesicht verändert sich, sie lächelt. Ein seltenes Vergnügen, das sollte sie sich und anderen öfter gönnen, denkt Alice. »Bei der hab ich geputzt, das war eine ganz arg liebe Dame aus Hedelfingen. Chefsekretärin ist die gewesen, bei einem von den großen Bossen vom Daimler. Sie hat den Sreti so gemocht, hatte selber keine Kinder. Das Büchle hat ihr eine Freundin geschenkt, die war viel jünger. Sie kannten sich vom Sportverein. Mit über 70 hat die Rita noch bei der Jazz-Gymnastik mitgemacht.« Cora sagt »Jatz«. Sie tippt auf den Eintrag. »Sie meinte, es wär für die Katz, wenn sie da reinschreibt. In meinem Alter bin ich dankbar, wenn ich morgens wieder aufwach, hat sie gesagt, aber vielleicht magst du es haben, Cora?« Mit einem schiefen Grinsen klappt sie das Tagebuch wieder zu. »Zum Notar wollte sie mit mir gehen, der Termin war schon fest ausgemacht, uns ihre Wohnung überschreiben. Dann hätten der Sreti und ich ein eigenes Zuhause gehabt. Aber sie ist vorher gestorben, einfach eingeschlafen.« Ja, bestimmt, fährt es Alice durch den Kopf, bestimmt wollte sie dich und Sreti als Alleinerben einsetzen, wie im Märchen, in dem ein Bäumchen dich mit Gold und Silber überschüttet. »Ich hab viel für die gemacht, nicht bloß geputzt.« Alice ertappt sich dabei, dass sie Cora nicht richtig zuhört, sondern überlegt, woher der Vorname Sreten kommt. Sie nickt und lächelt Cora zu, die gerade auf ihre Ohrringe zeigt. »Ein paar Sachen hat sie mir geschenkt, wie sie noch gelebt hat. Besser mit warmen Händen geben als mit kalten, hat sie gesagt. Die Ringle hier, und eine Brosche. Aber bei der hab ich zu viel Angst, dass ich sie verlier. Die hier trag ich jeden Tag. Alles echtes Gold.« Sie dreht an ihren hässlichen Altfrauen-Ohrringen. Das Zeug hat die Assistentin der Geschäftsleitung bestimmt von der eigenen Oma bekommen und als untragbar aussortiert. Wie man Leute mit leeren Versprechungen und dürftigen Gaben bei der Stange hält, ihre Träume ausnutzt, hatte Alices Mutter mehrfach erlebt. »Wenn's ans Erben geht, ist unsereins raus. Das fällt immer an die Familie. Wenn mir jemand was schenken mag, was Ordentliches, gut. Aber ich lass mich nicht an der Nase rumführen.«

Paulas Stimme klingt in Alices Ohren, als sie zum Kühlschrank geht und rasch einige Packungen herausnimmt: Aufschnitt, Käse, Joghurt, einen Beutel vorgeschnittenes Graubrot; sie schiebt die Lebensmittel zu einem Haufen zusammen und wendet sich wieder an Cora: »Bitte gehen Sie in Zukunft zu Edeka, nicht zum Discounter.« Cora reißt die Augen auf. »Aber warum denn nicht? Das ist doch viel billiger. Ich dachte, ich lauf schnell zum Netto runter, dann brauch ich auch nicht so lang. Das Rausgeld und den Bon hab ich ins Wohnzimmer gelegt, auf den Couchtisch.« Alice seufzt. »Frau Herzmann soll bitte bekommen, was sie gern isst. Verstehen Sie mich?« Sie merkt Cora an, wie wenig sie begreift, was an diesen tadellosen, sauberen Plastikpäckchen schlecht sein soll.

»Jetzt gehen Sie bitte runter zum Olgaeck. In den Edeka. Ich habe Ihnen eine Liste geschickt, per WhatsApp. Bitte, halten Sie sich daran. Hier sind 50 Euro. Wenn Sie lieber Bus fahren möchten, tun Sie das. Diese Sachen hier dürfen Sie gerne später mit nach Hause nehmen.« Stillschweigend haben sie das Du beerdigt, was Alice nur recht ist. Sie kommt mit der Distanz besser zurecht, siezt Cora, nennt sie aber beim Vornamen, die andere bleibt bei Frau Pogge. Einmal sprach sie von Lena als »der Omma«, aber weil das nur einmal vorkam, sagte Alice nichts dazu.

Wortlos greift Cora in ihre Tasche, nimmt Schlüsselbund und Smartphone heraus, faltet die Banknote mehrfach zusammen und steckt sie weg. Die Einkaufsliste studiert sie lange, als läse sie fremdartige Schriftzeichen. Sie verabschieden sich nicht voneinander, Alice hört nur ihre Schritte auf dem Flur verklingen.

Leise geht sie zurück in das zwischen Schlafzimmer und Bad gelegene Arbeitszimmer, schiebt die Gardine zurück und greift nach der Schale auf dem Fensterbrett. Porzellan, hübsch und alt, wie fast alle Dinge, mit denen Lena sich umgibt. Sonst steht sie im Schlafzimmer auf dem Nachttisch. Lena bewahrt Lesebrille, Armbanduhr und Taschentücher darin auf. Deshalb war sie genau in Reichweite, als die Freundin sich übergeben musste, eine häufige Nebenwirkung des starken Schmerzmittels, das man ihr im Krankenhaus verschrieben hat.

Kaum hatte Alice am Nachmittag die Wohnung betreten, erzählte Cora ihr schon von Lenas Malheur. Dabei hob sie sogar ein wenig die Stimme: »Ich schaff das schon,

Sie brauchen nicht jeden Tag kommen. Die Frau Coppelius auch nicht. Selbst wenn mir was zuwider ist, schaff ich das. Das mach ich dann halt später. Wenn ich bereit bin. Den Mund hab ich ihr abgeputzt und einen frischen Schlafanzug übergezogen. Aber das da wegmachen …« Sie schüttelte sich.

Alice trägt die Schale mit Lenas Erbrochenem ins Gästebad. Brille und Halskette spült sie gründlich ab, besprüht anschließend alles mit Badreiniger, und ist erleichtert, dass die Armbanduhr auf der Kommode liegt. Nachdem sie die Schale gesäubert und abgetrocknet hat, hält sie sie für einen Moment ins Licht und betrachtet die leuchtende Bemalung – ein winziger blauer Schmetterling fliegt über orangegelbe Blüten. Lena hat ihr einmal von der Blumensprache der Viktorianer erzählt, aber Alice weiß nichts mehr davon.

Coras Ausbruch hat sie überrascht und verärgert. Eigentlich hatte sie auf einen ruhigen Samstag gehofft. Gestern war im Büro durchgehend die Hölle los gewesen, als hätten sich alle gegen sie verschworen. Erst fand eine Evakuierungsübung für den Fall eines Terroranschlags statt, die sie zwang, ihre ohnehin eng getakteten Mitarbeitergespräche zu unterbrechen. Anschließend meldeten sich gleich zwei der besten Kräfte krank, und Alice saß viel zu lange allein am Bericht für den Vorstand und musste deswegen eine wichtige Sitzung auf den Nachmittag verlegen. Nun bekommt sie Coras Stimme nicht aus dem Kopf. »Ich kann so was nicht, das mach ich nicht.« Sie fügte hinzu, sie habe zuerst bei der Frau Coppelius angerufen, aber die sei nicht rangegangen.

Sie erinnert sich an den Übernachtungsbesuch eines Patenkindes. Das kleine Mädchen hatte sich eine Darmgrippe eingefangen und saß mitten in der Nacht heulend und mit verschmiertem Hintern im Gästebett. Sie weiß noch, wie sie das spatzendünne Kind ins Bad getragen, warm abgeduscht und beruhigt hat. Dabei hatte sie zunächst die Luft angehalten, bis sie merkte, dass sie den Geruch gar nicht so schlimm fand.

Marie lässt es also klingeln. Diese Marke. Alice geht mit der Porzellanschale in der Hand ins Wohnzimmer und setzt sich aufs Sofa. Sie greift nach ihrem Smartphone, das sie an einer Kette trägt und versucht, zum x-ten Mal heute, Marie zu erreichen. Wieder nur die Mailbox. Wahrscheinlich glaubt Marie, sie habe ihre Schuldigkeit getan, weil sie Cora empfohlen und eingestellt hat. Als sie eine weitere Nachricht hinterlässt, gibt sich Alice keine Mühe, freundlich zu klingen. Bei allen Pflegediensten, die sie im Laufe der letzten Tage durchtelefoniert hat, wurde sie auf »frühestens Ende des Monats« vertröstet. Und Sylvias Kollegin war natürlich längst ausgebucht.

Cora wird so schnell nicht wiederkommen. Bestimmt bummelt sie im Supermarkt herum, entschädigt sich für die langen Tage und Nächte hier drinnen. Sie schläft im Raum neben Lenas Schlafzimmer; das Gästesofa hat sie ordentlich zusammengeschoben, nur ein Paar Flauschpantoffeln mit Hundegesichtern weisen auf ihre Gegenwart hin. Eigentlich weiß Alice nichts über sie. Maries Auskünfte kann sie nicht überprüfen. Sie hat keine Ahnung, ab wann Maries Mutter ständige Pflege gebraucht hatte oder wofür Cora damals eingestellt worden war. Alice vermutet, dass sie genauso als Notnagel herhalten musste wie jetzt bei Lena. Von der Putzfrau zur Pflegerin.

Als Alice nach dem Tagebuch greift, fragt sie sich, ob sie Cora weggeschickt hat, um genau das zu tun. Mehr zufällig, wie bei einer Zeitschrift im Wartezimmer, schlägt sie eine

Seite auf. Doch bereits der erste Blick auf die handgeschriebenen Notizen bringt die Scham zurück. Aber sie muss diese Frau, der Lena praktisch ausgeliefert ist, auf irgendeine Weise überprüfen!

Coras Name findet sie erst nach einigem Suchen. Klein und mausartig hat sie ihn unter den Eintrag der Vorbesitzerin gequetscht: Cora, vier Buchstaben, nicht mehr. Kein Nachname. Alice stellt überrascht fest, dass sie ihn nicht kennt. Im Chor gibt es keine Familiennamen, ihr Geld bekommt sie bar. Auf die Kralle. Auch etwas, das Alice nicht gutheißt, aber das hat Marie ausgehandelt. Es musste halt mal wieder schnell gehen. Alice blättert weiter. Kein gewöhnliches Notizheft. Wer hier seine Einträge macht, wird angeleitet. Eine Seite für jeden Tag, dazu das Datum. Es folgen vorgedruckte Sätze mit gepunkteten Linien dahinter: »Ich bin dankbar für: …« »Was habe ich heute Gutes für jemanden getan?« »Was werde ich morgen besser machen?«

Dazwischen eingestreut stehen Zitate, die Alice aus zahllosen Weiterbildungsseminaren zur Mitarbeitermotivation kennt. Achtsamkeit. Dankbarkeit. Selbstfürsorge. Als sei sie selbst aufgefordert, einen Grund zur Dankbarkeit anzugeben, fällt ihr sofort Freds warmer Körper ein. Heute Morgen lag ihr Arm über seiner Brust, ihr Kopf in seiner Achselhöhle. Schlafend hatten sie die Nähe des anderen gesucht, ein Lilledan, das auseinanderfiel, sobald die Wecktöne ihrer Smartphones im Chor erklangen.

Alice blickt auf das Datum – Cora hat erst vor kurzem angefangen, etwas zu notieren: Chorprobe, Einkaufszettel, verschiedene Kürzel, vermutlich ihre Jobs, immer wieder kleine Geldbeträge, akribisch untereinandergesetzt und addiert.

Diese eiligen Notizen verstärken Alices Gefühl, der

Schreiberin viel zu nahe zu kommen. Ihre größtenteils mit Kugelschreiber, manchmal mit Bleistift geschriebenen Worte in einer rundlichen Schulmädchenschrift mit dicken i-Punkten lassen Alice erröten, als sähe sie Cora nackt.

Schnell blättert sie ein paar Tage vor. Da steht ein Name am Rand: *Cora, Cora, Cora. Cora Stammer. Cora Stammer. Manuela und Cora Stammer. Ela Stammer. Ela und Cora. Cora und Ela. Cora Babic. Zlatan und Cora Babic. Zlatan und Cora. Sreten Babic und Cora Babic.*

*Aufschreiben, damit ich nix vergesse, mein Kopf ist ganz wirr, wie ein Sieb.*

Ab und zu kommentiert Cora die Sinnsprüche:

Nichts ist besonders schwer, wenn du es in kleine Aufgaben teilst. (Henry Ford)

*Alles ist schwer, morgens aufstehen, die Füße aus dem Bett kriegen, ne Faust machen ist schwer, alles tut weh, das Kreuz, das Kreuz und die Füß, bleischwer.*

Denke lieber an das, was du hast, als an das, was dir fehlt. (Marc Aurel)

*Aber wenn mir alles fehlt?*

Alle sieben Tage stehen die »Fragen der Woche« an. Cora beantwortet nur wenige:

Wo fühlst du dich am ehesten zu Hause? Was ist für dich an diesem Ort so besonders?

*In der Markuskirche, beim Singen. Die anderen mögen mich nicht, aber das Singen ist schön.*

Let's talk about sex. Wann hattest du deinen besten Sex? Warum war es der beste? Wann hattest du das letzte Mal guten Sex?

*Sex ist nix für mich. Tut weh. Stinkt. Das einzig Gute daran war der Sreten.*

Was würdest du alles machen, wenn du für einen Tag das Geschlecht wechseln könntest? Worauf würdest du dich am meisten freuen?

*Ich würde den Kerl suchen und ihm die Kehle durchschneiden. Er ist lange wieder draußen und meine Ela ist immer noch tot. Sie fehlt mir jeden Tag.*

Mit welchen Menschen umgibst du dich am liebsten?

*Mit niemand. Vielleicht mit dem Sreti, wenn er keine Scheiße baut, sich neue Freunde sucht. Mit einer Flasche Wodka, haha.*

An welchem Ort der Welt würdest du gern leben und warum?

*In Untertürkheim, bei der Omma, unterm Holderbusch im Hof. Weil dort alles alles gut war.*

Wenn du in der Zeit reisen könntest, wohin würde die Reise gehen?

*Wieder ein kleines Kind sein, mit der Ela im Hof, Haare flechten, schaukeln.*

Warum hast du Angst vor etwas, das du willst?

*Weil ich es niemals kriegen werde. Träumen tut weh.*

Was ist das Wertvollste in deinem Leben?

*Mein Sohn.*

Die Klingel schrillt durch die stille Wohnung, in der Alice liest und Lena schläft, betäubt von den Medikamenten, und Alice erschrickt so sehr, dass sie das Buch fallen lässt und aufspringt. Schnell läuft sie in die Küche, legt Coras Tagebuch auf den Tisch zurück, stürzt durch den Flur, hält schließlich inne, versucht, sich zu beruhigen, und geht die letzten Meter langsam, wobei sie im Takt ihrer Schritte ein- und ausatmet.

Am Treppengeländer lehnt ein junger Mann. Er reckt

den Hals, als Alice die Tür öffnet, und späht an ihr vorbei in die Wohnung. Sie bemerkt die seidigen dunklen Wimpern, den Bartflaum an Kinn und Oberlippe. Eine Menge weiches schwarzes Haar bauscht sich über der Stirn. Ein hübscher Kerl, er trägt Hoodie und Jeans, darüber eine Lederjacke, die Alice sofort als hochpreisiges Markenmodell erkennt. Nach ihrem automatischen »Ja, bitte?« sieht sie die Motorradstiefel an seinen Füßen – vor ihr steht Coras Sohn. Mit gerunzelter Stirn fixiert er Alice. »Ist meine Mom da? Sie hat gesagt, sie arbeitet hier.« Alice kreuzt schweigend die Arme über der Brust, wartet. »Ich will was mit ihr besprechen, sie kommt ja nachts nicht heim, weil sie hier aufpassen muss«, setzt er nach. Seine Augen sind viel dunkler als Coras, auch anders geschnitten, größer und wacher, er hat nicht diesen trüben Malzbierblick. Wahrscheinlich kommt er nach seinem Vater, Zlatan Babic, über den Cora nie ein Wort verloren hat. Immer nur »der Sreti und ich«. Um seinen Hals liegt eine silberne Panzerkette, und im Gegensatz zu vielen Jungen seines Alters plagt ihn keine Spur von Akne. Um diese zarte, bräunliche Haut wird er bestimmt beneidet. Nacken und Kopfseiten sind modisch ausrasiert, und er hat sich reichlich Eau de Toilette gegönnt. Alice vermutet einen Duft von Tom Ford und wundert sich, allein der kleine Flakon kostet fast 200 Euro. Wenn er diese Lümmelhaltung am Geländer aufgibt, wird er sie um mindestens einen halben Kopf überragen. Tatsächlich macht er einen Schritt vorwärts, streckt ihr über die Fußmatte seine Rechte hin. Zu viele Ringe, ebenfalls aus Silber. »Sorry, Sie wissen gar nicht, wer ich bin. Ich heiße Sreten.« Seinem breiten Lächeln gibt sie den Weg frei, nachdem sie den festen Händedruck erwidert, sich mit »Alice Pogge« vorgestellt hat. »Bei Ihnen hat meine Mom schon mal gearbeitet, oder? In Untertürkheim, für diese alte Frau? Der sie dauernd dieselben drei Bilderbücher vorlesen musste? Und die losgekreischt hat, wenn sie mal nen Satz ausgelassen hat? Aber der ihr Garten, der war voll schön. Da gab's nen Kaninchenstall, aber da war nur noch eins drin, das ist dann gestorben. Und ich durfte immer Träuble pflücken, rote und schwarze.« »Sie verwechseln mich mit einer anderen Dame, ich habe keine Familie in Untertürkheim.« Er schaut sie verständnislos an. »Meine Mutter ist schon lange tot, sie hat in Berlin gewohnt.« »Oh«, sagt er verdutzt, bleibt stehen und reicht Alice erneut die Hand. »Das tut mir echt leid mit Ihrer Mutter.« Sein Gesicht zeigt dabei einen derart betrübten Ausdruck, dass Alice sich auf die Zunge beißt, um ein Lachen zu unterdrücken. Diesmal packt er nicht zu, seine Berührung ist behutsam, er schlägt die Augen nieder.

Ein bisschen schleifen, Aussprache und ein paar grundlegende Benimmregeln, und du wärst ein exzellenter Verkäufer, ganz gleich ob bei Damen oder Herren. In beiden Abteilungen würden sie dir aus der Hand fressen. Du trainierst, dein Bizeps ist selbst unter den Lederärmeln sichtbar, und jeder will so aussehen wie du. Deinen Charme kann man nicht lernen. Du hast von selbst gespürt, wie du mit mir reden musst, über Gärten und alte Damen. Das hat man oder hat es nicht, und die meisten lernen es nie.

Noch im Eintreten streift Sreten die Stiefel von den Füßen, stellt sie ordentlich am Eingang ab. In seinen blendend weißen Nike-Socken dreht er sich einmal um die eigene Achse. »Alter!« Der ausgestreckte Finger zeigt hoch zu den Blütenkränzen der Stuckdecke, den Engelsköpfen und Blattranken, dem aus der Mitte herabschwebenden Kronleuchter, seinem eigenen Spiegelbild im Glas der Schranktür und zu jeder der geöffneten Zimmertüren, hinter denen sich neue Räume ausdehnen, polierte Parkettflächen, goldbraun schimmernd in makelloser Weite. Rasch schließt Alice die Tür zum Salon, weist auf den Flur und nickt dem Jungen zu, der brav vor ihr hertrabt, Hände in den Jackentaschen, Kopf gesenkt, als wollte er sich kleiner machen. Ich behalte dich im Auge.

Auf dem Weg zur Küche schaut Sreten sich interessiert um, als wäre er im Museum, bestaunt die deckenhohen Regale. Lena hat inmitten ihrer Büchermassen immer wieder Lücken für hübsche Kleinigkeiten gelassen, dort steht ein großer Ammonit, hier eine Karaffe aus Rubinglas. Besonders wertvoll ist fast nichts davon. Jetzt hält der Junge inne. »Hey, Planet der Affen, ist ja geil!« Wieder eine Welle Tom Ford, als er den Arm ausstreckt, dazu sein Lachen, er greift ins Regal und packt den Dirigenten in der zinnoberroten Jacke. Mit dem Finger fährt er ihm ins aufgerissene Maul, »Der hat ja voll die spitzen Zähne!«, tippt auf die Goldknöpfe, die Lockenperücke, die langzehigen Füße auf dem Porzellansockel. Alice fürchtet, dass er die Figur fallen lässt, wenn sie ihn jetzt anraunzt. Er kann nicht ahnen, was er sich da ausgesucht hat. Klirrend stellt Sreten das Stück zurück und wendet sich an Alice: »Wer sind die?« Jetzt hat er die Sängerin heruntergeholt, doch inzwischen ist Alice so weit, dass sie ihm die kleine Affendame sanft aus der Hand nimmt. Ihr weiter Rock ist über und über mit Schleifen garniert, das Dekolleté zeigt viel Fell, und auch sie reißt das Maul auf, die Lippen leuchten rot, dazu schielt sie stark. In ihren Pfoten hält sie ein winziges Notenblatt. Alice schaudert. »Das ist die Meißner Affenkapelle«, sagt sie in dem munteren Tonfall, den sie sich für jede Art von Wissensvermittlung angewöhnt hat. »Im 18. Jahrhundert hat sich ein Künstler damit über die Adligen lustig gemacht, über ihren Kleiderluxus, ihr Benehmen und darüber, dass sie sich um nichts und niemand gekümmert haben außer um sich selbst.« All das weiß sie von Lena. Sie selbst mag Nippes nicht und versteht nicht, dass Leute viel Geld für derartige Scheußlichkeiten ausgeben, noch dazu so zerbrechliche. Anscheinend handelt es sich um ein Familienerbstück. Das Quintett besteht aus Geiger, Trompeter, Kontrabass, Klarinetten- und Flötenspieler. Der Junge nickt. »Voll cool.«

Cora rennt den Flur entlang, der Holzboden erzittert, trotz des persischen Läufers. Sie muss gerade zurückgekommen sein. Alice hat noch nie so ein Tempo bei ihr erlebt. Im warmen Licht der Wandlampen erscheint ihr Gesicht krebsrot. »Sreti, fass ja nix an!«, schreit sie ihm entgegen und erstarrt, als er erneut nach einem Porzellanaffen greift. »Hoppsala!«, ruft er. Grinsend führt der Bassist, himmelblaue Jacke und Kniehosen, seinen Bogen über die Saiten, bevor er in weiter Flugbahn durch die Luft saust. Cora und Alice schreien gleichzeitig auf. Das leichte Klatschgeräusch, mit dem die Figur in der ausgestreckten Hand des Jungen landet, wird abgelöst vom Knall der Ohrfeige: »Ey Mama, bist du blöd?« Erst lacht er, aber unter dem Hagel von Kopfnüssen und Backpfeifen verzieht sich sein Gesicht. »Du Teufel, du bringst mich noch ins Grab!« »Cora, hören Sie sofort auf! Auf der Stelle! Und du gibst mir augenblicklich die Figur zurück.« Alice spürt, wie sie zur Seite geschoben wird, Bücher und Regalbretter pressen sich schmerzhaft in ihren Rücken, über ihr klirren leise die aneinanderstoßenden Figuren, dazu Coras Kaffeeatem, frischer Schweiß, ihrer oder Coras? Als Nächstes sieht sie Cora, wie sie den Jungen schimpfend vor sich herstößt, »Saukerle! Du elendiger

Saukerle!« Sie reißt die Tür zum Salon auf. Kurz darauf hört Alice, wie ein Schlüssel herumgedreht wird. Natürlich, sie gehen raus auf die Loggia. Lena nennt sie ihr Sommerzimmer; man sitzt dort zwischen Lavendel und Rosmarin und schaut hinunter auf die Seitzstraße. Aber es ist noch viel zu kalt dafür. Natürlich, sie wollen rauchen, sich eine anstecken, zur Beruhigung. Kurz überlegt sie, sich zu ihnen zu gesellen, eine Fluppe – noch ein Mutterwort – zu schnorren, gemeinsam Dampf abzulassen. Aber am liebsten möchte sie das Pärchen sofort hinauswerfen. Leise geht sie hinüber ins Schlafzimmer. Lena hat nichts von dem Aufruhr bemerkt, sie schläft tief. Alice hört die röchelnden Atemzüge, sieht, wie sich die Brust unter der Decke hebt und senkt. Vorsichtig tritt sie den Rückzug an.

Mutter und Sohn stehen draußen neben den zusammengeklappten Balkonstühlen, beide Glastüren sind geöffnet. Alice rümpft die Nase, der widerliche Geruch von elektrisch erhitztem Tabak zieht zu ihr ins Zimmer, wie aus einer alten Toilette. Sreten hängt über der Brüstung, mit so viel Abstand zwischen sich und seiner Mutter wie nur möglich. Sie drückt sich gegen eine Säule, beide ziehen an ihren Vapes und werfen einander wütende Blicke zu. Schließlich nimmt der Junge eine schneeweiße Kippe aus seinem Gerät und schleudert sie hinunter auf den Gehweg. Alice muss an Talitha denken, 40 Liter Wasser vergiftet. Sreten blafft Cora an: »Du bist echt gestört. Ich hätte das Teil nie fallen lassen. Höchstens wegen dir.« Sie macht einen Schritt auf ihn zu. »Was willst du? Du darfst nicht herkommen! Das wird nicht gern gesehen.« Er verdreht die Augen. »Ich brauch Geld, sofort. Ich geb's dir später, Ehrenwort. Schau, da, ich hab alles notiert.« Jetzt hält er ihr sein Handy unter die Nase.

Cora kneift die Lider zusammen, ihr Gesicht wirkt brutal. Wie eine geballte Faust, denkt Alice. Oder wie ein Kind, das glaubt, die anderen sehen es nicht mehr, wenn es nur die Augen fest genug zumacht. Cora schüttelt den Kopf. »Du kriegst nix mehr von mir, keinen gotzigen Pfennig.« Verächtlich verzieht er die Lippen, äfft sie nach: »Pfennig! Gotziger Pfennig!« Sein Übermut ist verschwunden, er nähert sich Cora, packt sie an den Schultern. »Ich brauch jetzt was, hörst du mich?« Alice wendet sich ab, sie geht zurück ins Schlafzimmer und setzt sich ans Fußende von Lenas Bett. Es ist noch nicht lange her, dass sie eine neue Dosis Tilidin bekommen hat. Ihr Antlitz erscheint Alice fremd, hager, gelblich und trocken, fast wie an dem Morgen nach dem Sturz. Das Einzige, das von der echten Lena geblieben ist, ist ihr Pyjama, königsblau mit feinen Purpurstreifen und langen Kragenecken, ähnlich wie bei den weißen Hemden, die sie früher gerne getragen hat. Früher ist erst wenige Tage her. Langsam öffnet Lena die Augen. Sofort wirkt sie lebendiger, auch wenn es aussieht, als läge ein Schleier über der Iris. »Tut mir leid, Lena, wir müssen unser Mondkalb erst einmal einlernen«, sagt Alice mit gedämpfter Stimme. Die Freundin versucht ein halbes Lächeln. »Ich hab ohnehin keinen Hunger. Hat sie dir erzählt, was ich angestellt habe?« Alice macht eine wegwerfende Handbewegung. »Alles kein Problem, das ist längst erledigt. Ich hab eben auf den Beipackzettel geschaut, Übelkeit ist in den ersten Tagen ganz normal. Sie wird vergehen und dann schmeckt es dir bald wieder.«

Plötzlich vibriert das Handy an Alices Körper. »Entschuldige«, sagt sie und erhebt sich. »Sophie« steht auf dem Display. Das Telefon summt und zittert in ihrer Hand, alles verschwimmt vor ihren Augen, sie lässt sich in den gestreiften Ohrensessel fallen und schaut noch einmal zu Lena hinüber, die mit geschlossenen Augen in ihren Kissen lehnt. Alice wischt über den grünen Kreis. »Ja, bitte«, sagt sie leise.

## 14

Alice wühlt in ihrem Kleiderschrank. Holzbügel klappern, als sie diese zur Seite schiebt, es riecht nach künstlichem Lavendel. Rasch entfernt sie ein Duftsäckchen, sicher Bogdans Werk, schaut durch die Lücke zwischen ihren weißen und hellblauen Blusen auf einen Stapel T-Shirts, nimmt ihn heraus, setzt sich damit aufs Bett und breitet ein Shirt nach dem anderen auf der Tagesdecke aus. Schlecht, noch schlechter, geht gar nicht. Lahme Beigetöne, selbst für die Freizeit. In Freds Teil des Schranks findet sie ein Jeanshemd aus einer seiner schlankeren Phasen. Vorne offen über einem gestreiften Oberteil müsste das eigentlich gehen. Oder locker an der Hüfte geknotet? Auf keinen Fall wird sie eine ihrer zahlreichen Strickjacken mitnehmen. Auch keinen Blazer. Alles, was sie besitzt, sieht förmlich aus. Nach Büro oder Beerdigung. Und ihre Wochenenden verbringt sie am liebsten in verwaschenen Sportklamotten, deren Innenseiten sich weich an ihre Haut schmiegen. Vielleicht einen Pullover? Bald liegen Kleider, Röcke und Hosen kreuz und quer über dem Bett.

Für eine Weile scrollt sie sich durch TikTok und Insta, legt schließlich, überwältigt von der Masse der Looks, das Handy weg und schließt die Augen. Sophie in Jeans und

Hoodie, Sophie im dicken Pulli bei der letzten Probe, Sophie auf dem Boden neben dem Mäusekäfig, das Gesicht still und entspannt, obwohl mehrere Nager auf ihr herumklettern. Alices Kopf schmerzt. Diese zahllosen Influencerinnen, die gestikulierend ihre Outfits anpreisen, haben sie erschöpft.

Unschlüssig begutachtet sie ihre Schuhe – nichts davon sieht annähernd so cool aus wie Maries schwere Boots. Sie greift nach einem Paar Sneakers, eine von Freds Pandemiebestellungen. Viel zu bunt, aber sehr bequem. Macht sie sich darin zum Affen?

In der hintersten Ecke des Schranks steht ein alter Versandkarton. Alice zögert kurz, bevor sie ihn herausnimmt und aufklappt. Zuoberst stapeln sich Postkarten und Zettel, die sie ohne einen Blick auf das Geschriebene weglegt. Zuerst fördert sie eine Schneekugel mit dem Eiffelturm zutage. Zwei Mädchen mit Baskenmützen stehen Hand in Hand davor, legen die Köpfe in den Nacken und starren mit ihren aufgemalten Augen in den Blizzard, den Alice jetzt auslöst.

Als Studentin bewahrte sie die Überreste ihrer wenigen Beziehungen in Schuhkartons auf, Pappsärge für Briefe, Schmuck, kleine Aufmerksamkeiten – alles, was wehtat, wenn man es täglich aufs Neue sehen musste. Maries Geschenken hatte sie dasselbe Ehrengrab bereitet wie den Liebesgaben von Freds Vorgängern. Der Schmerz bei ihrem Anblick, das Zusammensuchen und Wegpacken hatte sich ähnlich angefühlt.

In einem aus buntem Stroh geflochtenen Kästchen liegt ein Seidenbeutel. Sie zieht seine Schnüre auf und lässt die Halskette durch die Finger gleiten. »You are my princess, you make me smile, you make my life seem worthwhile.« Ein früher Song von Elton John, kitschig und köstlich. Marie hatte ihn gesummt, als sie Alice die Kette um den Hals gelegt, hinten zugehakt und in ihrem Ausschnitt arrangiert hatte. Modeschmuck zwar, aber mit schweren goldenen Kettengliedern, an denen in Abständen gravierte Medaillen klirren; Love, Friendship, Peace, all die großen Worte. Dazwischen hängen winzige Charms, ein Herz, ein Anker, ein Frosch und der heilige Christophorus, wie er in Maries Beetle vom Innenspiegel baumelt. »Ich hab sie für dich zusammengestellt, lauter Lieblingsmotive.« Alice spürt, wie sich das kühle Metall allmählich in ihrer Hand erwärmt, genau wie an jenem Nachmittag. Sie hatten beide feuchte Augen gehabt, sich lange umarmt. Auf der Arbeit bekam sie oft Komplimente für das auffällige Stück, Fred hingegen fand es »ein bisschen too much.« Seit dem Streit hat sie es nicht mehr getragen. Aus dem Kleiderhaufen wählt sie einen schwarzen Pulli und Jeans, steckt sich das Haar mit einer Klammer hoch und legt die Kette um. Dazu noch die Sneaker, darüber Freds Hemd. Aus dem Spiegel schaut sie eine fremde Frau an. Gar nicht mal schlecht. Das könnte gehen. Unsicher zupft sie ein paar Strähnen aus dem Knoten, damit die Frisur nicht zu streng wirkt. Etwas Altes, etwas Neues, etwas Blaues und etwas Geliehenes. Something old, something new, something borrowed, something blue and a silver penny in her shoe.

Unten im Karton liegt ein Lippenstift. Kostspielige Naturkosmetik, noch eine von Maries Passionen. Der Stift gleitet heraus, kaum benutzt. Sein leuchtendes Korallenrot steht Alice gut, wirkt aber auf ihrem großen Mund so auffällig, dass sie sich unwohl fühlt. Sie braucht keine Köpfe, die sich nach ihr umdrehen, ebenso wenig wie sie im Chor nach einem Solo giert. Trotzdem presst sie die Lippen aufeinander, um die Farbe zu verteilen. Marie fand Alices Stil immer zu konservativ, hatte keine Vorstellung davon, wie schwer diese daran gearbeitet hatte, so auszusehen. Beim Weiterkramen findet sie Nagellack in einem verwegenen Mintgrün und hört Maries Stimme: »Ich hab so hässliche, winzige Nägel, da sieht das doof aus, aber deine aristokratischen Hände vertragen es.« Das Fläschchen klickert beim Schütteln, es lässt sich leicht öffnen. Während sie erst nur den Nagel des kleinen Fingers, danach die restlichen der linken Hand bemalt, mit den Fingern durch die Luft pflügt, damit der Lack schneller trocknet, kommt sie sich vor wie in der Grundschulzeit, wenn sie mit ein paar ausrangierten Tüchern und Schminkstiften ihrer Mutter »Verkleiden« spielte. Sie nimmt sich die rechte Hand vor, der Pinsel zittert, ein grüner Tropfen fällt auf die Tagesdecke, doch sie vollendet ihr Werk, bleibt eine Weile im Schein der Nachttischlampe sitzen, ohne sich zu rühren.

Ein paar Stunden zuvor war sie von Lenas Bettrand aufgestanden und ins Nebenzimmer gegangen. Für die nächsten Wochen Coras Unterschlupf. Dort stellte sie sich mit dem Rücken ans Fenster, um die Tür im Auge zu behalten und Sophies zögernder Stimme aus ihrem Handy zu lauschen. Sie sprach leise, kaum zu verstehen durch Autolärm, eine Polizeisirene und Hundegekläff. »Ist da Alice?« Das kannst du eigentlich auf dem Display sehen, dachte Alice, und als in klagendem Ton ein neues »Hallo?« kam, antwortete sie so warm und einladend, als sei sie mit einer Kundin verbunden: »Guten Abend Sophie, hier spricht Alice Pogge. Was kann ich für dich tun?« »Kannst du Französisch?« Ohne nachzudenken, sagte Alice: »Un petit peu. Pourquoi?« Am anderen Ende seufzte Sophie, ein langgezogenes, erleichtertes: »Oh!« und sagte »Ich wusste es!« Alice fragte: »Warum?« Jetzt zögerte Sophie, stotterte: »Ja, weißt du, ich schreib doch meine Seminararbeit, über Clemens Brentano.« »Du hast mir davon erzählt, das Rheinmärchen.« Sophie klang fassungslos: »Das hast du dir gemerkt?« Alice erzählte nicht, dass sie die Geschichte gelesen hatte. »Was ist denn mit deiner Arbeit?« »Ach, ich soll über die Tiersymbolik was rausfinden, und meine Professorin meinte, schauen Sie in Richtung Frankreich, da hab ich so ein paar Märchen gelesen. Eben komm ich aus der Bibliothek.« Neben dem Sofa schauten Coras Hausschuhe zu Alice hoch, und sie verließ den Raum. Im Salon setzte sie sich an Lenas Sekretär. Anscheinend war er abgestaubt und verschlossen worden. Sie strich über das nach Bienenwachs duftende Holz und fragte Sophie: »Geht es dir denn wieder besser? Wir haben dich bei der Probe vermisst. Deine Mitbewohnerin hat dich vertreten …« Schweigen, gellendes Hupen, Alice hörte die regelmäßigen Pieptöne eines Fußgängersignals und redete dagegen an: »Respekt, du musst gute Nerven haben, mit einer raumgreifenden Persönlichkeit wie ihr zusammenzuleben.« »Pfff, Talitha hab ich im Griff!« Das klang so wegwerfend, dass es unmöglich wahr sein konnte. Konzentriert hörte sie dem Mädchen zu, die immer noch zu leise weitersprach, als wollte sie etwas hinter sich bringen.

»Ich hab eine alte Biographie gefunden, da stand drin, dass Brentano ständig Zahnweh hatte. Und in Paris gab es diesen Doc, er war ein Schüler von Fauchard, dem ersten Zahnarzt ever. Paris war führend in Zahnmedizin, und Brentano ging immer, wenn er dort war, zu diesem Arzt. Der hat seiner Tochter einen Brief über Brentano geschrieben, weil er ihn irgendwie gestört fand. In dem Buch war ein Stück daraus abgedruckt, sogar auf Deutsch, und da stand was ganz Interessantes drin, über Brentano und einen verrückten Traum, den der hatte, über Mäuse. Aber der Brief war nicht vollständig. Da hab ich auf Englisch an das Museé de l'histoire de la science dentaire geschrieben, die haben viele Briefe und Dokumente, auch von diesem Dr. Duval. Aber eben alles auf Französisch, unsortiert, weil es nicht genügend Bibliothekarinnen gibt. Ich müsste selber kommen, dort rumsuchen und lesen. Und ich weiß einfach nicht, wie ich das hinkriegen soll.«

Warum erzählst du das nicht Maja? Die könnte doch mit dir hingehen. Alice lag diese Frage auf der Zunge, aber sie hütete sich davor, sie laut auszusprechen. Natürlich wollte Sophie ihre treulose Freundin nicht um einen Gefallen bitten. Natürlich hätte sie sich lieber die Zunge abgebissen. »Was hast du dir denn vorgestellt, Sophie?«, fragte sie und fand ihre muntere Stimme grässlich. »Ach, was weiß ich. Das ist eh alles Kack. Ich hätte dich nicht stören sollen, noch dazu am Samstag.« »Ach, komm Sophie, sei kein Frosch! Sag mir, was Sache ist.« Von Sophie kam nervöses Gekicher. »Sei kein Frosch«, wiederholte sie, »wieso ausgerechnet ein Frosch?« Alice überlegte, dass eine Zwanzigjährige diese Redewendung wahrscheinlich noch nie gehört hatte, und kicherte ebenfalls. »Komm schon,« wiederholte sie. Sophie keuchte: »Okay, okay. Ich muss nach Paris, sonst kann ich meine Arbeit nicht fertigschreiben. Aber ich trau mich nicht allein, weil ich kein Französisch kann.« Alice glaubte nicht, dass im 21. Jahrhundert in der französischen Hauptstadt Kenntnisse der Landessprache noch wirklich notwendig waren, dazu mit Google-Übersetzer auf dem Handy, doch sie verkniff sich diesen Einwand. Sophie hatte Probleme, das war ihr klar, jetzt noch stärker als an dem Abend in ihrer

Menagerie. Trotzdem fragte sie: »Du brauchst also jemanden, der dich nach Paris begleitet. Und dieser Jemand soll ich sein?« Sie sagte das in einem leichten Ton, als habe die junge Frau ihr einen Besuch in der Wilhelma vorgeschlagen. Und im Grunde – was war schon eine Fahrt nach Paris? Für Sophie ein Riesending. Aber nicht für sie, Alice Pogge. Sophie wollte mit ihr nach Paris, das weiße Kaninchen hatte es sogar brandeilig. Sophie flüsterte: »Ja.« Und setzte nach: »Willst du denn auch wirklich?«, worauf Alice feierlich antwortete: »Ja, ich will.« Danach kicherten sie wieder und fanden kaum ein Ende.

Als Fred ihren Namen ruft, sind die Nägel trocken und ein kleiner Weekender gepackt. Erst im Flur, im Schein der Kugelleuchten, die von der Decke hängen wie Vollmonde, bemerkt Alice am Gesichtsausdruck ihres Mannes, dass sie noch immer ihr Paris-Outfit trägt. Fred wirkt verwirrt, fast erschrocken, betastet kurz die Halskette, ihr hochgestecktes Haar, wendet sich dann ab und hängt seinen Mantel auf. Im Spiegel neben der Garderobe sieht Alice ihr jünger wirkendes Abbild und grüßt diese Fremde mit einem knappen Nicken. Auf dem Weg in die Küche sprudelt sie die ganze Sophie-Geschichte heraus.

»Lilli, bist du sicher, dass es vernünftig ist, mit diesem Mädchen wegzufahren? Du kennst sie kaum, und was du mir von ihr erzählt hast, klingt, gelinde gesagt, seltsam. Dieses ganze Viechzeug in der Wohnung.« »Du sagst doch dauernd, ich sei festgefahren, nicht spontan genug.« »Ausgerechnet Paris.« »Wieso?« Statt einer Antwort zieht Fred die Schultern hoch und schneidet eine Grimasse. »Ach, du meinst die verunglückte Chorfreizeit! Willst du damit sagen, Paris sei verbrannte Erde?« Fred kratzt sich am Kopf, seine

Finger verschwinden tief in dem hellen Schopf. Alice fällt auf, wie viele weiße Haare er bekommen hat, und streckt die Hand aus, um sein Gesicht zu streicheln, doch sie fasst ins Leere, weil er sich im gleichen Augenblick wegdreht und anfängt, im Kühlschrank zu kramen. »Ich hab nichts gegen Paris. Mir gefällt nur der Gedanke nicht, wie fertig du warst, als du das letzte Mal von dort zurückgekommen bist.« »Aber Sophie hat mich so darum gebeten! Sie traut sich nicht allein, kann kein Wort Französisch …« »Hat dieses bedauernswerte Wesen keine Freundin, keine Eltern?« »Die Mutter steckt in Schwierigkeiten, ist mit ihrem Café in der Pandemie pleitegegangen. Sophie ist unheimlich jung und …« »Na ja. Vielleicht weiß sie auch nicht, wie sie eine schöne Zeit in einer teuren Stadt allein finanzieren soll.«

Fred spricht diesen Satz in die beleuchteten Fächer des Kühlschranks hinein, und Alice überlegt, ob er das tut, um ihrem Blick auszuweichen. Er legt mehrere Stücke Käse auf den Tisch und wickelt sie aus dem Papier. Geistesabwesend bricht er ein viel zu großes Stück Manchego ab, stopft es sich in den Mund und sagt kauend: »Lilli, mein Schatz, ich möchte nur verhindern, dass …« Alice unterbricht ihn. »Ich möchte auch vieles verhindern. Unter anderem, dass dich der Schlag trifft.« Sie packt den Käse wieder ein, drückt Fred eine Packung Salatherzen in die Hand. »Sophie ist nicht so eine Giftspritze wie Marie. Sie ist jung, ungefährlich, hilflos. Du wirst morgen im Schwarzwald auf dieser Tagung sein, das hast du schon seit Wochen angekündigt. Warum soll ich die Gelegenheit nicht nutzen, mal rauszukommen? Wir werden Spaß haben.« Sie sagt ihm nicht, dass sie bereits Sitzplätze im TGV gebucht, zwei Einzelzimmer im Hotel Chopin reserviert hat. Oder, dass sie sich vorstellt, wie Sophie im

Foyer auf dem Sofa sitzt, auf dem Schoß die schwarze Hotelkatze. Fred hat den Salat gewaschen, er wischt sich die tropfenden Hände an seiner Hose ab, bevor er auf Alice zugeht und sie an sich drückt. »Was ist eigentlich mit eurer Freundin, die den Unfall hatte?« »Lena?« Alice reißt die Augen auf, sie ist froh, dass Fred ihr Gesicht nicht sieht, aber er merkt, wie sie sich versteift. Sie zögert, bevor sie antwortet. »Da muss sich jetzt mal Marie kümmern. Sie hat sich schon die ganze Zeit gedrückt. Aber ich hab mich durchgesetzt. Und jetzt muss ich fertigpacken.« Sie macht sich von ihm los, geht ins Schlafzimmer und schließt die Tür lauter als gewöhnlich. Alice lässt sich mitten in die Kleiderberge auf dem Bett fallen und rollt sich in der Dunkelheit zusammen wie eine Brezel. Sie merkt nicht, wie sie leise vor sich hinsummt: »How do you get to wonderland? Over the hill or under land? Or just behind the tree?«

Als Alice ein paar Stunden zuvor aus Lenas Schlafzimmer in die Küche gekommen war, hatte ein Zettel auf dem Tisch gelegen. Tagebuch und Tasche waren verschwunden, Mutter und Sohn ebenfalls. »Musste kurz weg. Wollte nicht stören. In 1 Std. wieder da. Cora.« Alice las die Nachricht mehrfach, bevor sie in den Salon ging und eine Flasche aus der Holztruhe nahm, in der Lena ihre Hausbar aufbewahrt. Kurz betrachtete sie das Etikett, holte ein Glas aus der Vitrine, schenkte sich einen Fingerbreit ein. Im Kühlfach fand sie Eiswürfel, kippte einen Rest Mineralwasser statt Tonic über den Gin, schnupperte und trank in kleinen Schlucken. Erst als das Eis fast geschmolzen war, rief sie Marie an. Nach endlosem Klingeln meldete diese sich tatsächlich. »Marie, warum bist du nicht in der Seitzstraße gewesen wie verabredet? Es war ausgemacht, dass wir uns abwechseln«, sagte Alice ruhig.

Diese Sätze hatte sie vorher auf einen alten Briefumschlag notiert und behielt ihn während des Telefonats in der Hand. Marie begann sofort Ausreden aufzuzählen. Es klingt, als hätte sie seit Tagen Argumente gesammelt, vielleicht hat sie sich auch einen Zettel geschrieben, dachte Alice, schlug die Beine übereinander und nippte an ihrem verwässerten Drink. »Alle Leute haben viel zu tun«, sagte sie streng. »Alle Leute fühlen sich ab und an krank, und alle Leute haben familiäre Aufgaben. Lena, Cora und mir gegenüber hast du dich verpflichtet, jeden zweiten Tag hier aufzutauchen, damit Cora mal Pause machen kann. Das hast du bisher nicht getan.« Sie holte Luft und war überrascht, als Marie in die Stille hinein zugab: »Ja, du hast recht. Entschuldige bitte.« Alice hatte Protestgezeter erwartet. »Ihr Sohn hat sie hier besucht, stand einfach vor der Tür. Sie haben sich kräftig gestritten und sind jetzt beide weggegangen. Er wollte Geld. Mir gefällt das alles nicht. Einmal am Tag muss jemand kommen und ihr auf die Finger schauen.« Marie lachte laut. Alice wusste, dass sie sich anders anhörte, wenn sie etwas wirklich witzig fand. Doch ebenso wie vom falschen Gin Tonic wurde sie von Maries Lachen betäubt. »Sreti ist ein ausgesprochen charmanter Junge. Cora hat ihn oft mitgebracht, wenn sie bei Mutter war.«

Am anderen Ende der Leitung klapperte auf einmal Geschirr, Wasser lief, Marie erledigte nebenbei Hausarbeit. Sicher kochte sie für Götz und Luzie und war enttäuscht, wenn beide zu spät oder gar nicht kamen, nicht unwahrscheinlich an einem Samstagabend. Sie beherrscht die Kunst, das Smartphone zwischen Schulter und Ohr zu klemmen, während sie mit den Händen Gemüse schnippelt. Etwas polterte ins Spülbecken. »Ich mach grade Kartoffelsalat«, erklärte Marie, »Hannah kommt heute Abend aus Tübingen.« Häusliche Plaudereien, wie früher, dachte Alice. Marie räusperte sich: »Alice, ich finde es übertrieben, Cora so zu überwachen. Sie ist doch keine Zuchthäuslerin.« »Weißt du's?«, fuhr Alice auf. Sie berichtete von der silbernen Teekanne, die Cora bestimmt nur auf der Suche nach dem Stempel poliert hatte, von ihren taxierenden Gängen durch die Wohnung, der ermordeten Schwester Manuela.

»Was? Sie hat dir den Namen verraten? Das nenn ich mal ein Vertrauensverhältnis!« Jetzt klang sie fast eingeschnappt, und Alice wusste, dass sich ihre Unterlippe in diesem Augenblick ganz leicht vorschob, wie bei einem enttäuschten Kind. Alice errötete. »Hat sie das nicht im Chor erzählt, bei ›Marmor, Stein und Eisen bricht‹«, fragte sie. Marie bestritt das und berichtete, wie Cora ihrer verwirrten Mutter jeden Abend vorgelesen, dazu noch Abendbrot gemacht und auf sie aufgepasst hatte, bis jemand von der Diakonie kam, um sie zu waschen und ins Bett zu bringen. »Sie mag nicht gerade ein Sonnenschein sein, aber ihre Aufgaben hat sie immer gut erledigt.« »War sie geduldig mit deiner Mutter?« Marie stöhnte. »Geduld hat uns allen gefehlt. Ohne diese Tageseinrichtung, eine Art Kindergarten für demente Menschen, wären wir zusammengebrochen. Allein die Fahrerei jeden Tag. Das hat mich fertiggemacht.« Sie sprach weiter von ihrer Mutter, aber Alice unterbrach sie: »Marie, ich muss dringend verreisen, eine geschäftliche Sache, es lässt sich nicht verschieben.« Die Lüge kam so flüssig heraus, dass es sie selbst überraschte. »Und zwar gleich morgen früh. Bis Montag. Am späten Nachmittag wäre ich zurück. Du musst nach Lena schauen. Kann ich mich darauf verlassen?« Sie hörte, wie Marie das Telefon ans andere Ohr legte, dabei leise mit Mignon sprach, die wahrscheinlich die ganze Zeit über zu ihren Füßen gesessen und auf einen Happen gehofft hatte. »Jaha, ich kümmere mich um Lena.« Ihr gedehnter Tonfall hatte etwas Bockiges. Alice hob die Stimme. »Lena geht es wirklich schlecht. Die Schmerzen scheinen ziemlich stark zu sein, das hat die Ärztin ja angekündigt. Durch dieses Tilidin schläft sie fast die ganze Zeit.« Marie versuchte wieder ein Lachen. »Das sind doch beste Voraussetzungen für die Heilung, sie soll sich ja so wenig wie möglich bewegen.« Alice überlegte, ob sie Marie einfach anknurren sollte, sprach aber weiter, als sei die ehemalige Freundin ein aufmüpfiger Azubi. »Marie, du hast dich für diese Aufgabe entschieden. Aber bisher lässt dein Engagement zu wünschen übrig.« »Du nervst mit diesem Verfolgungswahn! Ich werde mich schon kümmern, zum Kuckuck!« Dann klickte es, sie hatte aufgelegt. »Miststück«, sagte Alice leise.

Fred kommt ins Schlafzimmer. An der Art, wie er läuft, sieht sie, dass er betrunken ist. Unsicher geht er vor dem Bett in die Knie, legt seinen Kopf in ihren Schoß. »Lilli, hier sieht es ja aus wie bei Hempels unterm Sofa. Komm, lass uns schlafen gehen.« Sie spürt seine Bartstoppeln durch den dünnen Jeansstoff.

# 15

Sophie schläft, das Gesicht an das violette Polster gelehnt. Nach ein paar Sätzen Small Talk ist sie in ihren Sitz zurückgefallen. Bei der dreisprachigen Durchsage des Zugchefs, dass sie in Kürze Straßburg erreichen, zuckt ihre Nase, aber sie wacht nicht auf und erinnert Alice in ihrem hellen Flauschpullover mehr denn je an ein Kaninchen. Sie haben Plätze in der ersten Klasse, im oberen Teil des TGV. Auf dem Tisch vor ihnen verdoppelt sich eine halbkreisförmige Lampe in der Scheibe zu einem leuchtenden Pilz. Die Sonne ist noch nicht aufgegangen, aber es dämmert draußen. Alice wartet, dass jemand vorbeikommt, bei dem sie Frühstück bestellen kann. Ihre Lippen sind trocken und jucken. Sie versucht, nicht ständig mit der Zungenspitze darüberzufahren, und sucht in ihrer Handtasche leise nach dem Labello. Das hier ist vermutlich die größte Schnapsidee meines Lebens, denkt sie, als sie ihr Gesicht im Spiegel der Puderdose betrachtet, etwas Pflegestift auftupft. Der vertraute Vanillegeschmack beruhigt sie ein wenig.

Der TGV stand bereit, als Alice ziemlich früh am Bahnhof ankam. Sie sah Sophie schon von weitem, wie sie auf dem fast menschenleeren Bahnsteig hin- und herging. Die Türen waren geöffnet, ein Schaffner stand herum, nuckelte an seinem Vape und starrte verschlafen vor sich hin. Weiter hinten wuchteten Servicemitarbeiter Getränkekästen in den Zug. Alice hob die Hand, winkte und lief schneller, aber Sophie bemerkte sie nicht. Immer wieder tastete sie ihre Manteltaschen ab oder zog am Außenteil eines großen Koffers den Reißverschluss auf, um hineinzuspähen. Lieber nicht darüber nachdenken, seit wann sie hier wartete. Erst als Alice ihren Arm berührte, entspannte sich das Mädchen, die Schultern sackten herab, die aufeinandergepressten Lippen öffneten sich zu einem Lächeln. Sie reichte ihr eine kalte Hand, sah an ihr herunter und sagte: »Ganz neuer Style.« Alice hatte nicht den Mut gehabt, nachzufragen, wie das gemeint war. Sie weiß, dass die weit geschnittene Lederjacke nicht zu ihr passt, ein Fehlkauf aus der Exquisit-Abteilung, eines dieser Sonderangebote, das durch den Mitarbeiterrabatt zu günstig gewesen war, um nicht zuzugreifen. Den dunklen Wollmantel hat sie wie einen Ersatzreifen zuunterst in die Tasche gepackt.

Alice betrachtet die schlafende Sophie – von den locker im Schoß liegenden Händen mit den dünnen Fingern und brutal abgebissenen Nägeln bis zur kaum sichtbaren Wölbung der kleinen Brüste unter dem Pulli. Das weiche Haar hat sie vermutlich heute früh nicht gekämmt, und auch ihr Gesicht sieht nach Katzenwäsche aus. Kaninchenwäsche, denkt Alice, mit verschmiertem Kajal im Augenwinkel und Zahnpastakruste an der Unterlippe. Sie trägt keinen Schmuck, und Alice wundert sich darüber, wie oft ihr Ohrläppchen durchstochen ist. Ein Ruckeln des Zugs, und eine Locke fällt darüber, vielleicht hat sie sich doch getäuscht. Kurz überlegt sie, Fred die versprochene Nachricht zu schicken, stellt aber fest, dass sie keine Minute dieser heimlichen Zeit opfern will, in der sie ihre Reisegefährtin ungestört ansehen kann. Wimpern und Brauen sind blass wie die Haut. Mit einem Schnaufen atmet sie durch die Nase ein, der Mund bleibt geschlossen. Alice glaubt, Sägespäne zu riechen, Kiefernnadeln, die Einstreu aus den Tierkäfigen. Wahrscheinlich hat sie neben ihren Mäusen die Nacht verbracht. Wer die wohl heute füttert? Talitha vermutlich. Auf Sophies rechtem Oberschenkel zeichnen sich breite Linien im Jeansstoff ab, ein entfärbtes Rechteck, Stammplatz des Handys, das zum Glück stumm bleibt.

Ihr eigenes Smartphone erinnert Alice vibrierend an die Außenwelt. Im Taxi zum Hauptbahnhof hat sie eine Liste geschrieben: Fred. Marie wg. Lena! Yvonne, Briefing. Nur den letzten Punkt hat sie bereits erledigt, indem sie ihrer Mitarbeiterin Unterlagen für Montag geschickt hat, »weil ich am

Vormittag noch in Paris bin.« Sie lächelt über sich selbst, die Begeisterung, mit der sie diese Worte getippt hatte, dabei war es nicht notwendig gewesen, Yvonne das Reiseziel zu verraten. Sie wird morgen früh noch immer neben Sophie sitzen statt im Büro. Zwar ist ihr Ausflug dann fast zu Ende, aber sie werden zusammen frühstücken, Milchkaffee trinken oder in der Métro sitzen, auf dem Weg zum Museum für die Geschichte der Zahnmedizin. Die Route dorthin steckt ausgedruckt in der Handtasche, auch einige Restaurants und Cafés hat Alice herausgesucht.

Statt aufzustehen und zu telefonieren, checkt sie, was Letterella an diesem Sonntagmorgen postet, und stößt auf das Bild einer dampfenden Tasse, in der ein Beutel Kräutertee treibt, daneben eine Packung Hustenpastillen, beides malerisch postiert auf einem Fensterbrett mit der Silhouette der Oper im Hintergrund. »J'ai un chat dans ma gorge aujourd'hui«, schreibt Maja. »Warum haben die Franzosen eine Katze im Hals und die Deutschen einen Frosch, wenn sie erkältet sind?« Alice liked das Arrangement. In ihrem eigenen Profil, für das sie den Glasfrosch ihrer Mutter eingestellt hat, nennt sie sich Paula Rana. »Il ne faut pas réveiller le chat qui dort mais nous, les Allmands, ne voulons pas réveiller les chiens dormants«, schreibt sie und beendet den Satz mit einen Zwinkersmiley.

Seit ihrem ersten Besuch bei Sophie liest sie täglich die Neuigkeiten auf Majas Account. Sie ist noch immer mit Sébastien zusammen. Beide haben mehrere Hunde ukrainischer Flüchtlinge aufgenommen, weil Tiere in Notunterkünften nicht gestattet sind. Zusammen mit den Vierbeinern spazieren sie durch die Stadt und organisieren Treffen mit deren Besitzern. Die Porträts der Hunde, ihre Aktivitäten und Lieblingsplätze in der eleganten Wohnung von Sébastiens Eltern haben die Postings über die französische Sprache nahezu ersetzt. Aus dem »mot du jour« ist das »mot de la semaine« geworden. Maja ist der Haken, an dem Sophie nach Paris gezogen wird, nicht ihre Seminararbeit oder gar Alice. Sie wischt sich langsam durch eine Galerie von Hundegesichtern. Wie haben es diese Leute geschafft, mit einer riesigen Bulldogge von Charkiw nach Paris zu kommen? Der schwarzweiß gefleckte Schädel des Tieres ruht auf Sébastiens durchtrainiertem Oberschenkel. Sabber läuft von den Lefzen auf seine Hose. Der Hund döst und genießt die kraulende Hand des jungen Mannes. Majas Lachen wirkt echt. Sie hat sich eng an ihren Freund gekuschelt. Auf ihrem Schoß sitzen zwei kleine Promenadenmischungen, die sich Alice gut in einem Rucksack oder einer Handtasche vorstellen kann, wie sie von ihren Menschen an die Brust gepresst werden, fortgetragen von Bomben und Tod. Dieses Bild hat fast 10 000 Likes bekommen.

In den Reihen vor ihnen werden die Leute unruhig, eine Kontrolleurin nähert sich. Alice zeigt ihre Tickets auf dem Smartphone vor, bestellt danach Café au lait, dazu Brioches und Madeleines. Aus der Handtasche nimmt sie ein paar Mandarinen und verteilt sie zwischen dem plastikverpackten Gebäck. Sie trinkt ihren Kaffee und lacht über die verwirrte Miene Sophies, die sich beim Aufwachen erschrocken umsieht. »Lass es dir schmecken. Ich muss noch ein paar Anrufe erledigen.« An die rüttelnde Wand des Zuges gelehnt, steht Alice im Raum zwischen den beiden Wagen und drückt auf Freds Kurzwahl. Sofort springt die Mailbox an. Ausschlafen kann ihr Mann ebenso wenig wie sie selbst, nicht einmal am Wochenende. Keiner von ihnen bleibt länger als nötig im Bett, beide leiden unter Rückenschmerzen. Auf ihrem eigenen Festnetzanschluss erreicht Alice nur den Anrufbeantworter. »Du stehst wahrscheinlich unter der Dusche. Wann fährst du los? Egal, ich wollte dir nur sagen, dass unser Zug pünktlich ankommt. Wir sind im Hotel Chopin, gleich an den Grands Boulevards. Ich melde mich heute Abend wieder. Küsse und Liebe!«

Die Tatsache, dass Marie keine ihrer Nachrichten beantwortet hat, ärgert sie. Auch Cora hat nicht reagiert, aber bei ihr leuchten die Häkchen hinter den Nachrichten wenigstens blau. Im Gegensatz zu Marie hat sie diese Funktion nicht abgestellt. Vermutlich, um ihren Sohn zu kontrollieren, denkt Alice und schreibt erneut. »Cora, bitte rufen Sie mich zurück!« Lena, sonst eine selbstbewusste Smartphone-Nutzerin, hat seit ihrem Unfall das Gerät kaum noch angerührt. Mittlerweile färbt ein kitschiges Himbeerrosa die Wolken draußen ein. Alice wählt Lenas Festnetzanschluss und, nachdem dort nur der Anrufbeantworter läuft, Coras Mobilnummer. »Ja?«, meldet diese sich sofort und so laut, dass sie zusammenzuckt. »Cora, hier spricht Alice Pogge«, sagt sie langsam und deutlich, um das Rauschen des fahrenden Zugs zu übertönen. »Ich möchte, dass Sie mir sagen, wie es Lena geht.« Cora räuspert sich, Alice unterbricht sie. »Die Verbindung ist nicht gut. Sprechen Sie bitte jetzt!« Sie hört, wie Cora mit Geschirr klappert. »Es ist alles okay«, sagt sie mit ihrer schläfrigen Stimme, bevor ein Klirren ihr das Wort abschneidet. Das Telefon wird weggelegt, anscheinend liest sie Scherben auf. Alice ruft »Cora!«, doch diese antwortet erst nach einer Weile: »Ich richte grade ihr Frühstück, da ist was runtergefallen, muss Schluss machen!«, und legt auf. Alice stellt fest, dass sie sich bei ihrem Job nie in dieser peinigenden Weise aufregt. Ihre Hände sind feucht geworden, sie möchte mit dem Fuß gegen die Wand treten und merkt erst, wie fest sie die Kiefer zusammenpresst, als sie ihr eigenes Zähneknirschen hört. Erschrocken beginnt sie mit einer Entspannungsübung. Langsam lenkt sie ihre Wahrnehmung auf die Geräusche um sich herum, nur um Coras und Maries gleichgültige Mienen und Lenas verzweifeltes Gesicht nicht mehr vor Augen zu haben. Ich höre fünf Dinge: das französische Gemurmel, das Zischen der Abteiltür, die Stimme des Schaffners, das Gerappel des Zuges, meinen Atem. Ich bringe es jetzt hinter mich. Ich rufe Marie an. Danach habe ich frei. Auch wenn Alice Voicemails verabscheut, hinterlässt sie Marie eine Nachricht von mehr als zwei Minuten. Über Coras Weigerung, länger zu reden, das zerbrochene Geschirr und ihre Sorgen um Lena. Außerdem schreibt sie: »Cora benimmt sich komisch. Geh heute UNBEDINGT bei Lena vorbei!!!« Die Großbuchstaben wirken wie Gebrüll. Anstatt in die Wärme des Wagens zu Sophie zurückzukehren, bleibt Alice im Außenbereich und denkt an die Zeit, die sie gestern an Lenas Bett verbracht hat.

Damit der Bruch heilen kann, darf Lena weder sitzen noch länger aufstehen. Sie bleibt die meiste Zeit in der Rückenlage. Manchmal versucht sie zu lesen, döst aber ständig ein, wobei ihr das Buch auf die Brust fällt. Doch gestern Nachmittag war sie hellwach gewesen, ohne den starren Blick, den die durch das starke Schmerzmittel zusammengezogenen Pupillen ihr verliehen hatten. Alice war hereingekommen, als sie sich gerade auf die Seite gedreht hatte und versuchte, mit den Beinen den Fußboden zu erreichen. Ihre verrutschte Pyjamahose hatte die geprellte Hüfte freigegeben. Der großflächige Bluterguss hatte mittlerweile die Farbe gewechselt, von schwärzlichem Violett zu einem hässlichen Gelbgrün. Wie sie sich auf ihrem Lager krümmte, mit den Füßen nach Halt tastete und dabei kurze, möwenartige Schmerzensschreie ausstieß, entsetzte Alice. Sie stand einen Augenblick bewegungslos vor dem Bett und starrte auf die knochigen Zehen und hervortretenden Adern der Altfrauenfüße, zögerte viel zu lange, bis sie die Schultern der Freundin umfasste. Alice stützte Lena und half ihr zur Toilette. Dort wartete sie bei halb geöffneter Tür, bis das schwache Plätschern versiegte, unter Stöhnen Papier abgerissen und die Spülung gedrückt wurde. »Darf ich reinkommen?«, fragte sie, bevor sie Lena anwies, die Arme um ihren Hals zu legen. Mit abgewandtem Gesicht zog Alice ihr Slip und Schlafanzughose hoch. Sie brachte es nicht fertig, hinzusehen und fummelte ungeschickt an ihr herum, bis sie beide Kleidungsstücke entwirrt und glattgezogen hatte. Dass sie Lena dabei wehtat, bemerkte sie erst an deren Zurückzucken und einem Jammerlaut. Gemeinsam wankten sie wieder zum Bett. Lenas Stirn glänzte feucht, sie atmete schwer. Alice schüttelte Decke und Kissen auf. »Ich bring dir frisches Wasser«, sagte sie und griff nach dem benutzten Glas auf dem Nachttisch. »Bleib!« »Möchtest du noch etwas anderes? Die nächste Tablette darfst du erst in einer Stunde …« »Nicht!« Lena hob die Hand, so dass Alice sich automatisch auf dem Stuhl neben dem Bett setzte. Sie lächelte schwach. »Braves Mädchen«, flüsterte sie.

»Meine Liebe, sprichst du bitte mit Cora?« Alice war bei dieser Frage zusammengezuckt und hatte nur ein »Warum?« herausgebracht. »Sie singt die ganze Zeit.« Alice beugte sich zu Lena hinunter und wiederholte hilflos: »Cora singt?« Lena schloss die Augen, als könnte sie Alices Begriffsstutzigkeit kaum ertragen. »Sie singt. Pausenlos. Und viel zu laut.« Sie zeigte auf die silberne Teekanne auf dem Nachttisch. »Und sie bringt mir ständig Tee. Wo hat sie nur diese Kanne aufgetrieben? Ich glaube, die habe ich vor zwanzig Jahren zuletzt benutzt. Der Tee bekommt darin einen grässlichen Geschmack.« Sie verzog das Gesicht. »Aber am schlimmsten ist für mich, Tag und Nacht diese Lieder zu hören.« Alice musterte die Freundin und fand wieder, dass sie seit dem Unfall greisenhaft aussah, mit allen Makeln, von denen ihre elegante Kleidung, ihre Lebendigkeit und ihr kunstvolles Make-up zuvor abgelenkt hatten – schlaffe, runzlige Haut, Tränensäcke, eine stark vorspringende Nase. Mit dem Zeigefinger streichelte sie über Lenas Wange, bemerkte ein borstiges weißes Haar auf ihrer Oberlippe. »Was singt sie denn? Noch mehr deutsche Schlager? Ich werde mit ihr sprechen. Sie darf dich auf keinen Fall stören.« Bemüht um einen fröhlichen Ton, war sie bereits dabei, aufzustehen, aber Lena ließ sie nicht los, sah mit großen Augen die Teekanne an und flüsterte: »Das nützt nichts. Ihre Stimme kommt hier raus. Ich höre es die ganze Zeit, obwohl ich das Loch zugestopft habe.« Sie versuchte, sich auf die Unterarme zu stützen und hochzustemmen. Dabei sagte sie:

»Der Baum verdorrt,
Der Duft vergeht,
Die Blätter liegen
So gelb im Beet,
Es stürmt ein Schauer
Mit Macht herein,
Und könnt' ich je
Zu düster sein?

Hörst du das nicht? Als du reingekommen bist, war sie kurz still. Aber jetzt versteht man jedes Wort.« Alice pustete eine Feder von ihrem Ärmel und beobachtete, wie sie unter das Bett schwebte. Lena hatte eben gesagt, dass Coras Stimme aus der Teekanne käme. In der Öffnung der Tülle steckte ein zusammengerolltes Stück Kleenex. Lena sprach unterdessen weiter, murmelte eine weitere Verszeile und sagte: »Findest du das nicht geschmacklos?« Dann presste sie beide Fäuste auf die Ohren und warf Alice einen verzweifelten Blick zu. Diese ließ sich auf der Bettkante nieder, rückte nah an die Freundin und zog ihr die Hände vom Gesicht. »Lena!«, rief sie, »Cora ist gar nicht in der Wohnung. Sie ist mit ihrem Sohn weggegangen! Deine Fantasie hat dir einen Streich gespielt. Wahrscheinlich bist du eingeschlafen und hast geträumt.« Gern hätte sie Lena richtig in den Arm genommen, traute sich das wegen der Verletzung aber nicht. Stattdessen strich sie ihr über Haar, Gesicht und Schultern, flüsterte beruhigende Worte, doch nichts half. Lena beharrte darauf, dass sie von Cora mit Brahmsliedern beschallt werde, durch alle Türen und Wände hindurch und mit Hilfe der Teekanne. Das konnte sie Alice doch jetzt nicht antun. Sie musste morgen früh nach Paris. »Die bring ich erst mal in die Küche.« Sie griff nach der Kanne und stellte sie härter als nötig auf dem Herd ab. Langgezogen und verzerrt glotzte ihr das eigene Gesicht aus der polierten Wölbung entgegen und erinnerte Alice an ihre letzte eigene Krankheit.

Ziemlich früh, schon im Mai 2020, hatte sie sich mit Corona angesteckt und lag in der Quarantäne des Gästezimmers in der Birkenwaldstraße, mit Freds ungeschicktem Catering auf der Türschwelle, einem nervtötenden Husten, der sie nicht durchschlafen ließ, und hohem Fieber. An diesem Abend war sie allein gewesen, Fred wollte Unterlagen aus dem verlassenen Steuerbüro holen und hatte ihr vorher Lindenblütentee gebracht, der sie schwitzen ließ wie nie zuvor. Just da rief Lena an. Alice war zu schwach gewesen, den Hörer zu halten, hatte auf Lautsprecher gestellt, das Telefon neben sich auf das Kissen gelegt und gewimmert.

»Was möchtest du denn, was ich tue, mein armes Kindchen?«, hatte Lena gefragt, und als Alice nur weiter piepste, während ein Schüttelfrost sie durchbeutelte, hatte die Freundin am anderen Ende zu singen begonnen, verhalten und sanft, ein einfaches Lied, das Alice nicht kannte. »Dat du min Leevste bist, dat du woll weeßt. Kumm bi de Nacht, kumm bi de Nacht, seeg wo du heeßt.« Sie war angenehm weggedämmert, hatte nicht viel mitbekommen von den größtenteils unverständlichen Worten, nur Lenas Stimme. »Kumm du um Meedernacht, kumm du Klock een. Vader slöpt, Moder slöpt, ick slaap alleen. Klop an de Kammerdör, fat an de Klenk. Vader drömt, Moder meent, dat deiht de Wind.« Als sie wieder wach wurde, tutete das Freizeichen neben ihrem Ohr, sie fühlte sich zerschlagen und matt, aber das Fieber war verschwunden.

Im Gedenken an diese Liebestat blieb Alice noch lange an Lenas Bett sitzen, und als sie selbst ruhiger geworden war, schlief auch Lena ein. Als sie wieder aufwachte, erwähnte sie den störenden Gesang nicht mehr, aß sogar das Rührei auf Toast, das Cora ihr brachte, und winkte Alice zum Abschied zu.

Als Alice an ihren Platz zurückkommt, hat Sophie ihr Notebook aufgeklappt. Alice erkennt einzelne Wörter im geöffneten Dokument: Brentano, Motiv, Maus, Quellenlage. Im Kunstlicht des Bildschirms sieht das Mädchengesicht bläulich aus. Sie wendet sich Alice zu und lächelt. Ihre kleinen Zähne schimmern, an der Oberlippe hängt ein dunkler Krümel. Über einem Berg Zellophan kringeln sich die duftenden Obstschalen. Sie schiebt Alice ein paar Mandarinen und Kuchenpäckchen zu. »Du musst schnell deinen Anteil aufessen«, sagt Sophie. Alice lacht: »Nimm ruhig alles, ich frühstücke nie.«

Mit der letzten Madeleine in der Hand scrollt Sophie durch den Text. »Hier habe ich diesen komischen Brief von Brentanos Zahnarzt«, sie tippt auf das Dokument. »Soll ich dir vorlesen?«, fragt sie mit einer Zutraulichkeit, die Alice überrascht. »Weißt du, dieses Buch kam als Fernleihe, es musste schnell zurück, und ich Idiotin hab vergessen, alle Seiten zu fotografieren, deshalb …« Statt den Satz zu beenden, fängt sie an, halblaut zu lesen. Alice muss sich vorbeugen, damit sie alles versteht.

Die Geschichte von der Zahnmaus, nach einem Brief von Doktor Francois Duval an seine Tochter Madame Giraud vom 30.10 1830 (übersetzt von Sophie Müller. Die Übersetzung wurde mit Hilfe von DeepL angefertigt).

Meine geliebte Tochter,

heute schreibe ich Dir, obwohl Du Dir Anekdoten aus meiner Praxis verbeten hast, dennoch über einen meiner Patienten, einen Herrn B. aus Deutschland, weil ich sicher bin, seine Geschichte könnte auch meinen prächtigen Enkelsöhnen zum Wohle gereichen.

Wie gesagt, jener Monsieur B. sucht mich seit einigen Jahren regelmäßig auf, da er schauerliche Ruinen von großen Molaren sein Eigen nennt. Er stammt aus einem vermögenden Frankfurter Kaufmannshause und hat als Knabe im Übermaß Süßigkeiten zu sich genommen, ohne dabei die nötige Vorsicht bei der Zahnpflege walten zu lassen. Auch seine Kindermädchen, dumme deutsche Trampel, konnten ihn nicht am Abusus hindern. Aber genug davon.

B. ist ein charmanter Mann. Deine Maman und ich hatten ihn, wie stets nach seiner nachmittäglichen Behandlung, zum Tee gebeten, denn er war recht schwach nach der Arbeit, die ich an ihm zu leisten hatte. Monsieur B. hatte nur etwas Bouillon und ein Glas Burgunderwein zu sich genommen, doch als Maman sich an seiner Seite niederließ, blühte er regelrecht auf, und er begann zu plaudern.

B. beschrieb uns, wie er ob des infernalisch pochenden Schmerzes in seinen Backenzähnen allabendlich zu Branntwein seine Zuflucht nahm, um in den Schlaf zu finden. Wieder und wieder habe ihn in solchen Nächten ein Traum heimgesucht, den er uns wegen seiner mit Düsternis gepaarten Drolligkeit nicht vorenthalten wolle. Hier also seine Worte:

»Zu Hause pflegten wir jedes unserer ausgefallenen Milchzähnlein unter dem Kopfkissen zu verbergen, als Gabe für die souris des dents, die Zahnmaus. Wir frönten dieser französischen Sitte von der Großmutter her. Sie war es, die uns von dem artigen Tierlein gesprochen hatte, das die glänzend weißen Hinterlassenschaften unserer Kindheit heimlich einsammelte, nicht ohne uns für jedes versteckte Pfand einen neu geschlagenen Sechsbätzer zurückzulassen, den wir am Morgen jubelnd fanden und bei nächster Gelegenheit zum Konditor trugen, um uns damit tütenweise Zuckererbsen einzuhandeln. Meine jüngere Schwester und ich nahmen uns häufig vor, dem Zahnmäuslein nachts aufzulauern, um es anzusprechen, denn wir waren gar neugierig und dachten uns, ihm vielerlei Fragen zu stellen: Wozu es denn all die Kinderzähne brauche? Wo es sie aufbewahre und wie viele es bereits zusammengerafft habe? Ferner wollten wir mit eigenen Augen sehen, wie eine Maus es anstellte, mehrere Sechsbätzer durch die Nacht zu transportieren, ohne dabei von unserem wachsamen Kater gemordet zu werden.

Unter solchen Gesprächen fielen wir jedes Mal erneut in Schlummer, wenn wieder ein Zahn unters Kissen gesteckt worden war, und erwachten am Tag darauf zwar reich beschenkt, aber voller Enttäuschung darüber, la souris des dents verpasst zu haben.

In meinem Traume nun fiel mir am Abend vor dem Schlafengehen ein großer Backenzahn aus. Als ich ihn sicher verborgen wusste, öffnete ich den Bettvorhang wieder, sobald unsere alte Kindsmagd das Zimmer verlassen hatte, und setzte mich möglichst unbequem hin, damit mich der Schlaf auf keinen Fall übermannte. Auch mein Schwesterlein wollte mittun, doch einmal eingeschlummert, war sie nicht wieder aufzuwecken. Bald wurde meine Geduld belohnt, denn neben dem türkischen Teppich, der den Holzboden vor unserer Schlafstätte bedeckte, schob sich ein loses Brettlein zur Seite und im mondhellen Zimmer konnte ich deutlich den spitzen Kopf eines Mäusleins erkennen, das sich aus dem versteckten Loch herausarbeitete. Flink huschte es zum Bett hinüber, kletterte an den Falten des Vorhangs hinauf, schlüpfte unter mein Kissen und wühlte dort eine Weile herum. Ich erwartete, es mit meinem Zahne in den Pfoten wieder auftauchen zu sehen.

Wie groß war mein Erstaunen, als die Maus, welche unter dem Federpfühle hervorkam, im Maule eine Münze hielt! Ich wagte kaum zu atmen, blieb stocksteif sitzen und wandte kein Auge von dem Tier, das seinen Fund abgelegt hatte, sich hinhockte und mit den Pfoten über die Schnurrhaare strich. Plötzlich aber fuhr es herum, und bevor ich meine neugierigen Augen schließen konnte, hatte es bemerkt, dass ich nicht schlief, und sprang mit einem grellen Pfiff auf mich los. Mit Grausen spürte ich durch mein Nachthemd seine dürren Glieder an mir emporklimmen. Schon war es auf meiner Schulter und kreischte mir ins Ohr: ›Ih, du infamer Schlawiner, was lauerst du mir auf!‹ Mit nadelspitzen Zähnen biss es mich tüchtig in Hals und Ohrläppchen, dass ich weinend um mich schlug. Natürlich erwischte ich die Maus nicht, fühlte nur mein warmes Blut in den Kragen rinnen. Wild wälzte ich mich herum, doch alles, was ich erreichte, war, dass die Schwester mit Wehgeschrei erwachte. Das Untier stürzte sich sofort auf sie, kletterte in ihren dunklen Haarschopf und begann darin aus Leibeskräften zu arbeiten wie ein Knecht bei der Heuernte. Dabei pfiff es so gellend, dass es selbst unser Gekreisch übertönte. Schwarze Locken flogen büschelweise auf die Kissen, wir beide heulten, doch im Traume ist man stets allein, keine Hilfe nahte. Schließlich schaukelte das tückische Wesen an den Bändern von der Schwester Nachtkleid herum und rief: ›Seid ihr vermaledeiten Biester nicht augenblicklich still, so beiß ich dem kleinen Ding hier die Schlagader durch!‹

Mit einem Sprung überwand die Maus den Abgrund zwischen unserem Bett und einem Tische daneben, auf dem ein Leuchter stand. Stumm kauerten wir beieinander und sahen zu, wie sie auf dem niedergebrannten Kerzenstumpf hockte, ihren Schwanz säuberlich um die Pfoten legte und frug: ›Wisst ihr, woher ich komme? Ich bin nicht das Zahnmäuslein, das blanke Batzen bringt. Das ist dummer Schnack, genau wie die Mär vom Osterhas oder dem Christuskind!

Aus den düsteren Gassen der Armen bin ich her, wo kein Licht der Barmherzigkeit hineindringt. Hütet euch, zu den Eltern oder der alten Magd von mir zu reden! Verratet ihr etwas, so komme ich wieder, und all eure Zähnlein grab ich aus dem Fleisch, wie der Bauer die Rüben mit der Haue aushackt! Mit diesen hier, meinen Eisen!‹ Dabei fletschte es grauslich seine gelben Nagezähne. ›Gebt fein acht, ihr Bürgerskinder: Wenn ihr wieder Zahngeld findet, werft es dem nächsten Bettler hin, gebt's an die armen Blumenmädchen, die kleinen Kastanienverkäufer, die Schuhputzerjungen! Gebt's an all jene, die barfuß und mit leerem Magen durch den Kot laufen müssen! Denkt dran, wie kurz es her ist vor dem Auge der Ewigkeit, dass man in Paris dem König, der Königin, ihren kleinen Prinzen und Prinzessinnen und all ihren Getreuen den Kopf vom Halse getrennt hat! Weil die einen Zuckererbsen haben und die anderen nicht einmal Brot. Eure neuen Zähnlein, die jetzt aus dem Gaumen sprießen, werden nicht faulig werden noch Löcher haben, wenn ihr eure Barschaft in Zukunft für diese Zwecke verwendet. So ist allen geholfen, nicht wahr? Jetzt hört auf zu flennen und lasst mich ziehen.‹

Von meiner Schwester kam zunächst nur Schluckauf, doch hatte sie größeren Mut als ich, denn sie war es, die als Erste die Worte wiederfand, wobei sie artig den Finger hob, um aufzuzeigen, als sei die grässliche Maus ein Magister und sie seine brave Schülerin. Sie frug, wer denn die Geldstücke brächte, wenn sie doch nur käme, um sie zu stehlen. Kichernd warf sich das Tier auf den Rücken und zeigte uns den pelzigen Bauch. ›Euer Vater, der alte Kaufherr B. selbst, ist's, der euch die Silberlinge unter die Pfühle stopft. Als wärt ihr nicht genug gehätschelt!‹ Wieder pfiff sie. ›Zählt bis tausend, dann bin ich verschwunden. Und wagt es nicht, vorher Krach zu schlagen! Ihr wisst, was euch sonst blüht.‹ Mit einem letzten giftigen Blick machte sie sich davon. Die Münze hatte sie zu Boden geworfen, sie rollte lustig auf ihrem Rande, und die Maus ließ sie vor sich herjagen, so wie unsereins im Sommer den hölzernen Reifen über die Gassen treibt. Kinder waren wir, und auch wenn die Tränen auf unseren Gesichtern noch nicht getrocknet waren, riefen wir laut aus vor Entzücken über diese Vorstellung. Schnell hatten Tier und Taler die lose Diele erreicht, dann waren wir wieder allein.

Jedes Mal, wenn dieses Traumgesicht mich heimsucht, betaste ich im Aufwachen meine Wangen und finde sie nass, halte mir die Finger vor die Augen, um zu prüfen, ob mein Blut an ihnen klebt, aber sie bleiben stets salzig und tränenfeucht.«

# 16

Sophie wirkt bei ihrer Ankunft an der Gare de l'Est unbeeindruckt. Das überrascht Alice, denn abgesehen von München kennt die Studentin keine andere Millionenstadt; die übliche Klassenreise nach Berlin fiel der Pandemie zum Opfer. Alice lässt sich von der weitläufigen Halle des alten Bahnhofs überwältigen und genießt den Weg über seinen Vorplatz. Durch den grauen Morgen leuchtet ihnen eine Wolke künstlicher Kirschblüten entgegen; sie hängt über dem Eingang eines Asia-Restaurants. Dahinter ragt der Turm einer Kirche auf, deren Name Alice entfallen ist.

»Ich weiß nicht«, antwortet Sophie zögernd auf die Frage, was sie zuerst unternehmen möchte. Kurzentschlossen verwirft Alice die Idee, im Taxi zum Hotel zu fahren, greift nach dem großen Koffer und drückt Sophie ihre eigene Reisetasche in die Hand. »Wir gehen zu Fuß, dann siehst du gleich was.«

Sie führt das Mädchen den Boulevard de Magenta entlang. Man merkt den Sonntagmorgen: wenige Passanten, Scherengitter vor vielen Läden, ausgedünnter Verkehr. Durch die Äste der mageren Platanen am Straßenrand fällt spärliche Vorfrühlingssonne. Ab und zu bleibt Sophie stehen, starrt in die Auslage eines Brautmodengeschäfts, liest ein Schild, ist aber bei weitem nicht so fasziniert, wie Alice gehofft hat. Schließlich gibt sie es auf, sie auf Haussmann-Fassaden, historische Straßenlaternen oder einen Mann, der gegrillte Maiskolben am Straßenrand verkauft, hinzuweisen, und verstummt. Sophie wirkt benommen, ihr Blick bleibt am Boden, anstatt Alices Zeigefinger mit dem minzgrün lackierten Nagel zu folgen. Nun sind sie in Paris, und dieses Kaninchen kann nichts als gähnen und schweigen. Freds Warnungen, seine belustigte Stimme fallen ihr wieder ein, und sie fragt sich, wo die Vertrautheit aus dem TGV geblieben ist.

Bald tut sich die Place de la République vor ihnen auf. Jetzt kann Alice nicht mehr an sich halten und redet auf Sophie ein. Die nickt zu allen Erklärungen, schenkt aber der Marianne auf dem weißen Sockel, der Alice an einen Salzstreuer erinnert, nur einen flüchtigen Blick. Beim Überqueren des riesigen Platzes zitiert Alice den Wahlspruch der

Stadt »Nec fluctuat nec mergitur«, den sich ein Café am oberen Ende zum Namen gewählt hat. »Ursprünglich tauchte das als Graffiti auf, das am Tag nach dem Attentat 2015 da vorne hingesprayt wurde. Als Zeichen des Widerstands hat sich dieses Café dann auch so genannt.«

Ins Café will Sophie nicht, außerdem verkündet ein Zettel am Eingang, dass bis zum Herbst geschlossen ist. Sie trottet hinter Alice her. An der Rue du Temple wird Sophie plötzlich immer langsamer, steuert auf ein niedriges Eisentor zu, hinter dem der Square du Temple liegt, drückt es auf und lässt sich auf die nächste Bank fallen. Place Eli Wiesel, liest Alice am Eingang, als sie dem Mädchen besorgt folgt. »Mir ist so komisch«, flüstert Sophie. Sofort bereut Alice ihren Umweg. Es ist noch nicht einmal Mittag, aber sie hat dieses zarte Wesen herumgehetzt, sie mit Reiseführerweisheiten überschüttet, nur damit sie Paris mit ihren Augen sieht.

Eine Gruppe von Frauen auf den gegenüberliegenden Bänken beobachtet misstrauisch, wie Sophie stöhnend ihre Ellbogen auf die Oberschenkel stützt und sich die Schläfen reibt. Sie tragen wärmende Sportkleidung und sehen abgekämpft aus. Ein paar haben bunte Plastikflaschen dabei, eine dehnt das Bein auf der Banklehne. Ihre lebhafte Unterhaltung verstummt, als Sophie sich erbricht. In einem Schwall kommt das gesamte Zugfrühstück wieder heraus, auf dem Kiesweg bildet sich eine Pfütze. Rasch packen die Frauen ihre Sachen zusammen und erheben sich unter Flüstern und Kopfschütteln. Eine wirft Alice einen bösen Blick zu. Sophie wischt sich mit dem Handrücken den Mund ab, ihre Augen tränen. Wieder beugt sie sich vor und spuckt aus, dabei murmelt sie fortwährend Entschuldigungen. In ihrer Handtasche findet Alice Kleenex und eine Flasche Wasser.

Sie hakt Sophie unter, führt sie weg, tiefer in den Park hinein, sieht sich dabei nach der Fitnessgruppe um, aber die Frauen sind fort. Im Gehen trinkt Sophie die Flasche fast leer. Den letzten Schluck kippt sie auf das Taschentuch und reibt sich damit das Gesicht ab. Schweigend schlendern sie zusammen unter riesigen alten Bäumen, noch blattlos, aber nicht mehr kahl; aus den dunklen Knospen lugen weißgrüne Zipfel hervor.

Alice überlegt, ob sie mit Sophie in eine Apotheke gehen soll. Vorhin hat sie mehrfach grüne Pharmazie-Kreuze blinken sehen. Sie hätte ihr im Zug nicht diese Unmengen an Kuchen aufdrängen dürfen. Plötzlich geht die Jüngere in die Hocke. Nein, denkt Alice, nicht schon wieder. Doch Sophie streckt ihr bereits entgegen, was sie am Wegrand gefunden hat. »Können wir da hin?«, fragt sie. »Ich war schon ewig nicht mehr im Zirkus.« In ihrem bleichen Gesicht glänzen die großen Augen, sie fährt sich mit den Fingern durch die Haare und wirkt viel munterer. Verdutzt betrachtet Alice den Zettel: »Cirque d'Hiver. Nouveau Spectacle Bouglione. Délire.« In der Mitte des knallbunten Flyers prangt ein Pferdekarussell, den Hintergrund bildet ein dunkelblauer Sternenhimmel, dazu Paris in festlicher Abendbeleuchtung. »Cirque d'Hiver, das bedeutet Winterzirkus«, sagt Alice. Sie gibt Sophie das Blatt zurück und holt ihr Smartphone heraus. Keine Nachrichten von Fred, Marie oder Cora. Sie muss da später unbedingt nachhaken. »Das ist hier ganz in der Nähe, kein Zelt, ein festes Gebäude. Ich kenne es nicht.« Sophie tippt auf den Flyer. »Schau nur, das Karussell ist ja der Zirkus!« Nun erkennt Alice ebenfalls den Palast mit Glasdach, Säulen und umlaufenden Reliefs, verborgen hinter der Karussellstaffage. »Die nächste Vorstellung fängt in zwei Stunden an. Tickets kann man online kaufen. Geht es dir denn wieder besser?« »Ja, auf alle Fälle. Bitte entschuldige. Ich hab heute Nacht megaschlecht geschlafen.«

Sie haben gute Plätze, nicht zu weit vorn, in einer Art Loge. Alice beglückwünscht sich zu dieser Wahl, weil ein Clown in kurzen Hosen und gelben Kniestrümpfen am Rande der Manege herumtänzelt und verschüchterte Kinder damit aufmuntert, dass er seine Scherze mit ihren Vätern treibt. Unter anderem krault er den verlegenen Männern die Haare und Glatzen oder tut so, als sei eine auf dem freien Sitz liegende Wollmütze ein bissiges Tier, vor dem er ängstlich zurückspringt. Seine Stimme wird durch ein Headset verstärkt, er braucht keine Sprache, nur Gesten, Geräusche und seine riesigen dunklen Augen unter schwarz gemalten Brauen.

Ihr Gepäck haben sie in der Garderobe abgegeben. Im purpurnen Licht unter der Kuppel schimmern Sophies neue Ohrringe. Die kleinen Vögel daran schaukeln lebhaft. Sie sieht nicht mehr elend aus und hat sich sogar die Lippen angemalt. Kurz drückt sie Alices Hand. Vorher sind sie zum Essen in einer Touristenfalle in der Rue Charlot gewesen. Ein Platz auf der Terrasse musste sein, geschützt durch Markisen, von einem Heizpilz gewärmt. Zwischen einer amerikanischen Familie mit Golden Retriever und einem französischen Pärchen eingezwängt, bestand Alice auf einer warmen Mahlzeit für Sophie. Die lehnte Fleisch ab, bestellte aber Gemüsequiche und Suppe. Alice nahm das Steak Frites, das Gleiche, was Fred geordert hätte, dazu ein Glas Weißwein, nach dessen Namen sie nicht einmal fragte. Gern hätte sie mehr getrunken, hielt sich nur zurück, weil Sophie bei Wasser blieb. Nachdem der Kellner abgeräumt hatte, holte Alice endlich die orangefarbene Papiertüte mit dem Geschenk hervor. Sophie freute sich lautstark und umarmte sie.

Zum Cirque d'Hiver lief man nicht weit: die Rue Charlot hinauf, bis diese auf den Boulevard de Temple traf. Von dort aus konnten sie das vanillegelbe Bauwerk schon sehen. Den Vorschlag, bis zum Beginn des »Délìre« bei einer Boutique für Vintage-Kleidung reinzuschauen, lehnte Sophie nahezu entrüstet ab. Sie hatte Alice untergehakt und zog wie ein junger Hund an der Leine, um sich in die Menge der Wartenden einzureihen, die hinter dem verschnörkelten Zaun standen. Alice wunderte sich, wie viele Leute, von Familien mit Kindern bis zu Großeltern in der Begleitung jugendlicher Enkel, Liebespaaren und Freundesgrüppchen an einem Sonntagnachmittag in den Zirkus gingen. Als sie ausschließlich Französisch hörte, empfand sie kindischen Stolz darüber, in dem an eine riesige Torte erinnernden Gebäude gemeinsam mit Sophie an einem Ort zu sein, den nur echte Pariserinnen und Pariser besuchten.

Von einem livrierten Jungen, der durch die Reihen geht, kauft Alice ein Programmheft. Sophie kommt mit einer rosa Wolke Zuckerwatte vom Verkaufsstand zurück. »Das nennt sich Barbapapa, wie diese Comicfiguren, ist das nicht lustig?« Alice muss diese Bildungslücke füllen: »Zuckerwatte heißt auf Französisch Barbe à Papa, Vaters Bart.« Sie versenken gleichzeitig ihre Gesichter im klebrigen, nach heißem Karamell riechenden Gespinst. Alices Mundwinkel fangen bald an zu brennen, wie früher auf dem Weihnachtsmarkt. Sophie lacht über alles und erklärt Alice, wie erleichtert sie sei, dass es in diesem Zirkus keine Nummern mit Wildtieren gäbe, das fände sie schrecklich. Alice fallen die Zeisige in der

Voliere ein, aber sie sagt nichts, froh darüber, wie entspannt, fast ausgelassen das Mädchen ist. Die Kapelle spielt, es duftet nach Popcorn, die Vorstellung nimmt ihren Lauf. Unter den Musikern in goldbetressten Uniformen ist eine einzige Frau, die Geigerin, eine Blondine mit schulterlangem Haar, die beim Spielen die ganze Zeit lächelt.

Gebannt verfolgt Sophie die verschiedenen Vorführungen; die meisten der am Seil in der Luft schwebenden, in riesigen Rhönrädern herumwirbelnden oder aus ihren Körpern Figuren bauenden Artisten sind in ihrem Alter. In der Pause bleibt sie sitzen, studiert das Programm, fragt Alice ab und zu nach einem französischen Wort.

Als Nächstes schleppt eine Clownin in weiten Hosen und riesigen Schuhen mühsam einen Koffer in die Manege. Sie geht um ihn herum, versucht vergeblich, ihn zu öffnen, stolpert darüber. Das Publikum lacht, auch Sophie. Die Clownin tritt schließlich gegen das Gepäckstück, überschlägt sich in Purzelbäumen, der Koffer geht nicht auf. Umständlich kramt sie in ihren Taschen, fördert allerhand zutage – eine überdimensionale Zahnbürste, einen Bund Karotten, eine Trompete, auf der sie ein paar Takte von »Frère Jacques« bläst, und schließlich einen Schlüssel.

Sie öffnet den Koffer, mimt Erstaunen, greift hinein und hält die Schwanzspitze einer riesigen Schlange in der Hand. Dem braunfleckigen Muster nach handelt es sich um einen Python, ein besonders langes und dickes Exemplar. Alice lehnt sich vor, um besser sehen zu können. Also doch eine Tiernummer, ausgerechnet mit einem exotischen Reptil. Ohne Furcht oder Ekel ergreift die Frau die Schlange, legt sie sich um die Schultern, stolziert damit in der Manege herum und erschreckt das Publikum in der ersten Reihe. Wieder werden hauptsächlich Väter und Großväter geneckt. Ängstlich weichen sie zurück, die Zuschauer amüsieren sich. Erst als die Clownin anfängt, den Körper der Schlange wie eine übergroße Peitsche durch die Luft schnalzen zu lassen, erkennt Alice, dass es sich um eine Imitation handelt, und wendet sich lachend zu Sophie. Doch diese ist in ihrem Sitz tief nach unten gerutscht, ihre Beine verschwinden fast gänzlich unter dem Platz ihres Vordermannes. Dabei kaut sie an ihrem Daumen, reißt ein Stück Haut ab, es blutet sofort. Jetzt greift Sophie nach Alices Hand und umklammert sie. Sie stellt sich vor, wie ihre Finger mit Blut verschmiert werden, die Hand des Mädchens ist kalt und nass. »Das ist keine echte Schlange, schau doch, Sophie, die ist aus Gummi!« Sophies Gesicht presst sich an Alices Schulter, dabei fühlt sie, wie der ganze Körper zittert. Sie riecht noch ein wenig nach Galle und dem Frittenfett aus dem Café Charlot. In der Manege hat die Clownsfrau damit begonnen, mit der Schlange seilzuspringen. Dabei stolpert sie regelmäßig und fällt hin, die Musik wird schneller, die Zuschauer klatschen im Takt. Sophie lässt ihre Hand nicht los, beugt sich vor und versteckt den Kopf in Alices Schoß. Zwei junge Männer auf der gegenüberliegenden Seite grinsen und machen obszöne Gesten in ihre Richtung. Doch als Alice schockiert die Augen aufreißt, drehen sie sich weg, und sie ist sich nicht sicher, ob sie sich das Ganze nur eingebildet hat.

Endlich rollt die Clownin die Schlange umständlich zusammen, stopft sie in den Koffer zurück und marschiert in Richtung Ausgang. Die Schwanzspitze hängt heraus, bringt sie ein letztes Mal zu Fall. Ein Tusch, der Direktor tritt vor, anhaltender Applaus. Sophie hebt langsam den Kopf. Alice umfasst ihre Schultern. »Sophie, was ist denn nur los?« Die junge Frau sieht verwirrt aus, ihr Gesicht rot angelaufen, ein Abdruck, wahrscheinlich von Alices Gürtelschnalle, sitzt auf ihrer Wange wie eine alte Narbe. »Ich hatte solche Angst.« Weitere Erklärungen gibt sie nicht. Beim Abschluss klatscht nur Alice. Sie stehen auf und lassen sich mit der Menge hinaustreiben.

In einer Ecke des Foyers durchstöbert Alice ihre Handtasche nach einem Pflaster für Sophies angenagten Daumen. Dabei sucht sie ein ablenkendes Gesprächsthema, denn ihre Begleiterin erscheint ihr noch immer unruhig und verstört. »Dieser Brief von Brentanos Zahnarzt geht mir ziemlich nach. Was kann diesen Albtraum ausgelöst haben?« Erstaunt sieht Sophie sie an. »Was für ein Albtraum?« Die hellen Brauen heben sich gleichzeitig. Alice entfernt die Schutzstreifen des Pflasters, legt es auf die Wunde, drückt fest. »Ja, aber diese Zahnmaus, die war doch wie aus einem Horrorfilm!« »Was meinst du?« Alice hebt die Hände. »Du hast mir doch aus dem Brief vorgelesen. Über Brentanos Albtraum. Als diese Maus ihn und seine Schwester im Bett bedroht hat …« »Echt, ich versteh nicht, was du meinst.« Sophie schaut, als habe Alice nicht mehr alle Tassen im Schrank. »Duval schreibt doch nur, dass Brentano gehofft hat, die souris des dents zu sehen, aber am Ende seine alte Kinderfrau erwischte, wie sie eine Münze unters Kissen schob. Da endet der Briefausschnitt. Deshalb will ich morgen ins Archiv und den Rest suchen, weil ich glaube, da steht vielleicht noch mehr. Wegen dem Rheinmärchen.« Alice schüttelt den Kopf. »Nein, du hast etwas ganz anderes vorgelesen!« Jetzt lächelt das Mädchen. »Du hast von einer Horrormaus geträumt, Alice, nicht Brentano! Ich schwör!« Sie stehen neben einem Schaukasten mit Bouglione-Souvenirs im Strom der zum Ausgang drängenden Zuschauer, und Sophie lacht lauter. Eine Familie mit mehreren Kindern entschuldigt sich, als sie sich an ihnen vorbeidrücken, dabei dreht sich der Mann mehrfach nach Sophie um, aber sie beachtet ihn nicht. Die Tatsache, dass Alice im TGV geschlafen und anscheinend verrückt geträumt hat, belustigt sie noch, als sie bei Filles du Calvaire in die Métro steigen. Mehrfach wiederholt sie kichernd: »Alice und die Horrormaus!« Für sie mag das witzig sein, aber Alice ist sich ganz sicher, nicht eine Minute gedöst zu haben, ganz im Gegensatz zu Sophie. Trotzdem widerspricht sie nicht. Soll das Mädchen sich ruhig auf ihre Kosten ein bisschen amüsieren.

Doch nach dem Aussteigen an den Grands Boulevards und auf dem Weg durch die Passage zum Hotel Chopin verstummt Sophie wieder. Selbst der Katze aus dem Foyer, die zutraulich um ihre Beine streicht, schenkt sie nur ein knappes Tätscheln und fragt: »Ist es okay, wenn ich eine Weile auf mein Zimmer gehe?«

Alice tritt hinaus in die Passage, setzt sich in das Café, in dem sie damals mit Marie gewesen ist, bestellt Espresso und ein Paris-Brest. Sie braucht etwas Süßes. Während sie die Crema aus der Tasse kratzt, schaut sie zum ersten Mal seit Stunden wieder auf ihr Smartphone. Fred bleibt unerreichbar. Allerdings hat er eine Voicemail hinterlassen, sonst gar nicht sein Stil. Zweimal hintereinander hört sich Alice die leicht gehetzte Stimme ihres Mannes an und überlegt, ob er schon auf der Rückfahrt ist. Diese Tagung findet im Schwarzwald statt, aber an den Ort erinnert sie sich nicht mehr und weiß auch, sie hat nicht zugehört, weil sie damit beschäftigt war, jugendliche Outfits einzupacken. Plötzlich bedauert sie Fred, möchte ihn in die Arme nehmen und von ihm gehalten werden. Er hatte nichts Besonderes zu berichten, nur, dass er sie vermisse und der Schweinsbraten mit handgeschabten Spätzle hervorragend gewesen sei. Sie sollte bei ihm sein, wenigstens am Abend, ihn nicht nach einem anstrengenden Tag in eine leere Wohnung zurückkehren lassen. Langsam bohrt sie ihre Gabel in den Brandteig, aber nach ein paar Bissen merkt sie, dass ihr die Cremefüllung widersteht.

All ihre Pläne hat Sophie mit dem Zirkusbesuch gesprengt: die Tischreservierung im »Le Zimmer«, den Time-Slot für den Louvre, den abendlichen Aufstieg zum Eiffelturm, für den sie den Aufzug mitgebucht hat, um dem jungen Geschöpf nicht verschwitzt hinterherzukeuchen. Ohne das Schlangen-Desaster wäre sie zufrieden mit ihrem Tag. Sie wirft einen Blick auf die Uhr. Früher Abend, der Eiffelturm wäre noch immer eine Option. Und sicher findet sie ein schönes Restaurant für später.

Weder Marie noch Cora haben bisher auf ihre Nachrichten von heute Vormittag geantwortet. Ob sie wieder bei Lena in der Wohnung anrufen soll? Darf sie davon ausgehen, dass diese beiden Frauen auch ohne ihre ständige Überwachung für die Kranke sorgen werden? Leadership bedeutet delegieren. Aber wenn diejenigen, an die man Verantwortung abgegeben hat, ungeeignet sind? Alice denkt an die Online-Fragebögen, auf denen ihre Mitarbeiter sie selbst, die Führungskraft Alice Pogge, beurteilen. Es gibt verschiedene Eigenschaften, bei denen sie fast immer die volle Punktzahl erreicht: Offenheit und Wertschätzung, Motivationsfähigkeit, Verlässlichkeit, Organisationsgeschick. Aber was Lena betrifft, bekäme sie keine Spitzenbewertung. Eher lauter Nullen. Sie hat die falschen Leute ausgesucht und sich selbst vor der Kontrolle gedrückt, indem sie an die Seine gereist ist. Mit einer jungen Frau, die sie kaum kennt.

Cora hat gesagt, alles sei in Ordnung, also wozu weiterbohren? Entscheidungsfähigkeit gehört ebenfalls zu den abgefragten Qualitäten einer Managerin. Alice muss wählen – das Hier und Jetzt, Paris, ein Fest fürs Leben, Sophie, und eine Nacht, aus der sie machen kann, was sie will.

Nur einen Augenblick zögert sie, dann wischt sie WhatsApp fort. Les plus grands restaurants à côté de la Tour Eiffel. Sophie soll einen unvergesslichen Abend haben. »Les Ombres« oder »Les Cocottes« – Trip Advisor gibt diesen Lokalen die besten Noten. Sie überfliegt die Speisekarten, gehobene französische Küche, fleischlastig, könnte schwierig werden. Sie scheint sich vegetarisch zu ernähren, möglicherweise sogar vegan. Alice sucht weiter, checkt den Métrofahrplan, die Öffnungszeiten des Eiffelturms und fühlt einen leichten Druck im Magen, eher Ameisen als Schmetterlinge.

Im Hotel duscht sie, sprüht sich ihr übliches CK One auf den Hals, vertauscht das Reiseoutfit gegen ein helles, enges Wollkleid, von dem sie nicht sicher ist, ob es ihr steht, benutzt den Lippenstift von Marie und klopft an Sophies Zimmertür. Von drinnen kommt ein unverständlicher Laut, sie klopft stärker, dreht am Türknauf und tritt ein.

Auf dem Bett liegt Talitha. Ihre nackten Beine leuchten in der Dämmerung des Zimmers, kein Licht brennt, aber die Pariser Nacht lässt jede Einzelheit erkennen. Sie hat diese dicken schmutzigen Stiefel an, trägt ihr Geschmeide um den Hals, dazu nur ein dünnes Trägertop und einen Slip. Trotzdem weiß Alice sofort, dass sie es ist, allein durch die Art, wie sie das Kopfkissen zusammengeballt und sich in den Nacken gestopft hat. Wie die glänzenden Dreads über ihre bloßen Schultern fallen! Zwischen den dichten Brauen pulst das Bindi, ihr Lachen zeigt die Zähne. Sie prostet Alice mit einer Minischnapsflasche zu, stößt ein raues Kichern hervor und sieht aus wie eine übermütige, noch unzerstörte Janis Joplin. »Na, Alice? Auch schon da?« »Wo ist Sophie?« Mehr bringt Alice nicht heraus. Sie schluckt. »Was soll das? Was machst du hier? Stalkst du uns?«

Talitha steht auf. Sie wirft das Haar zurück und tritt nah an Alice heran. Ihr warmer Atem riecht intensiv nach Anisschnaps. »Auch 'n Schluck?«, fragt sie leise. Alice weicht zurück, stößt gegen die Tür. »Wo ist Sophie?«, wiederholt sie und starrt dabei über die glatte Schulter auf die Vertiefung, die dieser Körper auf dem Bett hinterlassen hat, auf die Lehmkrümel am Fußende. »Baby-Soph braucht mal ne Pause, Alice. So eine große Stadt, eine Metropole,« sie betont das Fremdwort, indem sie die Silben dehnt, »die überfordert ein Landei wie Soph. Aber ich bin ja da, du kannst dich mit mir unterhalten.« Langsam zieht sich das Mädchen von ihr zurück, setzt sich auf die Bettkante und streckt sich. Als sie die Arme im Nacken verschränkt, sieht Alice ihre Achselhaare. Jetzt kreuzt Talitha die Knöchel. Mit vorgerecktem Kinn grinst sie Alice an, die an der Tür verharrt. »Gekotzt hat sie, dieser Lappen.« Ihr Gesicht verzieht sich spöttisch. »Aber du hast ihr Ohrringe geschenkt, hab ich gehört? Echt Silber, kein Plastikschrott. Süß von dir. Und ihr seid im Zirkus gewesen. Das war keine gute Idee.« Alice merkt, wie sie errötet. »Ich konnte doch nicht wissen, dass sie eine Phobie hat«, sagt sie. Langsam geht sie auf das Bett zu, hebt dabei ein Kleidungsstück vom Fußboden auf und hält es Talitha hin. »Zieh dir bitte etwas an. Und dann sagst du mir endlich, wo Sophie ist. Warum bist du hier?« Weil die andere keine

Anstalten macht, sich zu rühren, legt Alice ihr das Sweatshirt um die Schultern, dabei achtet sie darauf, die warme Haut nicht zu streifen. »Was bist du nur für eine Schisserin«, sagt Talitha, packt Alice an den Handgelenken und zieht sie mit überraschender Kraft zu sich herunter. Ihre Ketten klirren, Zimtduft strömt aus dem Haar, der Schnapsdunst wird stärker mit jedem Ausatmen. Jetzt sind ihre Augen ganz nah. Helle graue Augen, mit einem dunklen Ring um die Iris, darüber der dunkelrote Punkt, er sitzt leicht schief über der Nasenwurzel. Schebs, denkt Alice. Talitha presst die Nase an ihren Hals. »Riecht lecker, was du dir draufgemacht hast. Für Sophie?« Alice windet sich aus dem Griff, stößt sie weg. »Ich muss auf die Toilette!« Sie weiß nicht, wie sie es geschafft hat, ins Bad zu kommen, ihre Hände zittern, als sie die Tür verriegelt. Eine Weile bleibt sie in dem fensterlosen Raum stehen, bevor sie nach dem Lichtschalter tastet.

Dann dreht sie den Wasserhahn auf, setzt sich auf den geschlossenen Toilettendeckel. Der Waschtisch zeigt ein Schlachtfeld von Schminktuben, Selbstbräuner, Nagellack und Einmaltattoos, Kajal- und Lippenstiften, verstreutem Puder, einen Stoffbeutel, aus dem Ketten und Armbänder quellen. Sophies Jeans und ihr Flauschpullover hängen über der Badewanne, davor stehen die ausgetretenen Sneakers, kleine graue Socken liegen auf den Fliesen. Als Alice langsam aufsteht, spürt sie den Schmerz als breites Band um die Nieren und atmet eine Weile flach, bevor sie sich vorbeugt, um den Hahn wieder zuzudrehen. Ganz am Rand des Waschbeckens steht eine kleine Plastikdose in Form eines Panda-Gesichts. Der schwarzweiße Bär zwinkert und lacht ihr zu, fast auffordernd. Ohne zu zögern, greift Alice danach. An der Innenseite des Deckels befindet sich ein Spiegel. Das

Kästchen enthält eine winzige Pinzette, ein Fläschchen mit hellblauer Flüssigkeit, dazu zwei münzgroße, flache Behälter mit Schraubdeckeln. Mit spitzen Fingern dreht sie einen auf. Fast orange leuchtet ihr Talithas bernsteinfarbene Iris entgegen, bedeckt von Desinfektionslösung. Lange blickt sie in das schwimmende Auge und lauscht auf das Rauschen. Es kommt aus der Ferne, von einem über Felsen in die Tiefe stürzenden Wasserfall, irgendwo weit weg von hier. Vorsichtig schließt sie die Dose, betrachtet den Bären, sein freundliches, harmloses Lächeln und streichelt ein paar Mal mit dem Daumen darüber. Draußen hat das Mädchen angefangen zu singen. Ihre Kinderstimme dringt durch die Holztür, übertönt alles: »Meerstern, ich dich grüße, oh Maria hilf!« Alice fühlt, dass sie gleich losheulen wird, und kneift sich selbst in die zarte Haut des Unterarms. Kurz überlegt sie, ihren Mann anzurufen, aber sie weiß, nach dem ersten Wort wird es mit ihrer Beherrschung vorbei sein. »Gottesmutter süße, oh Maria hilf! Maria, hilf uns allen, aus unsrer tiefen Not.« Das Lied hat viele Strophen, sie summt leise mit, auch als neue hinzukommen, in Sprachen, die sie nicht versteht. Ihr wird schwindlig, sie setzt sich wieder. Im Grunde weiß sie genau, was zu tun ist.

Entschlossen greift sie nach ihrem Handy. Letterellas Posts durchpflügt sie mit ausgestrecktem Finger, sucht nach einem Bild von letzter Woche. Da ist es. Darunter steht: »Rue des Récollets, unser Spielplatz am Ende des Tages. Hier dürfen sie frei laufen!« Auf einer großen Wiese, eingerahmt von einem Kreuzgang, rennen einige Hunde herum. Im rosa Abendlicht steht Sébastien. Er hält einen Ball hoch, vor ihm schnellt ein Winzling mit Schlappohren in die Höhe. Hund und Mann sehen aus, als ob sie lachen.

Bevor Alice den Riegel zurückschiebt, holt sie tief Luft, versucht, sich gerade zu halten und zu lächeln. Es schmerzt, als sie die Mundwinkel hochzieht und ins Zimmer zurückgeht. Talitha sitzt noch immer auf der Bettkante, sie spielt mit dem Kreuz an ihrer Halskette und beachtet sie nicht.

»Es ist noch früh, und ich wollte den Abend eigentlich nicht im Hotel verbringen«, sagt Alice mit erzwungener Lässigkeit. »Wir sollten auf alle Fälle etwas unternehmen. Sophie kann ja nachkommen.« Talitha betrachtet sie abschätzig. »Du willst echt nochmal raus? Wohin denn?« »Es gibt eine nette Bar an der Gare de l'Est, in einem ehemaligen Kloster.« Die junge Frau gähnt, ohne sich die Hand vor den Mund zu halten. »Von mir aus. Gib mir zwei Minuten.«

Heute früh ist Alice das mächtige Gebäude an der Ostseite des Bahnhofs nicht aufgefallen. Les Récollets erinnert eher an ein Krankenhaus oder eine Kaserne als an das Franziskanerkloster, das es einmal gewesen ist. Als sie aus dem Taxi steigen, leuchten weiße Mauern und erhellte Fenster schon von weitem. Ein Eisenzaun grenzt die Rasenfläche vor dem Kreuzgang von der Rue du Faubourg St. Martin ab, doch an seinem hinteren Ende steht ein Tor offen. Talitha, in Cargohosen und mit all ihren Ketten, dicht gehängt wie der Schmuckkragen einer ägyptischen Mumie, geht selbstverständlich voraus. Hinter ihr schiebt sich Alice in das Lokal. Am Eingang steht rauchend und redend eine Menge junger Leute. Sie stellt fest, dass sie die Älteste in dem überfüllten Raum ist. In ihrem langen dunklen Wollmantel drängt sie sich unter »Pardon« und »Je m'excuse« an die Bar. Für Talitha bestellt sie eine Cola, für sich den Drink, den alle in der Hand halten, ein pinkfarbenes Zeug namens Hibiscus

Paloma, aus dem ein Trinkhalm aus roter Kaubonbonmasse ragt. Wider Erwarten protestiert das Mädchen angesichts der Coke mit keinem Wort. »Hätte ich dir gar nicht zugetraut, dass du hier Locations kennst.« Sie nickt anerkennend. »Ich mache mir extreme Sorgen um Sophie.« Augenrollen, Schulterzucken. »Du musst dich nicht stressen, ihretwegen. Sie verkrümelt sich, wenn ihr alles zu viel wird. Das hat nichts mit dir zu tun. Sie mag dich.« Mit einem Biss reißt Talitha das Fruchtfleisch aus der Zitronenscheibe, wirft die Schale unter den Tisch. »Du hast dir diesen Ausflug wahrscheinlich anders vorgestellt.« Alice antwortet mit einer Frage: »Du kennst diese Ecke hier wirklich nicht? Die Bar und das Kloster?« »Ehrlich gesagt, Paris juckt mich nicht besonders. Ich lebe im Augenblick. Soph frisst sich da rein, in das Leben anderer: Brentano, ihre Mom, Maja und dieser Sébastien, alles, was sie nicht ändern kann. Mich beschäftigen wichtigere Dinge, das hab ich dir doch erzählt.« Alice nimmt einen großen Schluck, der Drink ist ziemlich stark. Sie beißt die Spitze des süßen Halms ab. »Komm, wir gehen mal vor die Tür.« Die andere folgt ihr, ohne zu zögern. »Echt jetzt? Hast du was zum Rauchen dabei? Ein Glück, das Baby-Soph nicht hier ist, die wäre nur am Rumstressen.« Ein junger Mann mit Wollmütze hält ihnen die Tür auf, er spricht Talitha auf Französisch an, sie schüttelt den Kopf und wirft ihm über die Schulter eine Antwort auf Englisch hin, die Alice nicht versteht, er lacht, zwinkert ihnen zu.

Alice geht voraus, hinter sich hört sie die Stiefeltritte. In der Mitte des Kreuzgangs bleibt sie neben einer Säule stehen und schaut über die Wiese. Bei spärlicher Außenbeleuchtung tobt ein Hunderudel im Gras. Ein paar der Tiere tragen blinkende Halsbänder. Alice erkennt eine französische Bulldogge und einen goldbraunen Schäferhund mit feinem schwarzem Kopf. Locker ein halbes Dutzend Hunde haben sich hier versammelt. Mittendrin steht Sébastien und schwenkt ein Frisbee. Seinen hellen Afro hat er mit einem Tuch zurückgebunden, aber Alice erkennt ihn sofort. »Mukha! Toshyk! Allez!«, ruft er, zwei wollige Wesen stürzen auf ihn zu und kläffen. In Paris gibt es nur wenige Parks, in denen Hunde überhaupt gestattet sind, und wenn ja, herrscht Leinenzwang. Das weiß Alice von Letterellas Account. Maja und Sébastien haben die Concierge der Récollets überredet, ihren ukrainischen Pflegehunden hier Auslauf zu gewähren. Ihre letzten Posts stammen alle von hier. Das Blitzlicht einer Handykamera trifft einen Dackelmischling, der sich auf dem Rücken wälzt, Alice hört sein freudiges Grunzen.

Erst jetzt schreit Talitha. Ihr Mund steht weit offen, aber kein Laut dringt hervor. Maja kommt ihr entgegen. Der größte Hund, den Alice je gesehen hat, läuft an ihrer Seite, eine Art Bulldogge mit Quadratschädel, Hängebacken und sorgenvollem Blick. Das Mädchen hält sich an seinem Geschirr fest, als stütze sie sich auf ihn. Vor Talitha bleiben sie stehen, das riesige Tier setzt sich sofort. »Sophie, aber Sophie, was ist mit dir?« Behutsam und entschlossen zugleich, wie eine Mutter, die ihrem Kind die Mütze vom Kopf nimmt, schiebt Maja beide Hände in den Schopf der Freundin, zieht die Haarmassen einfach herunter und lässt sie zu Boden fallen. Im Gras sieht die Perücke aus wie ein weiterer Hund, der sich zum Schlafen zusammengerollt hat. Maja legt ihre Arme um Sophie. Immer wieder küsst sie ihr Gesicht, und Alice sieht, dass sie weint. »Was ist mit dir passiert, Sophie?« Die Hunde umringen die beiden, springen an ihnen hoch, erst winselnd und wild, dann verstummen sie und umlagern das Paar als pelziger Wall. Der ungeheure schwarzweiß gefleckte Bully legt seinen Kopf auf die Schuhe der erstarrten Sophie. Als Sébastien angerannt kommt, setzt Alice sich in Bewegung. Für einen Augenblick hat sie den Eindruck, das Gras unter ihren Füßen schlüge Wellen, könnte nachgeben und sie versinken lassen. Ich gehe nicht unter, ich laufe über das Wasser wie Jesus, denkt sie und kann nichts dagegen tun, dass ein breites Lächeln auf ihrem Gesicht erscheint. »Excuse me, you must be Sébastien. My name is Alice. Alice Pogge. Pogge means frog in Berlin Dialect«, sagt sie, als sie dem verdutzten jungen Mann die Hand entgegenstreckt.

# 17

Es ist kurz vor Mitternacht. Alice wartet in Mannheim auf ihren Anschluss nach Stuttgart. Sie gähnt. Schon im TGV hat sie Bier bestellt, mehr als eins, obwohl ihr Bier normalerweise nicht schmeckt, und viel zu schnell getrunken. Ihre volle Blase, leichten Schwindel, den unsicheren Gang, das alles spürt sie, aber nicht die ersehnte Ablenkung von den letzten Stunden in Paris. Im Neonlicht tigert sie den Bahnsteig entlang, schaut immer wieder auf die Uhr, tritt von einem Fuß auf den anderen.

Nach ihrer Rückkehr ins Hotel hatte sie hastig gepackt, auf gut Glück ein Taxi zur Gare de L'Est genommen und einen Zug Richtung Stuttgart erreicht. Auf ihrem Kleid sind Flecken. Vor kurzem kam eine Nachricht von Maja mit einem Bild der schlafenden Sophie in einem breiten Bett, inmitten von Hunden. Diesmal waren es nur zwei: zu ihren

Füßen lag der Schäferhund. An ihrer Seite hatte sich der schwarzweiße Riese ausgestreckt und schirmte sie mit seiner ganzen Länge von der Wand ab wie ein übergroßes Kissen. Unter dem Foto stand: »Wir haben eine Ärztin angerufen, die Sébas Eltern kennen. Die hat ihr eine Spritze gegeben und kommt morgen wieder. Ihre Mom auch. Danke für alles!«

Sophies Sachen hatte sie im Hotel deponiert. Sébastien würde Rucksack und Koffer morgen holen.

Mehr als alles andere wünscht sich Alice, mit ihrem Mann zu sprechen, aber er geht nicht ans Telefon, obwohl sie es dauernd versucht und ihm mehrere Nachrichten geschickt hat. Wahrscheinlich schläft er längst, hat das Handy auf Flugmodus geschaltet und wird ihre Notrufe erst sehen, wenn sie schon wieder zu Hause ist. Sie merkt, wie sich das Biergluckern in ihrem Magen allmählich in Übelkeit verwandelt. Seit dem Gebäck am Nachmittag hat sie nichts mehr gegessen. Aber bei der Vorstellung von Chips oder Schokoriegeln aus dem Snackautomaten wird ihr ganz anders. In der Handtasche findet sie nur Pfefferminzbonbons. Aus dem Kiosk in der Seitzstraße, vor ihrem zweiten Besuch bei Sophie. Bei Talitha. Vor tausend Jahren. Im Nachhinein erscheint ihr diese Verkleidungskomödie leicht durchschaubar. Diese künstlichen braunen Augen, die unsägliche Perücke. Immerhin hat sie sich nicht als Einzige täuschen lassen. Der ganze Chor ist auf die Maskerade hereingefallen. Maja hatte ein Blick genügt.

Nachdem sie im Untergeschoss des nächtlichen Bahnhofs eine Toilette gefunden hat, nimmt Alice die Warterei auf dem kalten Gleis abgestumpft hin. Wie sie ohne Sophie wieder ins Hotel zurückgekehrt ist, weiß sie kaum noch, nur dass sie sich abgehetzt hat, um möglichst schnell wieder zurück nach Hause zu kommen, zu Fred, nach dem sie sich sehnt wie schon lange nicht mehr.

Sophies Hotelzimmer sah aus, als hätte sie ihren halben Besitz darin verteilt; Alice fand das Foto von ihr und Maja im Schneckenhausrahmen, eine Batterie Schnapsfläschchen, aber auch schwere Bände mit Siglen der Württembergischen Landesbibliothek. Sophie selbst schien nur die Kleidungsstücke nach Paris mitgenommen zu haben, die sie anhatte, dazu ein Häufchen Wechselwäsche am Boden des Koffers. Talitha hingegen war üppig ausgestattet: Alice suchte mehrere indische Baumwollkleider, Fransentücher und eine mit kleinen Spiegeln bestickte Weste zusammen. Alles roch nach Zimt. Im Bad fegte sie Schminkutensilien und Schmuck in eine Plastiktüte, umwickelte die Zahnbürste mit Kleenex.

Beim Einpacken von Sophies Habseligkeiten war Alices Benommenheit auf einmal in heftiges Weinen umgeschlagen. Die Arme voller Kleidungsstücke, stand sie neben dem Bett und schniefte. Der aufgeklappte Koffer lag auf dem Tisch und sein Deckel verbarg den Spiegel, wofür sie dankbar war. Vor dem Schrank trat sie auf eine Werbepostkarte aus dem Hotelfoyer, auf deren Vorderseite der altmodische Eingang des Chopin und ein Teil der Passage abgebildet waren. Adressiert war sie an eine Frau Tanja Müller in Steinheim an der Murr.

»Liebste Mama, stell dir vor, ich bin in Paris, einfach toll hier. Hab keine Angst, das kostet mich alles nichts, weil ich mit einer Freundin aus dem Chor dort bin. Wir fahren morgen wieder zurück. Hab für die Uni hier was zu tun. Alles Liebe, deine Sophie«

Die zahlreichen Blätter auf Bett und Fußboden konnte

sie nicht einsammeln, ohne sie wenigstens kurz zu überfliegen: eine Literaturliste für das Seminar »Die Brentanos – ein romantischer Clan?«, bei der fast alle Titel mit Bleistifthäkchen versehen waren, dazu Ausdrucke von Wikipedia-Artikeln über einzelne Familienmitglieder: Clemens, Bettine, Lulu, Gunda, und eine vielfarbig unterstrichene Kopie des »Rheinmärchen«. Am Rand wimmelten Fragezeichen und Anmerkungen, von denen Alice ein in Rotstift geschriebenes Zitat ins Auge stach: »Die Maus ist das einzige Ungeziefer auf Gottes Erden, das ohn Unterschied dem Menschen folgt in all seinen Geschäften und dabei, anders als Ratzen oder Läuse, ohne Ekel, sogar mit Lust und Vergnügen kann angeschauet werden. (Bettine von Arnim)«

Auf dem Nachttisch stand das Notebook. Alice schloss es und griff nach dem Spiralblock, der danebenlag, kaffeefleckig und voller Notizen in Sophies kleiner Handschrift, die nur aus Druckbuchstaben besteht. Das kennt Alice von den Jüngeren in ihrem Team, doch Sophies Gekrakel zu entziffern, fiel ihr schwer, und ihr Herz klopfte dabei.

Zwischen Uni-Mitschrieben schien Sophie hier ihre Mails und sogar WhatsApp-Nachrichten vorformuliert zu haben, viel zu altmodisch für eine so junge Frau. Fragen an ihre Dozentin zur Seminararbeit stehen neben Stichworten zu Telefonaten mit der Mutter: »Alles cool, Arbeit kommt voran, mir geht es gut.« Alice zuckte zusammen, als sie das Datum von Samstag erkannte und unter ihrem eigenen Namen die Worte: »Kannst du Französisch? Paris, Hotel, Zug, keine Ahnung.«

Heute hatte sie außer dem Text für die Postkarte an ihre Mutter zwei weitere Nachrichten entworfen.

»Maja, morgen komme ich zu dir, alles gut, stressfrei,

mach dir keine sorgen, hab doch versprochen euch zu besuchen, bin mit einer freundin, bisschen älter, aber echt der wahnsinn, wirst sie mögen.« Alice lächelte. Dafür hatte sich das alles doch gelohnt. Dann ging der Satz weiter: »sie heißt Talitha, kenne sie von der uni. Morgen ruf ich an, passt dir das? xoxoxo Soph«

Die letzten Sätze sollten eindeutig eine Mail werden, denn die Adresse hatte Sophie danebengeschrieben: Matze privat@hotmail.vn. Dass vn für Vietnam stand, musste Alice erst googeln.

»Hallo Matthias, ich kündige hiermit meine Stelle als Tiersitterin in Ihrer Wohnung, Genazinostaffel, HUKK-Bau. Ab sofort. Ich zieh weg aus Stuttgart. Sie brauchen mir kein Geld überweisen für die letzten 2 Wochen. Schlüssel sind im Briefkasten. MfG, Sophie Müller.«

Sämtliche Entwürfe hatte sie mit großen Kreuzen durchgestrichen. Alice war sicher, dass Sophie alles abgeschickt hatte. Eilig hatte sie Bücher, Papiere und Computer in den Koffer gelegt, darüber Sophies Sneaker und die restlichen Klamotten. Als der Deckel zuklickte, blieb sie eine Weile auf dem Bett sitzen.

Der Abschied vor den Récollets war kurz gewesen. Alice wollte keine dramatische Verlängerung und hatte es rundheraus abgelehnt, mit den dreien in die Wohnung in der Rue de St. Maur zu gehen. »Maja, deinetwegen ist Sophie hier. Du kennst sie viel besser als ich, du bist wichtig, nicht ich«, hatte sie gesagt und geglaubt, eine Art Erleichterung bei den beiden jungen Leuten zu spüren. Selbstverständlich hatte sie darauf bestanden, dass Sophie am nächsten Tag einer Ärztin vorgestellt wurde, ebenjener, die mit Sébastiens Eltern befreundet war. Maja schien der Ernst von Sophies Lage klar zu sein und sie versprach Alice mehrmals, sie würde alles tun, »damit Soph wieder in Ordnung kommt«. Sébastien hatte vorher länger mit Alice gesprochen: »We take her home with us. She will be safe.« Er hatte sich nach unten gebeugt und einen Hund auf den Arm genommen. »I'm sort of glad that she finally came to Paris.« Er zauste das lange graubraune Fell, setzte das Tier wieder ins Gras und hakte die Leine in sein Geschirr ein. »Maja never stopped worrying about Sophie.« Anscheinend hatte Sophie ständig Bilder von Talitha als »neuer BFF« gepostet und war ihr in den sozialen Medien gefolgt, wo sie Marienlieder sang und Selfies mit Unmengen von Zigarettenkippen oder geretteten Kleinstlebewesen postete. »Ich hab eine Weile gebraucht, bis ich darauf gekommen bin«, gab Maja zu. »Natürlich hab ich sie immer wieder angerufen, aber sie wimmelte mich jedes Mal ab.«

Schließlich wandte sich der junge Mann als Erster zum Gehen, in jeder Hand drei Leinen. Die Hunde liefen ruhig, fast feierlich neben ihm, selbst die kleineren strahlten einen gravitätischen Ernst aus. »Auf Wiedersehen, Sophie«, hatte Alice gestammelt, als die junge Frau an ihrem Hals hing. Sie selbst brachte nicht mehr heraus als diese Abschiedsformel und war in Richtung Taxistand an der Gare de l'Est davongestürmt, um die kleine Karawane aus Tieren und Menschen nicht mehr sehen zu müssen.

Als der Zug in Stuttgart ankommt, döst Alice unruhig. Mühsam rappelt sie sich auf. Der lange Umweg durch das Baustellenlabyrinth um den Bahnhof macht sie etwas wacher. Auf der Birkenwaldstraße sieht sie schon von weitem, dass in ihrer Wohnung kein Licht brennt. Enttäuscht bezahlt sie den Taxifahrer und steigt aus. Hinter Mannheim hat Alice geträumt, wie Talitha ihre Schultern packte und sie zu sich aufs Bett hinunterzog, wie Sophie sich die Haare vom Kopf riss und mitsamt dem hellen Schopf auch die Kopfhaut ablöste, so leicht, als schäle sie ein Ei, und wie ein Ei glänzte die glatte Fläche, die darunter zum Vorschein kam. Alice erwachte schwitzend und klatschte sich auf der nach Urin riechenden Toilette des Intercitys Wasser ins Gesicht, bevor sie erneut wegsackte und das Ganze von vorne begann.

Im Flur bemerkt sie sofort, dass Freds Mantel und sein gemusterter Schal an der Garderobe fehlen. Durch das leere Halbdunkel ihres Zuhauses tappend, atmet Alice den vertrauten Geruch. Auch wenn sie genau weiß, dass ihr Mann nicht da ist, hofft sie doch, ihn auf der Couch oder im Schlafzimmer vorzufinden. Sein Daimler stand nicht auf dem Parkplatz, und sie versucht, nicht verstimmt darüber zu sein, als Antwort auf ihre ausführlichen Nachrichten über den Grund ihrer Rückkehr nur eine knappe WhatsApp-Botschaft erhalten zu haben: »Hat hier länger gedauert. Fahre jetzt erst los.« Das ist stundenlang her. Ihr Magen knurrt plötzlich wieder. Wenn er einen Unfall gehabt hat? Auf dem Wohnzimmertisch liegt sein Tablet, komisch, dass er es nicht mitgenommen hat. Die Wohnung bleibt still, nur auf der Birkenwaldstraße fährt ab und zu ein Auto vorbei. In der dunklen Küche stellt sie sich ans Fenster und blickt über Baumwipfel hinweg auf die Straße. Bei jedem Scheinwerferpaar, das sich den Berg hochbewegt, hofft sie auf Fred.

Schließlich bringt sie die Reisetasche ins Schlafzimmer, wirft sie vor das Bett, zieht den Reißverschluss auf, nimmt Kosmetikbeutel und zerknüllte Kleidungsstücke heraus. Die Halskette von Marie rutscht aus dem Necessaire. Herz, Anker, Frosch. Sei kein Frosch, Sophie. Wie sie gekichert haben. Das war erst gestern Abend, denkt Alice und schiebt den

Schmuck unter ihre Schmutzwäsche. Im Bad zieht sie einen frischen Schlafanzug an, einen aus Flanell, um das Streicheln der weichen Innenseite auf der Haut zu spüren, schlüpft in ihren Morgenrock und geht wieder in die Küche.

Arbeitsplatte und Tisch glänzen makellos sauber, allein der Espressokocher steht in einem eingebrannten Ring übergelaufenen Kaffees auf dem Herd, daneben die kleine dickwandige Tasse. Fred hat nicht gefrühstückt, bevor er in den Schwarzwald gefahren ist, nur schnell einen Kaffee hinuntergeschüttet. Er muss es eilig gehabt haben. Auf einmal spürt sie einen Anflug von Appetit und öffnet den Kühlschrank. Alle Wochenendleckereien sind noch da, der Fleischsalat vom Metzger, das Glas saure Gurken, der Schokoladenpudding mit Bananen und Sahne, den Fred am Samstag zubereitet hatte. Sie nimmt die Glasschüssel und fängt an zu löffeln, während sie seine Nummer wählt. Es dauert eine Weile, bis die Verbindung hergestellt ist, dann meldet sich Fred: »Ja?« Bereits an seinem Tonfall merkt sie, dass er gereizt ist. »Fred, ich versteh das nicht, ist was passiert? Warum bist du nicht längst hier?« Sie hört ihn stöhnen, fragt aber weiter, ohne ihn zu Wort kommen zu lassen. »Was war los?« »Bist du fertig?« Er klingt grimmig. »Schön, dass ich endlich auch etwas sagen darf.« Alice hat plötzlich das Gefühl, mitsamt Küchenstuhl und Puddingschale in die Tiefe zu stürzen, hält den verschmierten Löffel in der Hand, während sie das Telefon ans Ohr presst, aus dem Fred weiterschimpft, und saust in einen langen dunklen Schacht hinunter, endlos und kalt. »Du machst dir keine Vorstellung von den Anforderungen hier! Es war nicht hilfreich, ständig deine Panikanrufe auf dem Handy zu sehen. Ich konnte doch nicht unterbrechen, wenn ich alle Panels zu moderieren hatte. Das schüttle ich nicht einfach aus dem Ärmel!« Alice unterbricht ihn atemlos. »Du hast doch gesagt, es sei eine Fortbildung, ich wusste nicht, dass du selbst etwas beitragen …« Fred wird lauter, als er ihr ins Wort fällt »Du meinst, du hast mir nicht zugehört. Wie dauernd in letzter Zeit. Ich habe den Eindruck, für dich geht es nur noch um dieses Mädchen, Sophie oder wie sie heißt! Gestern hab ich dir noch gesagt, dass es keine gute Idee ist, mit so einem gestörten jungen Huhn loszuziehen.« Sie schließt die Augen, einen Augenblick lang denkt sie, der Pudding kommt wieder hoch. Streit mit Fred kennt sie nicht, höchstens kleine Reibereien um herumliegende Socken, sein Übergewicht oder ihre Bemutterungsversuche. »Ich habe deine Hilfe gebraucht«, sagt sie leise, dabei merkt sie, wie ihr die Tränen kommen. »Du musst jetzt nicht rumheulen wie ein altes Waschweib«, erwidert Fred barsch.

Alice hört, dass er im Auto sitzt, die Freisprechanlage hat einen blechernen Klang, der sich mit dem Dröhnen beim Beschleunigen vermischt. Fred ist nie gemein. Er kann sarkastisch werden, außerdem hat er bei Diskussionen die Tendenz, den Steuerberater herauszuhängen, sogenannte harte Fakten, die Alice längst vergessen hat, aufzuzählen, um seine Position zu stärken. Aber er hat sie noch nie beschimpft oder beleidigt. Sie hat genug. »Fred, ich leg jetzt auf«, sagt sie und schämt sich dafür, dass er ihr Schluchzen bestimmt bemerkt hat.

Im Schlafzimmer liegt das Bettzeug in der gleichen Unordnung herum, wie sie es am Morgen verlassen haben – ihr Kissen auf dem Boden, weil sie eigentlich am liebsten platt auf dem Bauch einschläft, seine Decke am Fußende verknäult. Rasch zieht Alice den Morgenmantel aus, wühlt sich tief ins Bettzeug auf der Seite ihres Mannes ein, gräbt im

Kissengebirge nach seinem Schlafanzug, fragt sich, warum sie ihn nicht findet, hängt sogar den Kopf über die Bettkante, um darunter nachzusehen. Gerade jetzt braucht sie etwas, das nach Fred riecht. Kurz überlegt sie, zum Wäschekorb zu gehen. Aber als sie aufstehen will und dazu einen Fuß unter der Decke hervorschiebt, dämmert sie weg.

Aus einem neuen Traum von Sophie mit dem Eierschädel und mit zwei verschiedenfarbigen Augen, braunorange und hellgrau, weckt sie Fred. Er berührt ihren Arm und flüstert: »Lilli, ich bin zurück. Entschuldige bitte, was ich vorhin gesagt habe.« Sie schreckt hoch, weiß erst einmal nicht, wo sie ist. Das Licht seines Handys leuchtet blau vom Nachttisch, er hat eine Fahne, sie hört, wie er sich auszieht. »Es tut mir leid, Lilli«, sagt er wieder, als er neben ihr unter die Decke schlüpft. Sie drückt sich an ihn, fühlt seine Wärme. »Verzeih mir bitte, ich bin ein Riesenarschloch.« Er hat sich nicht rasiert, doch bevor sie ihn danach fragen kann, ist sie bereits wieder eingeschlafen.

## 18

Fred weckt sie am nächsten Morgen, indem er vorsichtig ihre Wange streichelt. Kurz schmiegt sie ihr Gesicht in seine Hand, die nach der Frühstückszigarette und seinem Rasierwasser riecht. In Anzug und Mantel sitzt er auf der Bettkante. »Tee steht in der Küche, hab ihn in die Thermoskanne getan. Ich muss los. Bitte, versuch dich heute Vormittag zu erholen. Du siehst echt kaputt aus, Lilli.« Als er sie zum Abschied auf die Stirn küsst, murmelt er eine weitere Entschuldigung, dazu das Versprechen, bald anzurufen, dann fällt die Wohnungstür zu. Mit dem Tee spült Alice eine Aspirin herunter, sie hat Kopfschmerzen. Trotzdem geht sie sofort unter die Dusche. Auf zur Genazinostaffel, Sophies Auftrag erledigen; am Nachmittag will sie wieder im Büro sein. Als sie sich vorbeugt, um das Shampoo aus ihrem Haar zu waschen, wird ihr schwummrig und sie bleibt lange an die nassen Fliesen gelehnt stehen, bis die Übelkeit und der Schwindel ein wenig abgeflaut sind. Einen ausgewachsenen Kater hat sie sich da eingehandelt.

Mühsam schließt sie die winzigen Perlmuttknöpfe an ihrer Bluse, schaut auf die Reisetasche am Boden, aus der ein Ärmel der berufsjugendlichen Lederjacke hängt. Die tapfere Zinnsoldatin legt jetzt wieder ihre Uniform an, standhaft und mit dem Gewehr im Arm, denkt sie. Immer noch schwach in den Knien schlüpft sie in ihren Mantel und greift nach der Aktentasche. Vor dem Haus legt sie den Kopf in den Nacken und blickt in den kühlen graublauen Himmel; hoch über ihr segelt ein Taubenschwarm. Bisher hat sie mit Absicht nicht auf ihr Handy geschaut; sie fürchtet sich vor neuen Nachrichten über Sophie, dass es ihr schlechter geht. Mit ausgestrecktem Arm läuft sie auf den Audi zu, hört den Signalton der aufspringenden Zentralverriegelung und kommt sich selbst wie ferngesteuert vor. Auf der Fahrt in den Süden der Stadt gibt sie sich Mühe, den Radionachrichten zuzuhören: der Goldpreis steigt, der ukrainische Präsident erbittet weitere Militärhilfen, Gefechte im Sudan, drohende europäische Wasserkrise. Doch was sie sonst mit einem gewissen Interesse und Mitgefühl verfolgt, lässt sie heute kalt.

Vor Sophies Wohnungstür zieht Alice den Schlüssel aus der Manteltasche, den das Mädchen ihr beim Abschied in die Hand gedrückt hat. Statt eines Anhängers baumelt daran ein schmuddeliger weißer Schnürsenkel. »Du lässt sie alle frei, das machst du für mich, gell? Die Vögel und die Mäusle?« Ihr Dialekt klang stark durch, sie klammerte sich an Maja, den Kopf an der Schulter der Freundin. Alice hätte dem Mädchen in diesem Moment alles versprochen. Obwohl sie sich seit dem Aufwachen zerschlagen fühlt und Freds komisches Verhalten von gestern sie immer noch beschäftigt, treibt Sophies Wunsch sie an. Als sie die Tür öffnet, fällt ihr Blick auf die Fußmatte. Ein Zettel liegt auf der abgewetzten Kokosfaser. Alice bückt sich und faltet ihn auf: »Du dumme Schlampe, tu endlich was gegen den Mief aus deiner Wohnung, sonst komm ich rüber und schrubb dich mal richtig durch!«

Schnell steckt sie den Wisch ein. Wenigstens das konnte sie Sophie ersparen. Schon im Flur hängt der Gestank von vergessenem Müll und Tieren. Sie knipst das Licht an und geht ins Wohnzimmer: die Voliere ist zur Hälfte abgedunkelt, aber die Erlenzeisige hängen schon mit gesträubtem Kopfflaum am Gitter und piepsen Alice entgegen wie ein schlecht gestimmter Chor. Ohne sich lange über die Berge von Fastfood-Packungen, schmutzigem Geschirr und Dreckwäsche zu entsetzen, öffnet sie die Fenster des Apartments und genießt den Strom frischer Morgenluft. Der Käfig hat nur eine Klappe, die sie kurzerhand aufhakt. Es vergeht mehr Zeit als gedacht, bis der erste Vogel den Weg ins Freie bemerkt, darauf zu trippelt, sich zunächst hektisch putzt und plötzlich hinausflattert. Alice scheucht ihn zu einem der beiden Fenster, aber er lässt sich auf Sophies Schreibtisch nieder, hinterlässt dort einen kalkigen Klecks und fliegt erst davon, nachdem er auf seinen Krallenfüßen über den unsicheren

Untergrund aus übereinanderliegenden Papieren gehüpft ist. Dabei stößt er einen lauten Ruf aus. Jetzt verlässt ein Vogel nach dem anderen die Voliere. Alice versucht zu verhindern, dass die Tiere gegen Wände oder Lampen prallen und sich verletzen, indem sie armrudernd in der Zimmermitte steht wie eine durchgedrehte Verkehrspolizistin. Aber vielleicht hat Sophie ihren Vögeln schon früher Freiflüge in der Wohnung gestattet, so routiniert drehen sie ihre Runden, landen auf dem Sofa, das seltsamerweise vor die Tür des anderen Zimmers geschoben wurde, setzen sich auf Teller und Gläser in der Spüle, verlieren Federn und weitere Kleckse und lassen den Nachhall ihrer dünnen Stimmen zurück, als sie endlich davonschwirren. Die gelbgrüne Schar sammelt sich in einem Busch auf dem Grundstück gegenüber, dem Patientengarten des Marienhospitals, und lärmt im Gezweig weiter.

Sie beschließt, zunächst den verschlossenen Raum zu erkunden. Die geringste Sorge machen ihr die Mäuse; sie sind ihr vertrauter, irgendwie wird sie sie schon einfangen und später auf dem Killesberg freilassen.

Der Zimmerschlüssel steckt, aber Alice muss die Couch abrücken, die so vor die Tür gestellt wurde, dass man die Klinke nicht herunterdrücken kann. Jetzt schmerzt ihr Rücken, und zum ersten Mal fragt sie sich, ob vernünftig ist, was sie hier tut. »In dem anderen Zimmer ist noch was«, hatte Sophie ihr ins Ohr geflüstert, »das kann bleiben.« Alice befürchtet weitere Nager, Kaninchen oder Meerschweinchen. Am offenen Fenster raschelt es, sie dreht sich um; auf dem Sims sitzen tatsächlich Zeisige. Wollen sie etwa in ihr Gefängnis zurück? Sie klatscht in die Hände, aber die Vögel fliegen nicht auf, drehen nur die Köpfe mit den glänzenden dunklen Augen in ihre Richtung, mustern sie wissend und rühren sich nicht. Erst als sie sich langsam nähert, startet einer nach dem anderen. Sie landen im Geäst einer Birke auf der anderen Straßenseite. Alice hört die hellen Triller, überlegt, ob sie ein Foto für Sophie machen soll, wie ihr Gefieder leuchtet, aber das Telefon steckt in der Handtasche, und die steht im Flur.

Als Alice die Tür öffnet, schlägt ihr sofort die Hitze entgegen. Fußboden und Wände sind durchgehend terrakottabraun gefliest, wie eine Grabkammer. Der größte Teil des Zimmers samt dem Fenster und einem Heizkörper wird von zwei Schiebetüren aus Glas abgeteilt, die bis an die Decke reichen, gesichert mit einem glänzenden Steckschloss. An der Wand lehnt ein langer Stab mit einem gummiüberzogenen Haken. Alice muss an Captain Hook denken. Daneben stehen eine große Sprühflasche mit der Aufschrift »Wasser«, mehrere Eimer und ein Sack Mulch. Sie beginnt mit der Suche nach den Bewohnern dieses ungeheuren Terrariums, genau wie in der Wilhelma, dem Stuttgarter Zoo, den Fred und sie mit ihren Patenkindern früher oft besucht haben. Holzspäne bedecken den Boden, mächtige Äste ragen daraus empor. Dazwischen exotische Kübelpflanzen. Vorne befindet sich ein flaches Wasserbecken, eine Art Duschwanne, in der Blätter und Rindenstückchen schwimmen. Die üppigen Rankgewächse an der Rückwand sehen künstlich aus. Dazwischen entdeckt Alice mehrere breite Regalbretter, auf die ein Deckenstrahler ausgerichtet ist. Er steckt in einem Drahtkorb. Angestrengt späht sie von unten nach oben, findet aber nur eine Tonröhre in einer Ecke. Sie ähnelt einem Kanalrohr und ist leer.

Lange verharrt Alice vor der gläsernen Wand. An der

Innenseite klebt ein Thermometer. Es zeigt 29 Grad an, dazu den Wert 85 %, wahrscheinlich die Luftfeuchtigkeit, denn Fliesen und Blätter schimmern feucht.

Vor einem der Pflanzenkübel liegt eine massige Kotwurst. Aber wo steckt das Tier dazu? Mittlerweile ist Alice so dicht an die Scheibe getreten, dass ihr Atem das Glas beschlägt. Mit dem Zeigefinger malt sie einen Smiley hinein. Da bemerkt sie ein zweites Versteck, eine umgestülpte Zementwanne an der Rückwand. Aus dem schwarzen Plastik wurde ein halbkreisförmiges Loch herausgeschnitten. Alice kneift die Augen zusammen.

Gebannt starrt sie in die grünliche Dämmerung und beobachtet, wie der Leib des Reptils, sicher so breit wie ihr eigener Oberschenkel, sich bedächtig aus dieser Höhle windet. Sie muss gekreischt haben, vielleicht hebt die Riesenschlange deshalb den dreieckigen Schädel und ihre Zunge schießt hervor, veilchenblau und gespalten. Alice weicht automatisch zurück, stößt in der Enge hart an den Thermostat hinter ihr. Diesmal hört sie ihren eigenen Aufschrei, fasst sich an den Kopf. Lichtstreifen fallen durch den halb heruntergelassenen Rollladen und lassen den Körper der Schlange tiefgolden schimmern. Auf der Oberfläche ihres mächtigen Leibs verteilen sich olivbraune Rechtecke. Cremeweiß leuchtet die Bauchseite, als das Tier sich jetzt fortwährend züngelnd der Scheibe entgegenwindet. Wie das Kaninchen vor der Schlange, denkt sie und bleibt trotzdem fassungslos stehen. Das hört einfach nicht auf, wie lang ist die denn? Immer noch nicht zu Ende, noch mehr und noch mehr. Wie konnte das alles unter diesen Eimer passen? Im gleichen Augenblick sieht sie auch das andere Exemplar, versteht nicht, wie sie dieses Ungetüm nicht sofort bemerken konnte, um einen starken Ast geschlungen, der in den Hintergrund des Terrariums ragt. Die Schlange liegt in mehreren Wülsten rund um das Holz, wie ein riesiges Stockbrot. Bei einer Grillparty, ewig her, hatte der Gastgeber jedem Gast eine feuchte Teigwurst gereicht und vorgemacht, wie man diese um einen Stecken wickelt. In der von den Flammen des Lagerfeuers abstrahlenden Hitze waren die bleichen Klumpen angeschwollen und bräunlich geworden.

Das lidlose Auge der ersten Schlange starrt sie an. Python, es heißt ganz sicher der Python, nicht die. Er hat sich bis an die Scheibe vorgearbeitet und den Kopf gehoben. Seine breite Schnauze mit den beiden runden Nasenlöchern ist genau auf Alice gerichtet. Sie sieht die geschlitzte Pupille aufrecht im Grau der Iris stehen. Die Ränder seines geschlossenen Mauls zeigen leicht nach oben, ganz so, als würde das Reptil schmunzeln. Es scheint genau zu erkennen, wer Alice ist und warum sie vor ihm steht, vor diesem Wesen, das so viel Schrecken verbreitet hatte, ohne es zu wissen oder zu wollen. Endlich gelingt es ihr, wegzusehen.

Auf einem Karton neben der Tür liegt ein aufgeschlagenes Notizbuch, Alice erkennt Sophies Gekrakel, bückt sich danach und schiebt sich hinaus, wirft die Tür zu, schließt ab und schiebt die Couch wieder davor, ohne an ihre Bandscheiben zu denken. Danach bleibt sie in den staubigen Polstern liegen, auf denen sie vor gar nicht allzu langer Zeit mit Sophie gesessen und Sprite mit Schnaps getrunken hat.

Sie spürt Feuchtigkeit unter ihren Achseln. Die Clownin im Cirque d'Hiver, Sophies Entsetzen angesichts der Gummischlange, Talithas Bemerkungen über die Hilfe, die sie ihrer »Mitbewohnerin« bei der Versorgung der Tiere leistet, die Kündigungsmail an diesen Matthias. Wie schlecht muss es ihr gegangen sein, nur eine Wand zwischen sich und diesen beiden Kreaturen. »Julchen und Jerome« steht auf dem Umschlag des Notizbuchs aus dem Terrarienzimmer. Eine akribische Schreibschrift führt Buch über Raumtemperatur, Luftfeuchtigkeit, Gewicht und Länge der beiden Tiere. Jerome, drei Meter, 45 Kilo. Julchen, vier Meter, 52 Kilo. Wie um Himmels willen hat er sie gewogen und gemessen? Sophies Einträge begegnen Alice erst auf den letzten Seiten. Sie hat gewissenhaft die Daten vom Thermometer abgelesen, für tropisches Klima gesorgt, und alle sieben Tage tauchen in der Spalte »Futter« unbeholfen gezeichnete Mäuse und Vögel auf. Sie war hinter der Scheibe, hat Pflanzen gepflegt, Badewasser gewechselt und Ausscheidungen eingesammelt. Alice klappt das Heft zu und wirft es von sich. Sie will nur weg hier. Im Zimmer ist es kalt geworden. Mit hochgezogenen Schultern steht sie auf und schließt die Fenster; draußen ist kein Erlenzeisig mehr zu sehen. Bevor sie anfängt, in der Kochnische nach einer Schachtel für den Transport der Mäuse zu suchen, blickt Alice auf die verrammelte Tür und lauscht. Nichts rührt sich.

Im Küchenschrank reihen sich Tüten mit Tierfutter und verschiedene Medikamente aneinander, daneben steht eine tragbare Plastikbox mit Luftschlitzen im Deckel. Ob da alle hineinpassen? Erst jetzt merkt sie, wie schnell sie atmet. Immer wieder richtet sie sich auf, schaut über den verdreckten Tresen, ob sich die Couch nicht doch bewegt hat.

Aus dem Mäusegehege riecht es noch strenger als bei ihrem letzten Besuch. Zwischen zerschredderten Eierkartons liegen dunkle Kotkrümel. Alice verzieht das Gesicht. Auf keinen Fall will sie die Tiere mit der Hand fangen. Im Kühlschrank findet sie ein Glas Nutella. Irgendwo hat sie gelesen, dass Mäuse dieses Zeug noch mehr lieben als Speck. Mit unsicherer Hand streut sie Sägespäne in die Box, garniert ein paar Brocken Toast mit der Creme und verteilt sie auf dem Boden des Gefängnisses. Mit einem Toaststück hockt sie sich vor den großen Käfig, hält den Leckerbissen durch die Gitterstäbe. Nach einer Weile beginnt ein Knistern und Scharren. Die Mäuse sind zahm, setzen sich hundegleich auf die Hinterbeine, um an der unerwarteten Delikatesse zu knabbern oder machen Männchen und klettern ohne Scheu in ihre Hand, so dass sie die nahezu gewichtslosen Tiere vorsichtig, eines nach dem anderen, in den Behälter setzen kann.

Über der Lehne von Sophies Schreibtischstuhl hängt eine riesige knallblaue Ikeatüte. Alice stellt die Box hinein und stopft eine Fleecedecke ringsherum, damit sie nicht umkippt. »Das war es also«, murmelt sie, blickt sich noch einmal im Zimmer um. Jetzt noch die Heizung runterdrehen, damit Sophie nicht mehr Nebenkosten bezahlen muss als nötig. Als sie die Regler auf Nacht einstellt, betrachtet sie die verschlossene Tür. Am Thermostat da drinnen hat sie sich vorhin gestoßen, unter ihrem Haar tastet sie nach der schmerzhaften Schwellung. Julchen und Jerome werden bestimmt steif wie Tiefkühlkost, wenn keine tropische Wärme mehr herrscht. Alice hat schon die Hände auf der Sofalehne, da hält sie inne. Nicht sie, nur das Mädchen und seine Mutter hätten den ganzen Ärger. Zum ersten Mal seit Tagen muss Alice wieder an ihre Mutter denken. Paula setzte jede Spinne, jede verirrte Fliege behutsam nach draußen. Quäle nie ein Tier zum Scherz, denn es fühlt wie du den Schmerz. Achselzuckend wendet Alice sich ab und beginnt, notdürftig Ordnung im Apartment zu machen. Zwei große Säcke füllt sie mit Abfall und stellt sie ins Treppenhaus, wischt mit einem muffigen Lappen über Theke und Couchtisch. Nicht gerade Bogdans Standard, aber viel besser als vorher.

Im Flur bleibt sie vor der Garderobe stehen. Ordentlich über einem Bügel hängt dort die blaue Daunenjacke, Freds Geschenk, ihr Pfand für Sophie. Langsam setzt sie die Tasche wieder ab, streift das Kleidungsstück herunter und legt es sich über den Arm. Dabei fällt etwas heraus und kollert über das Laminat. Alice fährt zusammen, dann sieht sie, dass es ihre Kastanie vom letzten Herbst ist. Sie hebt die eingetrocknete Frucht auf. Ganz leicht ist sie geworden, nicht mehr das mahagoniglänzende Prachtexemplar, nach dem sie sich im vergangenen Herbst gebückt hat. Nach ihm und seinem Gegenstück für Fred. Mit dem Talisman in der Faust geht sie zurück in Sophies Wohnzimmer, öffnet ein Fenster, hält ihre Hand hinaus und lässt die Kastanie in den Vorgarten fallen.

Auf dem Weg durchs Treppenhaus begegnet ihr niemand. Sie wirft den Wohnungsschlüssel in den Briefkasten mit dem unleserlichen Namen, drückt die Müllsäcke in die Tonne hinter dem Haus. Die Tasche mit den Mäusen hängt dabei die ganze Zeit über ihrer Schulter. Bei jedem Vogellaut hält sie Ausschau nach den Zeisigen, doch nur zwei Amseln verfolgen sich gegenseitig zeternd bis ins Gebüsch. An der Laterne im Vorgarten blickt Alice noch einmal zu Sophies Wohnung hoch. Im Auto stellt sie die Tasche auf den Beifahrersitz und startet den Motor. Als der Wagen anspringt, klingelt das Handy.

»Alice? Hallo, Alice, bist du dran?« Sie holt tief Luft. »Alice, hörst du mich?« Leise antwortet sie: »Ja, ich höre.« »Ein Glück, dass ich dich erreiche!« Maries Stimme erfüllt jetzt den ganzen Wagen, denn Alice hat die Freisprechanlage angeschaltet und setzt sich aufrecht hin.

Marie beginnt damit, dass sie heute bereits um halb sieben auf den Beinen gewesen sei, um vor der Arbeit nach Lena zu sehen. Weil sie am Sonntag nicht dort gewesen sei. »Warum nicht?«, fragt Alice empört, aber Marie redet einfach weiter. Sie habe ewig vor dem Haus gestanden, denn oben habe niemand auf ihr Klingeln reagiert. Aber dieser Typ aus dem ersten Stock drückte schließlich den Öffner. Im Treppenhaus habe ein unheilvoller Geruch gehangen, nach Zigaretten und fremden Menschen. Alice macht ein verächtliches Prustgeräusch, das Marie ignoriert. Sie sei die Treppe hochgeschossen, habe sich das Knie aufgeschlagen. Aber an Lenas Tür fielen ihr sofort diese schwarzen Tapser auf, überall auf dem weißen Lack. »Die gibt es auf meiner Tür auch«, unterbricht Alice. Marie schreit fast: »Das war die Spurensicherung! Die haben da Fingerabdrücke genommen!«

Mit kräftigem Stechen kehren ihre Kopfschmerzen zurück, dabei versucht sie wirklich, sich auf Maries hanebüchenes Gefasel zu konzentrieren, von der mit einem polizeilichen Siegel verschlossenen Wohnungstür, von einer heldenhaften Marie, die sofort auf das Revier in der Theodor-Heuss-Straße gefahren sei. Von einem Beamten, der zwar ihre Personalien aufgenommen habe, aber ansonsten stumm wie ein Fisch geblieben sei, weil es generell nicht gestattet sei, über laufende Ermittlungen zu sprechen. Noch einmal versucht Alice die Suada zu unterbrechen, aber es geht nicht. Unten im Kiosk hätten sie gesehen, dass jemand auf einer Bahre rausgetragen worden sei, aber mehr wisse sie nicht, denn bei den Nachbarn im Haus habe keiner aufgemacht, die seien alle schon weg gewesen. Nur der Kerl von unten habe gerufen: »Lassen Sie mich in Ruhe, gehen Sie weg!« Kein Wunder, denkt Alice.

Während Marie weiterredet, hat Alice sich über die Box gebeugt, ihren Zeigefinger in eines der Luftlöcher gesteckt und beobachtet, wie eine schwarze Maus sich auf die Hinterbeine stellt und mit der winzigen Nase samt Schnurrhaar schnuppernd ihre Haut berührt. Es kitzelt. Marie schluchzt: »Wir sind beide schuld, Alice. Du bist einfach nach Paris gefahren und ich habe mich auf Cora verlassen. Du und ich, wir haben Lena auf dem Gewissen.«

Alice kann nicht anders, sie fängt an zu lachen. Sofort verstummt Marie und fragt scharf: »Hast du was geraucht, Alice?« Sie klingt, als weise sie ihre Töchter zurecht. »Ich habe wirklich keine Zeit für deine Märchen«, antwortet Alice. »Weshalb willst du mir weismachen, Lena sei etwas passiert? Und warum warst du am Sonntag nicht bei ihr?«

Marie plappert wieder los, sie habe nur Coras Mobilnummer an die Polizei weitergegeben, nicht die von Alice. »Ich wollte dich da nicht reinziehen. Es reicht, wenn ich mit den Bullen zu tun habe.« Alice weiß nicht, was sie wütender macht, der flapsige Ausdruck oder Maries Verschwörerton. »Wäre an deiner Geschichte nur ein bisschen was dran, hätte die Polizei sich längst bei mir gemeldet.«

Auch die anderen Mäuse haben mittlerweile festgestellt, dass Alices Finger ungefährlich ist, recken sich empor und schnüffeln, ihre stumpfen rosigen Schnauzen zucken, und Alice kann sehen, wie schnell ihre Herzen pochen. Vorsichtig zieht sie die Hand zurück und sagt: »Marie, weißt du, was du bist? Ein gestörtes Huhn. Ein total gestörtes. Ich lege jetzt auf.« Anschließend bleibt sie eine Weile bewegungslos sitzen, zählt die Audi-Ringe in der Mitte des Lenkrads und presst die Finger an die Schläfen.

Ich bin kein Schaf mehr, das auf Maries Geschichten

hereinfällt. In der Seitzstraße ist alles in Ordnung. Sicher sind die beiden nur beim Arzt. Oder konnten gerade nicht aufmachen. Dann zeigt sich noch einmal die Sonne und scheint genau in den Mäusebehälter, so dass Alice die Tasche in den Fußraum verfrachtet. Ich muss los, denkt sie, greift aber zunächst nach dem Handy. Nichts. Keine Nachrichten von Cora oder Lena, auch nicht aus Paris. Sie tippt auf Freds Nummer.

Die entschlossene Freundlichkeit in der Stimme der Empfangsdame, die die Namen der Partner herunterrasselt und »Was kann ich für Sie tun?« fragt, macht sie ungeduldig, hat sie doch extra Freds Durchwahl gewählt. »Hier Alice Pogge, ist mein Mann in einer Besprechung?« Die Sekretärin, eine von den jüngeren, deren Namen sich Alice nicht merken kann, macht: »Oh«, und druckst herum. »Der Herr Sulzberger hat sich für einen Arzttermin entschuldigt. Er musste zum Orthopäden, weil es ihm reingefahren ist. Vor einer halben Stunde. Ungefähr. Er hat mich alle seine Vormittagstermine absagen lassen.« Dass sie auch dieses Gespräch weggedrückt hat, ohne sich zu verabschieden, fällt Alice gar nicht auf. Fred hat also Hexenschuss. Nun gut. Sie wird jetzt erst einmal zu Lena fahren, um diesem ganzen Affentheater ein Ende zu bereiten. Marie will sich aus der Affäre ziehen, aber nicht mit ihr. Selbstverständlich hätte sie sich bei Lena gemeldet. Fred hätte ihr geholfen, das verrückte Telefonat von eben zu analysieren. Es passt jedenfalls zu Maries sonstigen Auftritten.

Sie will einen lokalen Nachrichtensender suchen, aber das Gerät hat sich automatisch mit ihrem Telefon verbunden und Terjes Stimme erklingt zum Klavier. Sie hat das estnische Lied auf der Lernapp »TeachMe« für sie und die anderen Alt-Frauen eingesungen, damit sie es allein üben können. Sie singt unwillkürlich mit und spürt, dass die Worte wie von selbst kommen, auch wenn sie ihre genaue Bedeutung vergessen hat: »Hing, oh hing, sa raskel a'al – kuis ihkad isamaa poole!« Beim Abbiegen am Ende des schmalen Weges hinter dem Krankenhaus verfährt sie sich, landet auf der Böheimstraße in Richtung Heslach, passiert das Bestattungshaus. Die Urnen im Schaufenster und besonders das Schild mit der Aufschrift ›Café Tod‹ haben Lena bei jedem ihrer Corona-Spaziergänge ein trotziges Lächeln abgenötigt. Jetzt ragen die kahlen Kastanien aus dem Biergarten des »Goldenen Adler« vor ihr auf. Fred liebt Zwiebelrostbraten, sie haben am Ende des Sommers zum letzten Mal dort gesessen. Bei nächster Gelegenheit wendet Alice, lässt den Marienplatz hinter sich. Lena wird lachen, wenn sie ihr erzählt, wie kunstvoll sie von Marie um die Ecke gebracht wurde. Was für ein Quatsch! Alice wird Tee aufbrühen. Kurz überlegt sie, ob sie bei dieser Hipster-Bäckerei weiter vorne anhalten und Zimtschnecken mitnehmen soll, entscheidet sich aber angesichts einer Parklücke vor Lenas Haus dagegen. Wenn sie Lena gleich alles berichtet, muss sie aufpassen, dass Cora nichts mitbekommt. Zu Recht wäre sie tödlich beleidigt.

Die Straße wirkt wie immer, vormittäglich träge und leer, noch mehr Parkplätze. Nur ein Vater mit Kleinkind an der Hand kommt ihr auf dem Gehweg entgegen. Die beiden sind in Eile, dem rennenden Jungen hüpft der hasenförmige Rucksack auf dem Rücken, der Schal des Vaters weht, und schon sind sie vorüber. Kein Absperrband, keine »Bullen«, kein Krankenwagen. Einfach lächerlich. Sie wird jetzt hinaufgehen, den Wohnungsschlüssel hat sie schon in der Hand. Gleich sitzt sie bei Lena am Bettrand.

Im Treppenhaus herrschen Kühle und Düsternis. Die Buntglasfenster filtern die Helle des Tages heraus, es riecht ein wenig nach Keller, wie oft in alten Häusern. Trotzdem nimmt Alice zwei Stufen auf einmal. Gleich ist sie bei der Nixe, und wetten, dass ihr Gesicht heute spöttisch verzogen ist, wie bei einem verfrühten Aprilscherz.

Auf der breiten Fensterbank unter dem Glasbild sitzt eine Frau. Sie hat sich in eine Ecke gedrückt, die Knie hochgezogen, den Kopf gegen die Scheibe gelehnt. Alice kann ihr Gesicht nicht sehen, erkennt aber Sylvia sofort. Lenas »Beste«, ihre Zugehfrau. Sie trägt Leggins, dicksohlige Sneaker und eine Kunstpelzjacke in Pink. Jetzt hebt sie den Kopf, im farbigen Dämmer des Treppenhauses wirkt ihr Gesicht fahl. Das blondierte Haar hat sie hochgesteckt, es glänzt von Spray. Alice fallen ihre Ohrläppchen auf. Rund um die Löcher, in denen sonst große Creolen hängen, leuchten Entzündungen. Alice merkt, dass Sylvia geweint hat. Die hellen, tuschefreien Wimpern lassen die Augen nackt und wässrig aussehen. Sie spürt, wie ihre Knie nachgeben. »Sylvia?«, fragt sie.

Die andere Frau schaut sie beim Sprechen nicht an. »Ich will nur eine Weile hier sitzen und an sie denken. Blumen hab ich für sie mitgebracht, die liegen jetzt vor der Tür. Ich muss nachher wieder zur Polizei, hatte mein Armband verloren, hier im Treppenhaus, als ich hinter der anderen hergerannt bin.«

Alice setzt sich in die andere Ecke der Fensterbank, weil ihre Beine zu stark zittern. Alkoholdunst und Rauch wehen zu ihr herüber. »Ja, ich bin besoffen. Hab mir da unten beim Kiosk was geholt, sonst halt ich das nicht aus. Die ganze Nacht im Bus, gestern Abend in Praha losgefahren, weil ich dachte, ich geh meine Mama besuchen, in Freiberg, und Lena miláčku. Um halb sechs waren wir da, heute früh, am Flughafen Stuttgart. Ich bin raus aus dem Bus und mit der U-Bahn hergefahren. Schlüssel hab ich ja, frische Brötchen hatte ich geholt, Karlsbader Oblatky mit Haselnuss hab ich dabei, die hat sie so gern. In der Wohnung oben überall Festbeleuchtung. Ich rufe, Lena, meine Lena, so früh wach?, und will rüber in die Küche, Kaffee für uns kochen, aber weil keine Antwort kommt, bin ich zu ihrem Bett. Da steht vor dem Nachttisch eine Frau, eine Große mit braunem Pferdeschwanz. In der Hand hat sie die goldene Armbanduhr, und im Bett liegt meine Lena wie hingeworfen, mit überkreuzten Beinen, auf ihrem Kopf ein Kissen und verstreut auf dem Boden ihre ganzen Schmucksachen, eine Schublade, herausgezogen, umgekippt, überall Tabletten und ein kaputtes Glas. Und ich sag: Was ist mit der Frau Herzmann? Lenas Gesicht unter dem Kissen war ganz weiß, und sie sagt: Ach, die schläft nur und rennt los, knallt mir die Tür ins Gesicht, und ich hinterher, aber sie ist schon im Treppenhaus, und ich zur Wohnungstür. Da hält sie die Tür von außen zu. Ich schrei, auf Tschechisch, weil ich so aufgeregt bin: Nech toho, ty potvoro, und reiße an der Klinke, aber sie drückt wie blöd von der anderen Seite. Ein Spalt steht offen, da fährt ihre Faust durch, um mich zu treffen, aber sie hat mich nicht erwischt, und dann lässt sie plötzlich los, ich fall nach hinten auf den Rücken, und wie ich die Treppen runter bin, schrei ich wie eine Verrückte: Pomoc! Pomoc! Aber sie war schneller als der Teufel, ich höre ihre Schritte wie Schüsse knallen. Wie ich vor dem Haus stand, konnte ich sie nicht mehr sehen und blieb draußen stehen und brüllte: Polizei, Mord!« Sie weint, rau und laut, mit ihrer Elsternstimme, Tränen tropfen auf die Leggins. »Was ist dann passiert?«, flüstert Alice. »Wo ist Lena, im Krankenhaus?« »Die Polizei kam ganz schnell und ein Krankenwagen, die haben Lena mitgenommen. Die Polizisten haben in der Wohnung rumgesucht. Ich glaube, die dachten erst, ich sei es gewesen, aber das Biest hat sein Notizbuch liegenlassen, als es fort ist. Da war ein Brief an sie drin, irgendeine Rechnung.« »Was ist mit Lena? In welchem Krankenhaus ist sie?« Alice rüttelt an Sylvias Schulter. Die schüttelt den Kopf. »Alice, sie ist tot, sie hat Lena umgebracht.«

Alice wendet sich von Sylvia ab und geht langsam die Treppe hoch. Hinter ihr leuchtet die Nixe riesig und grünblau, draußen muss die Sonne auf einmal kräftig scheinen. Sie atmet bei jedem Schritt seufzend ein, beim nächsten wieder aus, bis sie vor Lenas Wohnungstür steht, die weiße Doppeltür mit dem goldenen Knauf, so alt und prächtig wie das ganze Haus. Das ist doch alles Unsinn, denkt sie. Marie, dieses dumme Huhn, das glaubt, da seien Fingerabdrücke, dabei ist es nur Dreck, wie an allen weißen Türen, wenn kein Bogdan kommt und sie wegmacht. Der langgestreckte Löwe reckt sich über den blauen Untergrund, er sagt amtliches Siegel. Viel schmaler gebaut ist er als der Markuslöwe, er hat auch kein Buch dabei, und er sagt, Paragraph 36 verbietet das Öffnen. Vor der Tür liegt ein Strauß aus bunt eingefärbten Nelken in einer Glanzpapiermanschette. Alice senkt den Kopf. Im Treppenhaus ist es still.

# 19

»Alice! Alice, wart auf mich!« Obwohl Alice das Rufen hört, bleibt sie nicht stehen. Inzwischen hat sie die Stelle erreicht, an der die Straße unvermittelt so steil ansteigt, als machte sie einen Buckel. Wenn sie den hinter sich hat, ist sie fast am Ziel. Dann verschwindet die Stadt, und Alice wird nur noch von Sandsteinmauern, Gärten und Weinreben umgeben sein, auf dem alten Spazierweg, den sie so oft mit Lena zusammen gegangen ist.

Gern liefe sie noch schneller, um der Stimme zu entkommen, aber mit dieser lästigen Tasche geht das nicht. Auf gar keinen Fall wird sie sich umdrehen. Vielleicht gibt ihre Verfolgerin ja doch noch auf. Sie will niemanden sehen, nicht reden, nichts erklären, einfach nur fort. »Alice, hallo!« Die Unbekannte hat aufgeholt, sie kann sie hinter sich keuchen hören, immer näher, dann berührt jemand ihre Schulter. Gottergeben hält sie inne, den Kopf gesenkt, weiß nicht, wie sie jetzt ein normales Gespräch führen soll. »Alice, warte doch, ich bin's!« Vor ihr steht Luzie, erhitzt und zerzaust, an der Leine führt sie Mignon, die misstrauisch Alices Schuhspitzen beschnüffelt und schließlich zaghaft wedelt. Luzie wirkt erstaunt, vielleicht auch besorgt, sie hält Alice fest, drückt ihr unvermittelt zwei richtige Küsse auf die Wangen und verströmt einen Geruch nach Erdbeershampoo. »Wusst ich's doch, dass du es bist. Hast du mich nicht gehört? Ich hab grad Mittagspause, da geh ich immer eine Runde mit Mini.« Sie zeigt die Straße hinauf. »Willst du auch da lang?« Alice nickt nur, bückt sich und streichelt die Hündin, damit Luzie ihr Gesicht nicht sieht. »Es ist so cool, dass ich Mini zur Arbeit mitnehmen darf«, sagt Luzie, als sie an dem Kleinkinderspielplatz vorbeischlendern und das Gleis der Zahnradbahn kreuzen. »Aber sie ist auch total lieb, kläfft gar nicht rum, dabei kommt ständig Kundschaft zu uns. Ich jobbe doch paar Stunden die Woche im Kiosk.« Die Hündin spitzt kurz die Ohren, als sie ihren Namen hört. Die junge Frau scheint nicht zu stören, dass sie warten muss, während das Tier mit der Schnauze am Boden Rinnstein, Laternenmasten und Vorgärten erkundet. Unvermittelt hockt Mignon sich hin, eine erstaunliche Menge Urin flutet unter ihr hervor, benetzt eine Hinterpfote und rinnt weiter über den Gehweg. Unwillkürlich macht Alice einen Schritt zur Seite. »Kommst du gut zurecht mit deiner Chefin?«, fragt sie, um endlich etwas zu sagen. »Ach, du meinst die Helga? Das ist ein Original, hat Haare auf den Zähnen«, sie grinst, »aber eigentlich ist sie okay. Und zu sagen hat die mir nix. Mein Chef ist ein echter Schatz.«

Die Hündin setzt sich wieder in Bewegung. Je länger es bergauf geht, desto weniger Häuser sind zu sehen, und nachdem sie den breiten Hinterleib des Marienhospitals und seine Zweckbauten passiert haben, beginnt das Landschaftsschutzgebiet. Alice blickt stumm zur Seite, als studiere sie das Moos auf einer Stützmauer am Hang, und fragt sich, wann Luzie merkt, dass sie einfach ihre Ruhe haben will. »Schimmelhüttenweg ist ein schräger Name«, plappert die junge Frau weiter, »ich kannte den gar nicht. Bis nach Degerloch kannst du da laufen. Ich geh mit Mignon immer nur bis zu den Holzköpfen da oben.« Alice weiß, sie meint eine Reihe von grob geschnitzten Skulpturen, die hinter einem

Maschendrahtzaun von einem Weinberg herunterstarren. »Die sind unheimlich«, sagt sie »meine Freundin nennt sie immer schwäbische Moai, nach diesen riesigen Statuen auf den Osterinseln. Die mit den grimmigen Gesichtern.« Lenas Name kommt ihr nicht über die Lippen. Wenn sie ihn ausspricht, verliert sie die Fassung, das weiß sie genau. Aber als die Bildnisse in Reih und Glied auf der Mauerkrone sichtbar werden, verwittert und rissig, denkt Alice nicht daran, was sie vorhin im Treppenhaus erfahren musste, sondern nur an Lenas Lächeln, wenn sie den hölzernen Kerlen entgegenstrebte und sie begrüßte wie alte Bekannte.

Luzie hat nichts als einen flüchtigen Blick für die Holzköpfe übrig und zeigt auf die Ikeatasche über Alices Schulter. »Was schleppst du da eigentlich mit dir rum? Willst du ein Picknick machen?« Alice seufzt. »Ach, da sind Mäuse drin.« Ihre Stimme kippt fast, und sie überlegt, wie es wäre, Maries Tochter einfach stehenzulassen. Aber selbst, wenn sie den Berg wieder hinunterrennen würde, gegen eine junge, durchtrainierte Person hätte sie keine Chance. Bald wird die schmale Staffel auftauchen, auf der sie durch die Wiesen davongehen, aus der aufgezwungenen Gassirunde ausbrechen und allein bis zu dem Garten gehen kann, in dem sie mit Talitha gesessen hat. Dem Garten, in dem Lena und sie nebeneinandergestanden und gesungen hatten:

À la claire fontaine
M'en allant promener
J'ai trouvé l'eau si belle
Que je m'y suis baigné
Il y a longtemps que je t'aime
Jamais je ne t'oublierai.

Im Aufblicken bemerkt sie das verwirrte Gesicht des Mädchens und ist unsicher, ob sie gerade aus Versehen gesungen oder etwas Unpassendes von sich gegeben hat. »Was denn für Mäuse?« »Sie gehören einer Freundin. Ich soll sie draußen freilassen.« Luzie zieht die Brauen hoch. »Echt jetzt? Oh bitte, zeig mal!« Ohne sich um Alices abwehrendes »Lieber nicht!« zu kümmern, ist sie näher getreten und wirkt, als wolle sie die Tasche am liebsten sofort durchsuchen. Alice setzt das unförmige Ding mitten auf dem Weg ab. Aufgeregt nähert sich die Hündin und versucht, mit den Vorderpfoten das blaue Plastik und die schützende Decke herunterzudrücken. Ihr Rückenfell sträubt sich. »Weg da, das ist nichts für dich«, ruft ihre Herrin, schiebt sie beiseite und ruft »Platz!«. Mignon gehorcht, aber ihr kleiner muskulöser Körper bleibt angespannt. »Voll süß!«, ruft Luzie und hebt die Box ohne weiteres heraus. Natürlich steckt auch sie die Finger in die Luftlöcher, betrachtet eingehend die Tiere, indem sie das Gefäß hin und her dreht. Die kleinen Nager schießen verschreckt in der Enge umher und purzeln dabei übereinander. Alice wendet sich ab. Der lehmige Hang zu ihren Füßen mit seinen regelmäßig eingespießten Rebstangen kommt ihr wie ein endloser Friedhof vor. Als wollte alles um sie herum ihr zeigen, dass Lena nicht mehr da ist. »Du kannst die nicht einfach in der Natur aussetzen«, meint Luzie. »Die finden sich bestimmt zurecht.« Alice nimmt ihr die Box weg, verstaut sie wieder in der Tasche und geht weiter. Inzwischen ist ihr alles egal. Zügig läuft sie voraus, aber Luzie und Mignon kleben immer noch an ihr. Auch wenn das Mädchen jetzt schweigt, macht sie keine Anstalten, ihren Spaziergang zu beenden, dabei sind sie doch längst an ihrem angeblichen Ziel- und Wendepunkt vorbei.

Alice beginnt in ihrem Mantel zu schwitzen und wird langsamer.

»Ich weiß, dass sie tot ist. Eure Freundin.« Luzie sagt das so unvermittelt, dass Alice stolpert. Irgendwie gelingt es ihr, nicht hinzufallen, und als sie sich wieder sortiert hat, steht die junge Frau neben ihr, betrachtet sie nachdenklich und reibt sich mit dem Zeigefinger über die Nasenwurzel. Die Stelle rötet sich, Alice fällt Talithas Bindi ein, das Maja entfernt hat, nachdem sie ihr die Perücke abgenommen hatte. Mit dem feuchten Zeigefinger, wie eine Mutter, die ihrem Kind einen Schmutzfleck von der Wange reibt. »Mama war vorhin total fertig«, Luzie sieht Alice verlegen an, reicht ihr den Arm. »Die hat sich aufgeführt wie eine Verrückte. Ich hatte mir grad Kaffee gemacht, da kam sie rein und hat nur rumgeschrien und geheult.« An dem leichten Kopfschütteln und der Art, wie sie sich bei ihr unterhakt, dabei aber für keinen Moment die Hundeleine loslässt, erkennt Alice, wie die junge Frau einmal aussehen wird, wenn sie selbst längst verschwunden ist. Wie Marie. Eine alte Marie, die aus diesem großen hellblonden Mädchen heraustreten wird wie der harte Kern als einziges Überbleibsel aus einer Frucht. Auf Luzie gestützt, geht sie weiter. »Also ich hab zuerst gedacht, Papa sei gestorben. Oder Hannah, meine doofe Schwester.« Ihr kurzes Lächeln verschwindet sofort wieder. »Das klingt jetzt fies, aber als sie gesagt hat, Lena, oh, arme Lena, war ich erst mal total erleichtert.«

Alice nickt nur, sie findet es tröstlich, dass Luzie ihre Mutter plötzlich nicht mehr beim Vornamen nennt. Und dass sie nicht gezwungen wurde, sich auf eine der Bänke am Wegrand zu setzen. Wenn ich mich setze, ist es vorbei, denkt sie. »Mama hat dann angefangen, Sachen kaputtzumachen, ihre Lieblingstasse und diese Schneekugel aus Paris, die auf dem Küchentisch steht. Sie hat so rumgeschrien, dass Mignon im Flur unter den Schrank gekrochen ist.« Wieder hält die Hündin beim Klang ihres Namens inne und schaut zu Luzie auf, die schnalzt, damit sie weiterläuft. »Weißt du, als wir klein waren, haben Hannah und ich uns im Klo versteckt oder in unserem Zimmer, wenn Mama ausgerastet ist. Wir haben gedacht, sie wäre eine Hexe, weil sie uns angebrüllt hat, bis sie heiser war. Hinterher hat es ihr jedes Mal leidgetan. Sie hat uns um Verzeihung gebeten, aber wir waren so klein, uns hat das nix genützt. Es war immer schrecklich.« Auf einmal hören sie Motorengeräusche, ein Auto nähert sich und sie warten, um ihm auf dem schmalen Weg auszuweichen. Luzie lässt Mignon auf die winzige Treppe an einer Mauer springen. Die beiden Frauen drücken sich mit dem Rücken gegen den Sandstein, während ein Kombi bedächtig an ihnen vorüberrollt und der Fahrer dankend die Hand hebt.

Alice macht sich wieder los. Seite an Seite gehen sie weiter. »Jedenfalls hab ich mir heute Morgen nach langer Zeit mal wieder fast in die Hose gemacht«, sagt Luzie. »Mama war echt verstörend. Ich hab in der Praxis angerufen. Papa war nicht da, er musste zu einem Notfall.« Sie zuckt die Achseln. »Nix Neues. Frau Özkam meinte, ich solle Mama eine Schelle geben. Sie ist Papas rechte Hand.« Jetzt kichert sie. »Diese Özkam. Sie hasst Mama. Ich glaub, sie hätte es am liebsten selber getan.« Luzies Gesichtsausdruck wirkt beschämt und entschlossen zugleich. »Das hab ich dann wirklich gemacht. Sie war sofort still, als ob ich auf einen Knopf gedrückt hätte.«

Mignon steckt ihre Schnauze in ein Grasbüschel, zupft vorsichtig einen Halm nach dem anderen heraus und verspeist ihn, sie kaut die dünnen Halme mit den Backenzähnen. Das Mädchen runzelt die Stirn. »Hat sie dir überhaupt davon erzählt?« »Was meinst du?« Alice starrt von der weidenden Hündin auf Luzie. »Ach, Mama hat ne Störung. Eine richtige. Depressionen, wohl schon immer. Früher war sie fett.« Diesmal wirkt ihr Lachen echt. »Das glaubt keiner, aber ich kenn ja die Fotos und die Geschichten von Oma und Opa. Und dann hat sie in Hamburg Papa getroffen, da ging es ihr gut.« Alice spürt bei Luzies Worten, wie sich etwas in ihr auflöst. Auf einmal ruckelt Luzie an der Leine, zieht Mignon weiter, die widerstrebend die Ohren anlegt. »He, du Biest, hör sofort damit auf! Nachher kotzt du wieder!«

Widerstrebend trollt sich die Hündin zurück auf den Weg. »Sorry, sie liebt frisches Gras, aber zu viel darf es nicht sein, sonst …« Sie schneidet eine Grimasse. »Das machen alle Hunde.« Aus den Mauerritzen wuchern weiß und gelb blühende Pflanzen wie kleine Kissen, Alice hört Kohlmeisen und den jubelnden Gesang eines Buchfinks. Hellrosa Primeln und Büschel von Krokussen stehen in einer matschigen Streuobstwiese. Mignon beschnüffelt eine Pinkelspur an einer Sandsteintreppe, die sich vom Weg empor durch den ansteigenden Hang zieht. Alice nimmt die ersten Stufen, Luzie und die Hündin folgen ihr.

»Ich glaub, Mama war besser drauf, als sie richtig viel Sport gemacht hat, damals, mit Papa, in Hamburg. Aber sie musste dauernd kämpfen, damit sie nicht wieder in ihr Loch fiel. Als wir in die Grundschule kamen, Hannah und ich, da wurde sie wieder depressiv. Und Papa hatte grade mit der Praxis angefangen, er hat nicht gemerkt, wie mies es ihr ging.«

Luzie steigt mit einem großen Schritt über eine zerbrochene Stufe. Sie geht in die Knie und öffnet den Karabinerhaken, mit dem die Leine am Geschirr der Hündin hängt. »Ich lass sie mal laufen.« Geschickt wickelt sie die Leine auf, steckt das Knäuel in die Jackentasche und streicht das blonde Haar hinter die Ohren. »Ich bin froh, dass ich nicht so bin wie sie. Wie Mama, meine ich. Ich komm total nach Papa, nicht bloß äußerlich.« Alice rupft einen grünen Halm ab und kaut darauf herum, der austretende Saft schmeckt bitter, aber sie schluckt alles hinunter. »Marie ist schon in Ordnung. Aber mir geht's besser, seit ich sie nicht mehr so ernst nehme. Hannah versucht das auch, aber sie ist die Ältere, die schafft das nicht richtig.« Alice überlegt, ob sie ihre Frage stellen kann, ohne zu weinen. »Hat Marie gesagt, was mit Lena geschehen ist? Hat sie etwas gesehen?« Luzie hebt einen abgebrochenen Ast auf, spuckt darauf, hält ihn der Hündin hin und schleudert ihn von sich, hangaufwärts. Mignon macht einen Satz, sie scheint zu fliegen. Alle vier Läufe gestreckt, jagt sie durch die Wiese. Sie sieht aus wie der Löwe auf dem Siegel, denkt Alice. »Ich weiß das nicht so genau, weil sie unheimlich früh weggefahren ist, lange vor ihrem Job. Sie wollte zu Lena, denn gestern war sie den ganzen Tag unterwegs, auf einem Ausflug. In den Schwarzwald, glaub ich. Und als ich sie heute Morgen gesehen habe, hat sie nur geheult. Nach der Schelle hat sie nicht mehr viel gesagt. Ich mach mir voll Sorgen, ich konnte ja nicht bleiben. Weil ich zum Kiosk musste, und ich hab keine Ahnung, wo ich sie suchen soll. Bei der Arbeit hat sie sich krankgemeldet, geht auch nicht ans Handy.« Jetzt kommt die Hündin mit dem Stock im Maul zurück, den sie vor Luzie auf die Treppe legt. Irritiert hört Alice, wie Mignon in Babysprache gelobt wird, dann wirft Luzie das Holz erneut. »Papa meint, Marie kriegt sich schon wieder ein, er will aber früher heimkommen. Eurer Freundin«, »Lena«, unterbricht Alice. »Sie heißt Lena.« Luzie verdreht die Augen, »Ja, weiß ich doch. Ihr ist wohl was richtig Übles passiert.« Alice bereut jetzt, dass sie gefragt hat. »Die Helga hatte Frühschicht, die hat bisschen was mitgekriegt, wie da eine vor dem Haus um Hilfe gerufen hat, und dass die Polizei kam, dazu ein Krankenwagen, und dass sie jemand rausgetragen haben.« Sie seufzt. »Da war natürlich großer Bahnhof bei uns. Der Chef hat den Bullen Kaffee ausgegeben. Zum Glück war schon alles vorbei, als ich kam.« Alice fährt sich mit der Zungenspitze über die Lippen, »Du hast sie nicht gekannt, oder?« Luzie schüttelt den Kopf. Alice bringt kein Wort darüber heraus, wie Lena war, obwohl sie Maries Tochter genau das erzählen möchte. Die Plattitüde von der tollen Frau umfasst nichts von ihrem Wesen, ihre freundliche Spottlust, das Gefühl von Beschütztsein in ihrer Gegenwart, ihre Geschichten. »Ich muss ihren Neffen anrufen«, stößt Alice hervor, »der weiß womöglich noch gar nicht, dass seine Tante nicht mehr lebt!« Während sie ihre Manteltaschen nach dem Handy abtastet und durch die Kontakte scrollt, merkt sie, dass ihr weder Vor- noch Nachname des Mannes einfallen.

Am Ende des Grundstücks zwängen sich die beiden Frauen durch eine niedrige Hecke. Alice glaubt, dass sie links abbiegen müssen. Luzie ruft »Mini!«, aber der Kopf des Tieres taucht nur einmal kurz aus dem hohen Gras am Wegrand auf. Der Pfad führt oberhalb des Abhangs an weiteren Gärten vorbei, viele verlottert und überwachsen. Alice wartet darauf, etwas wiederzuerkennen. Von dem seltsamen Ausflug mit Talitha erinnert sie noch genau das schiefe Tor, die Haarnadel, den alten Holzzaun, aber den Weg durch den Wald von der Zahnradbahn aus hätte sie nie wiedergefunden. Sie sucht nach dem anderen Eingang, durch den sie damals mit Terje und den Cantarinen auf das Grundstück gekommen ist. Hatte die Chorleiterin einen Schlüssel dabei? Alice weiß es nicht mehr, aber eine Kletterpartie mit Lena und Marie hätte sie nicht vergessen. Sie ist fest entschlossen, den Garten zu betreten, auf welchem Weg auch immer. Sie wird die Mäuse loswerden, sich vor der Hütte, da war doch eine Hütte, auf die Bank setzen. Und wenn sie erst in der Sonne ausruht, mit geschlossenen Augen, Vogelgesang und ein wenig Stadtgrollen im Ohr, kann sie vielleicht auch wieder vernünftig denken.

Luzie läuft inzwischen unruhig auf und ab, sie späht über Zäune, schiebt Gebüsch beiseite, ruft dabei »Minimini-mini!« Nach einer Weile Schnalzen und Pfeifen holt sie eine Tüte mit Hundefutter aus der Jackentasche, die sie schüttelt, dass Alice das trockene Geräusch der darin herumhüpfenden Futterstücke hören kann. Als nichts sich rührt, blickt sie bekümmert umher. Ihren Köter muss sie ohne mich suchen, denkt Alice. Alles wirkt buschiger und grüner, Knospen haben sich zu Blättern entfaltet, dürre Bäume stehen mit weißschaumigen Kronen im Gras. Sie durchqueren ein Waldstück, Luzie rennt über den weichen, mit Nadeln bedeckten Boden, sie schreit »Mignon, du blöde Kuh!«, und springt über einen wassergefüllten Graben ins Dickicht. Ihre Rufe und ihre helle Jacke entfernen sich hinter den Stämmen. Alice geht weiter. Nach Dämmer und Kühle im Dickicht der Nadelbäume blinzelt sie in die Sonne über den Gärten. Ein Zitronenfalter torkelt nah am Boden über Gras und Gänseblümchen. Im braunen Gestrüpp, das sich um einen Drahtzaun windet, zeigen sich überall hellgrüne Spitzen. Sie späht darüber hinweg und erkennt die grauen Schindeln der Hütte, die mächtigen Brennnesselbüsche, das Brombeerdickicht, den Plattenweg durch die ungemähte Wiese. Eine Tür sieht sie nicht am oberen Ende des Grundstücks, aber jetzt fällt ihr wieder ein, dass es eine Stelle gab, an der der von Waldreben überwachsene Zaun durch das Gewicht der Schlingpflanzen halb umgesunken war. Terje und Aliki hatten ihn einfach gepackt und ganz auf die Erde gelegt, so dass man darüber hinweglaufen konnte. Als jemand, Alice glaubt sogar, sie selbst, wegen dieser illegalen Aktion Bedenken anmeldete, hatte Terje nur lächelnd den Kopf geschüttelt. Die Cantarinen waren davon überzeugt, dass ihre Chorleiterin mehr als nur gute Verbindungen zum Gartenbesitzer haben musste. Hinterher hatten sie mit einiger Mühe alles wieder in die Senkrechte gebracht.

Die Zeit hat für Alice gearbeitet, der Zaun hängt in der Mitte durch und sie steigt vorsichtig daüber, als hinter ihr lautes Gebell ertönt. Mignon kommt angefegt, sie jault und versucht, sich an Alice vorbei in den Garten zu drängen. Doch diesmal ist Luzie schneller. Feuchte Haarsträhnen fallen der jungen Frau ins Gesicht. Sie hat sich die Jacke um die Hüften gebunden, die Ärmel des Sweatshirts hochgekrempelt und schimpft, als sie die zappelnde Hündin am Geschirr packt. »Was ist denn bloß los mit dir, du kleiner Teufel? Was soll das Gegilfe? Hier ist doch nix für dich!« Trotz ihrer flachen Schuhe knickt Alice fast um, bevor sie den Weg erreicht hat. Die Taschengurte schneiden in ihre Schulter, und Mignon geht ihr auf die Nerven. Sie fasst sich ein Herz und fragt Luzie: »Müsst ihr nicht allmählich zurück?« Die junge Frau versucht gerade, die Leine wieder festzuhaken, aber das Tier windet sich so wild, dass sie es nicht schafft. »Du willst allein sein?« Luzie keucht. »Versteh ich, aber ich hab mir halt Gedanken um dich gemacht. Du wirkst, als wärst du auf einem komischen Film.« Wider Willen muss Alice lächeln. Das ist nicht nötig, will sie sagen, da schreit Luzie auf: »Oh shit!«, und im gleichen Augenblick springt Mignon an ihr vorüber, wieder in diesen langen Sätzen, den Körper durchgestreckt, mehr Reh als Hund, die Ohren flattern, sie lässt das Zaungerippe hinter sich, rast durch die Wiese hinunter zur Hütte und heult dabei auf, dass ihre Stimme sich überschlägt. »So eine bitch!«, sagt Luzie, »jetzt muss ich wieder hinterher!« In ihren Sneakers ist sie trittsicher und schnell bei Alice, und die beiden steigen nebeneinander den Hang hinunter. Auf der Wiese blühen noch mehr Blumen und zwischen dem Gras wuchern Massen von regenfeuchtem Moos, auf dem Alice bald ausgleitet, aber rechtzeitig von Luzie aufgefangen wird. »Ist doch gut, dass ich noch da bin«, lacht sie, brüllt plötzlich unvermittelt »Mignon! Komm! Her!«, so dass Alice zusammenzuckt.

Das Gartenhaus wirft seinen krummen Schatten auf die Terrasse, Wildkräuter schießen aus allen Ritzen zwischen den Platten, Sonne fällt auf einen kleinen Tisch, den sie noch vom Sommerfest kennt. Auf der ausgeblichenen blauen Bank liegen Kleidungsstücke, Mäntel und Schals. Alice erfasst alles mit einem Blick – die beiden Sonnenbrillen auf dem Tisch, mit den Bügeln ineinander verhakt wie zwei übergroße Insekten bei der Paarung, eine Wasserflasche und zwei Gläser, die Zigarettenpackung neben einem irdenen Topfuntersetzer voller Kippen. Das Ganze sieht aus wie in einem verlotterten Gartenlokal. Mein mieses kleines Café mitten im Wald, denkt Alice und fragt sich, ob noch mehr Leute in Stuttgart diesen gemusterten Schal haben, der da auf die Erde baumelt.

Dicht an dicht leuchten die cremefarbenen Dreiecke auf dem kräftigen Blau des dünnen Wollstoffs. In Como war sie dafür heimlich zu einem luxuriösen Herrenausstatter geschlichen, als Fred im Hotel ein Mittagsschläfchen machte. Er war teuer gewesen, ein Geburtstagsgeschenk.

»Fuck, da sind ja Leute«, murmelt Luzie. Trotzdem geht sie entschlossen auf das Häuschen zu, die Tür steht halb offen, ruft »Entschuldigung, mein Hund ist in Ihren Garten abgehauen, das tut mir leid …«, als Mignon schwanzwedelnd um sie herumspringt. Im Maul trägt sie einen schwarzen Bikerboot, aus dem ein Wäschestück hängt, wohl eine Strumpfhose. Luzie verstummt und bleibt stehen. Alice geht an ihr vorbei. Die Hündin legt ihre Beute vor dem Mädchen ab, das sich nicht mehr rührt, nur auf den Stiefel starrt und auf Fred, der jetzt aus der niedrigen Tür tritt, in Anzughose, Hosenträgern, einem schief geknöpften, hellblauen Hemd. Er ist barfuß, sein Gesicht sehr blass, er schaut zu Boden, fährt sich mit beiden Händen durch die Haare, dreht sich um und sagt leise: »Beruhige dich.« Mignon rennt an ihm vorbei in die Hütte, und als sie wieder zum Vorschein kommt, trägt Marie sie auf dem Arm und verbirgt ihr Gesicht im zimtbraunen Fell. Um ihre Schultern hängt Freds Jackett. Das Tier leckt ihr Hals und Ohren. »Hallo, Lilli«, sagt Fred. Alice stellt die Ikeatasche auf die Terrasse, nimmt den Mäusebehälter heraus und geht auf Luzie zu, die dasteht, ohne sich zu rühren. »Luzie, ich glaube, du hast recht, es ist nicht in Ordnung, diese Tiere in der Wildnis auszusetzen, wenn sie ihr Leben lang gewohnt waren, versorgt zu werden. Meinst du, du könntest dich um sie kümmern?« Maries Tochter dreht Alice ihr tränenüberströmtes Gesicht entgegen und greift nach der Box. Dabei nickt sie wortlos und wendet sich ab.

# 20

Zwei Schläge der Kirchenglocken. Terje wirft einen nervösen Blick auf ihr Handy. Alice hat sie von zu Hause abgeholt, irgendwo im Westen. Abwesend lenkt Alice den Audi in den breiten Schatten einer Buche hinter der Friedhofsmauer. »Wir haben noch genügend Zeit«, sagt sie und lässt den Kofferraum aufspringen. Als sie in der Handtasche nach ihrem Lippenstift sucht, ist Terje schon ausgestiegen und greift nach einem länglichen schwarzen Kasten. Alice dreht sich wieder nach vorne, klappt die Sonnenblende herunter und betrachtet sich im Spiegel. Zu viele Überstunden und zu wenig Schlaf in den letzten Wochen. Von der zarten Haut unter den Augen hat sich die Abdeckcreme im Laufe des Tages gelöst, alles sieht so knittrig und bläulich violett aus wie am Morgen, wenn sie ihr müdes Gesicht bemalt und pudert, als verziere sie ein Stück Karton. Punkt, Punkt, Komma, Strich. Vorsichtig trägt sie etwas Farbe auf, versucht ein Lächeln, aber es wird nur ein falsches Grinsen.

Beim Aussteigen bleibt sie mit dem Absatz ihrer Sandalette am Rahmen hängen, stolpert fast und hält sich im letzten Augenblick am aufgeheizten Metall der Autotür fest. Für Anfang Mai ist es viel zu warm. Alice trägt ein hellblaues Seidenkleid, das sie extra für diesen Anlass gekauft hat, aber gegen Terjes prachtvolle Aufmachung kommt sie sich darin beinahe schäbig vor. Die junge Estin hat die Tracht ihres Landkreises angelegt, einen buntgestreiften, schwingenden Rock, eine weiße Bluse mit prächtigen Borten, blumenbestickte schwarze Schuhe. Unter anderen Umständen hätte Alice die Chorleiterin mit Fragen zu ihrer Kleidung gelöchert und Terjes begeisterten Erklärungen gelauscht. Doch heute haben sie ihre gemeinsame Fahrt schweigend hinter sich gebracht, genau wie sie vorher ohne viele Worte die Picknick-Utensilien aus Terjes WG-Küche in den Kofferraum gepackt haben. Alice hoffte, Terje würde nicht bemerken, dass ihre Hände feuchte Flecken auf dem Lenkrad hinterließen und sie hinter ihrer Sonnenbrille ständig zwinkerte, um die aufsteigenden Tränen wegzublinzeln. »Du musst wieder in den Chor kommen«, hatte sie letzte Woche am Telefon gesagt. »Alle fragen nach dir.« Alice, außer Atem, verschwitzt und taumelnd vor Erschöpfung wie immer nach dem Training, konnte zunächst nicht antworten. Seit Lenas Tod geht sie am Mittwochabend statt zur Probe ins Fitnessstudio. Terje räusperte sich, obwohl ihre Stimme so weich und melodisch klang wie eh und je. »Marie hat mich neulich angerufen. Hat mir erzählt, sie höre mit dem Singen auf, weil sie gerade mit ihren Studierenden in Osteuropa sei, und sie wolle jetzt doch noch promovieren, das sei ihr alles zu viel.« Ihre Worte fielen in Alices Kopf wie Steine in einen Brunnen. Sie hörte ein Plumpsen, mehr nicht. »Alice, bist du überhaupt da?«

Alice steht vor dem Audi, unterdrückt ein Gähnen, rückt die Brille zurecht. Die Sonne brennt ihr auf den Scheitel. Hätte sie doch bloß einen Hut mitgenommen. Den Geigenkasten in der einen, die Notenmappe in der anderen Hand, überquert Terje den Parkplatz und steuert auf das Friedhofstor zu. Endlich beugt sich Alice über den Kofferraum, nimmt einen Strauß aus dem Korb, über den sie zu Hause einige angefeuchtete Küchentücher gebreitet hat, damit die

Blumen frisch bleiben. So folgt sie Terje, die ihr das eiserne Tor aufhält. Dahinter, unter den Kronen der alten Bäume im vollen Laub, ist es schattig und kühl. Kies knirscht, die anderen Frauen finden sich flüsternd in Grüppchen zusammen, pellen mitgebrachte Sträuße aus raschelndem Seidenpapier und mustern einander. Niemand trägt Schwarz, an diesen Vorschlag ihrer Chorleiterin haben sich alle Cantarinen gehalten. Wie von selbst stehen sie plötzlich paarweise zusammen, Terje an der Spitze, die Geige unterm Kinn. Mit dem ersten Ton setzen sie sich in Bewegung, jede trägt ihre Blumengabe vor der Brust. Gemessen schreiten sie auf den Hauptweg zu, als hätten sie das tagelang geübt. Alice tappt unsicher neben Aliki her, umklammert mit beiden Händen einen dicken Bund Moosröschen, während die hohen, klagenden Töne von Terjes Bogen in ihr Hirn eindringen. Sie spielt ein Stück von Arvo Pärt, fast schon ein Klischee, Estland für empfindsame Intellektuelle. Aber welche Musik könnte Trauer und Hoffnung besser vereinen?

Lenas Grab liegt in der Ecke des Friedhofs, an der die stille, steile Cottastraße vorüberführt, auf Höhe einer Gärtnerei, mitten unter den kleineren Parzellen der Urnengräber. Hier stellt sich der Chor auf. Das alles geschieht fast geräuschlos, als folge man einem Stummfilm. In diesem Augenblick hört Alice helle, in die Länge gezogene Rufe und blickt nach oben. Die Mauersegler sind wohl erst dieser Tage zurückgekehrt. Sie sieht nur, schwarz umrissen, eine kleine Schar über sich, aber ihre unmelodischen Schreie, in denen der ganze Sommer steckt, tönen zu ihr herunter. Sie erinnert sich an eine Geschichte, die Lena über ihre ersten Wochen in Stuttgart erzählt hatte, als sie an einem unglaublich heißen Augusttag bei offenem Küchenfenster Geschirrkartons ausräumte und einer dieser Vögel zu ihr hereinschoss. Nur für wenige Augenblicke hakte er sich mit den Füßen am von der Decke hängenden Lampenkabel ein, schaukelte wild, schrie, seine schwarzen Augen eindringlich auf sie gerichtet, bevor er wieder hinausfand. Bringen sie mir gerade einen Gruß von dir, Lena, denkt Alice, und möchte mit jemandem darüber sprechen, dass dieser Gedanke, tröstlich und gerade ganz und gar überzeugend, von ihrem sich sträubenden Verstand verlacht wird. Stattdessen senkt sie den Kopf, schaut auf die ausgetrocknete Erde des neu angelegten Grabes, die Schale voll Maßliebchen und Vergissmeinnicht, die provisorische Holztafel mit Lenas Namen und Daten und den herzförmigen Kieselstein, auf dem die Worte »Faith, Hope, Love« eingraviert sind. Alice kennt das alles schon. Sie ist nicht zum ersten Mal hier, weiß, wie der Boden aussieht, wenn er schwer und regenfeucht ist, kann sich auch heute nicht vorstellen, dass Lena darunterliegen soll, ein Häufchen körniger Asche in einem Gefäß, verbrannt und versenkt in Gegenwart ihres Neffen aus London samt Frau und Töchtern. Höflich, aber bestimmt hatte dieser Johannes an Alice gemailt, er werde nie erfahren, wie die letzten Stunden seiner Tante verlaufen seien, und hege keinerlei Groll gegen ihre Freundinnen. Trotzdem wünsche er sich, den Abschied von ihr im engsten Familienkreis zu begehen.

Seit Wochen arbeitet Alice, bis der Schließdienst seine Runde durch die Büros macht und sie hinausschickt, zusammen mit einem Schwarm Putzfrauen. Man nickt sich mittlerweile zu. An manchen dieser dunklen Feierabende ist sie hier durch die Gräberreihen gestreift, geleitet von den unruhigen Flammen der Grablichter in ihren leuchtend roten Plastikhüllen, auf der Suche nach neuen Kränzen, frischen

Blumen. Als die Tage länger wurden, kamen mehr Leute auf den Friedhof, meist Pärchen; sie saßen auf den Bänken, unterhielten sich leise oder rauchten und blickten ins Grüne. Ein Corona-Überbleibsel, als hier besonders zur Mittagszeit ein Treffpunkt für die aus ihren Büros und Stammlokalen ausgesperrten Homeofficer entstanden war. Bei einem dieser Gänge war Alice endlich fündig geworden. Ein aufgeplustertes Kissen in Herzform bedeckte die gesamte Fläche des Grabes, so dass kein Stück Erde zu sehen war: cremefarbene Rosen steckten dicht an dicht, ihre duftlosen, wachsigen Blütenblätter strahlten in der Dämmerung des frischen Aprilabends. Im Laternenlicht las Alice die goldschimmernden Buchstaben auf der Schleife: »Von deinem Johannes, der dich nie vergisst«, und daneben die auf dem kleineren Kranz: »We love you, Aunty Leeny.«

Terjes Blick wandert über die Gesichter der Sängerinnen, sie nickt, bringt ihr Instrument in Positur. Alice hat mit TeachMe geübt, aber die Töne schaffen es nicht aus ihrer Kehle hinaus. Sie beginnen mit Lenas Lieblingslied. Hugo Wolf gehört allerdings nicht zu den Glanzstücken der Cantarinen. Terjes Geige singt bei den schwierigen Stellen fast ganz allein. Als danach das Wiegenlied folgt, weint Alice hemmungslos und muss abbrechen. Zum Schluss, als alle »Ta lendab mesipuu pole« erwarten, klopft die Estin mit umgedrehtem Bogen mehrmals kurz und hart auf den Geigenhals und sagt: »Ich bitte euch um ein anderes Lied. Das ist der Wunsch einer Chorschwester, die heute nicht bei uns sein kann.« Die Frauen fangen an zu murmeln. Alice ist erstarrt. Verdammte Marie, denkt sie, da erklingt so deutlich und vertraut wie eh und je die Melodie, und alle heben erstaunt die Köpfe, sind aber sofort dabei und schmettern

»Marmor, Stein und Eisen bricht«. Kaum ist der letzte Ton verklungen, legen sie ihre Sträuße auf das Grab, rund um das schon ziemlich mitgenommene Rosenherz, bis es ganz von Frühlingsblumen eingerahmt wird.

»So«, Terje bricht das Schweigen der anderen. Sie hat die Geige in das weiche Tuch eingeschlagen, so schnell wie behutsam zurück in den Kasten gelegt und den schwarzen Deckel über ihr geschlossen. »Hier ist niemand mehr. Lasst uns gehen. Wir brauchen etwas in den Magen.«

Wieder auf dem Parkplatz treten die Frauen an ihre Autos, Heckklappen und Seitentüren werden geöffnet, Körbe und faltbare Plastikboxen herausgehoben. Terje hat nach der hellblauen Kühltasche gegriffen und setzt sich wie selbstverständlich an die Spitze des Zugs, der an Markuskirche und Pfarrhaus vorbeizieht bis zum Eingang des angrenzenden Parks, in dem sie damals ihre ungemütlichen Corona-Proben abgehalten haben. Zwei blauschwarz glänzende Krähen hüpfen auf dem Hauptweg umher und entfernen sich langsam und gelassen von den Chorfrauen, die Terje mit gesenkten Köpfen folgen. Alice findet, seit sie am Grab gewesen sind, hängen die Sommerkleider schlaff an ihnen herunter, sie sehen mitgenommen aus, als wären sie lange unterwegs gewesen. Im Vorübergehen streift ihr Blick den Löwen am Rande des Dachfirsts. Er schaut grimmig geradeaus, wie eh und je, kein Tröster, kein Verbündeter, die Tatze auf dem Buch mit den starren Bronzeseiten. Sie trägt nichts Schweres, trotzdem hat sie bei jedem Schritt den Eindruck, dass ihre Sandalen Bleisohlen haben. Am liebsten würde sie sich wie ein müdes Tier unter einem Busch zusammenrollen.

Alice und Terje breiten Decken auf dem Gras aus, andere holen Kissen und Sitzunterlagen hervor. Über all der

Geschäftigkeit tönt ein heimeliges Klirren, es gibt tatsächlich Porzellanteller und Kuchengabeln. Das hätte Lena gefallen. Alice nimmt eine Packung ineinandergestapelter Pappbecher aus ihrem Korb, verteilt sie, öffnet ein Paket Würfelzucker, schraubt den Deckel von einem Milchkarton, faltet Papierservietten. Man hört die Vögel in den Bäumen, ein Hupen von der Filderstraße und das dünne Pfeifen, mit dem der heiße Dampf unter den Deckeln der zahlreichen Thermoskannen entweicht, die schmerbäuchig am Rand einer Wolldecke aufgereiht sind. Paula Pogge wollte immer eine Alfi-Kanne haben. Ein Korb mit Butterbrezeln macht die Runde. »Alice, sind die Törtchen aus der Confiserie?« Sie nickt, macht eine einladende Handbewegung in Richtung der Schachteln. Nach Terjes Nachricht in die WhatsApp-Gruppe der Cantarinen hat sie einfach zwei Dutzend einpacken lassen. »Wer soll das nur alles essen«, fragt jemand leise.

Terje zieht den Reißverschluss der Kühltasche auf, entnimmt ihr einen Klumpen feuchter Geschirrtücher, aus denen sie eine langhalsige Flasche mit klarer Flüssigkeit wickelt. Das silberblaue Etikett wellt sich bereits. Vorsichtig streicht sie es mit dem Zeigefinger glatt. Viru Valge Vodka. Auf einem flachgedrückten Plastikbeutel voller Eiswürfel stehen irdene Gefäße in Eierbechergröße, jedes von ihnen hat einen getöpferten Stiel, der nach außen ragt wie eine Kasperlnase. Terje stellt die kleinen Pötte nebeneinander auf ihre Notenmappe, schraubt die Flasche auf und gießt den Schnaps ein. Mit dem improvisierten Tablett geht sie zwischen den Frauen umher, bis alle versorgt sind. Alice fühlt die Kälte des glatten Stiels zwischen ihren Fingern. Um sie herum bestaunen die Cantarinen die ungewöhnliche Keramik, sie lachen und schnuppern am Schnaps, der alte Hintergrundsound der Proben stellt sich langsam wieder ein. Jemand fragt »Wer hat aus meinem Becherlein getrunken?« Alice, schweigend mitten unter ihren gesprächiger werdenden Chorschwestern, bewundert wieder einmal Terje, ihr Talent zur Motivation.

Schon stellt sie sich in die Mitte, in ihrer Tracht wirkt sie groß und feierlich wie ein Maibaum: »Wir trinken auf Lena – Terviseks!« Alle Frauen erheben sich, die estnischen Becher stoßen mit ungewohnt tiefem Klacken gegeneinander, der Chor ruft: »Auf Lena!« Für einen Rausch reicht das nicht, aber Kaffee und Kuchen werden in gelösterer Stimmung eingenommen. Alice hat die Sonnenbrille ins Haar zurückgeschoben, sie lässt die Tränen laufen, neben ihr sitzt Terje, reicht ihr Kaffee und ein Taschentuch.

Fast schon auffällig, wie alle sich darum bemühen, sie nicht auf die Ereignisse anzusprechen, um deretwegen sie hier versammelt sind. Kuchenrezepte und andere Banalitäten werden ausgetauscht, Alice merkt, wie sie sich langsam beruhigt. Terjes besorgte Seitenblicke werden seltener und schließlich, als Körbe und Kannen sich allmählich leeren, erhebt die Chorleiterin die Stimme: »Ich möchte euch etwas sagen. Cora war gestern Abend bei mir, sie wollte sich verabschieden. Ihr Sohn hat sie begleitet. Sie ziehen weg von Stuttgart, ins Allgäu, da hat einer ihrer Brüder eine Wohnung für sie gefunden. Wir haben lange geredet, sie hat mir einiges erzählt; ich finde, ihr solltet das wissen. Ich versuche, alles so wiederzugeben, wie ich es von ihr gehört habe, aber sie war sehr aufgeregt, deshalb muss ich manches ergänzen.

*Coras Geschichte*

In einem Weingärtnerdorf hinter Stuttgart lebten, es ist lang her, aber noch nicht zu lange, zwei kleine Mädchen. Das Dorf lag neben einer mehrspurigen Straße, die zu den Daimlerwerken führte. Hier verdienten viele Menschen ihr Brot, nicht aber die Eltern von Manuela und Cora. Ihr Vater arbeitete auf dem Bau, die Mutter war Hausfrau und füllte gelegentlich in einer Drogerie Regale auf. Ela und Cora hatten drei ältere Brüder, die ihnen Ohrfeigen, Kopfnüsse und Tritte verpassten, wenn sie nicht spurten. Die Familie wohnte im Souterrain. Das Haus war alt und lag am Fuße eines Weinbergs. Aus dem Hang kroch das Wasser in die Mauern. Es roch nach Schimmel, die Betten waren immer klamm, deshalb spielten die Schwestern am liebsten draußen. Aber ihr Lieblingsplatz war bei der Großmutter, die den Dachstock eines schiefen Fachwerkhauses am Dorfrand bewohnte. Die Eltern nannten es »Kanakenhaus«, denn außer der Großmutter lebten dort zwei jugoslawische Familien. Ela und Cora liebten die warmen, schrägwandigen Stuben und besonders den Hof. Er war lang und schmal und auf seine rötlichen Steinplatten schien den ganzen Tag die Sonne. Es gab dort eine Teppichklopfstange, an der sie schaukelten, und am Ende des Hofes standen ein Holunderbusch und ein Sauerkirschbaum. Ihre Früchte färbten Lippen und Finger violett und zogen einem den Mund von innen zusammen. Die Schwestern malten mit Kreide Hüpfspiele auf die Platten oder saßen mit einer Flasche Zitronensprudel im Schatten und redeten über das Erwachsensein. Ela, die Ältere, hatte einen Plan für sie beide: »Zuerst machen wir den

Hauptschulabschluss, aber besser als die Brüder.« Cora war sich dessen nicht sicher, denn Ela fiel alles leichter als ihr. Sie brauchte zum Rechnen keine Finger, sie konnte pfeifen, Rad schlagen und sich englische Wörter aus den Songs in der Hitparade merken. »Wenn wir fertig sind, lernen wir im Salon La Belle in Hedelfingen. Und später eröffnen wir unseren eigenen, und den nennen wir Salon Corella.«

Mitten im Hof gab es einen steinernen Klotz, auf dem früher eine Blumenschale gestanden hatte. Hier nahmen die Mädchen auf einer ordentlich gefalteten Hertie-Tüte Platz. Zuerst frisierten die Schwestern sich gegenseitig, mit Omas ausrangierten Lockenwicklern, einer Sprühflasche mit Wasser und einem Rest Dreiwettertaft. Später kamen die Nachbarstöchter und andere Mädchen aus der Straße und ließen sich Affenschaukeln, Rattenschwänze und Bo-Derek-Zöpfchen mit einer Perle am Ende machen. Gezahlt wurde mit Süßigkeiten, und manche brachten abgebrochene Kajalstifte oder eingetrocknete Geltuben ihrer Mütter mit. Für Cora waren die Sommer dort nichts anderes als das Paradies.

Später fing Ela wirklich im Salon La Belle an. Für ihre ersten blonden Strähnchen saß Cora Modell. Ela half ihr bei den Hausaufgaben, wie immer. Dann kam der Sommer des zweiten Lehrjahres, und Ela ging ins Inselbad, das große Freibad in Untertürkheim. Sie zog sich in einer der hölzernen Kabinen ihren neuen Bikini an und band das frisch gekreppte Haar zum Pferdeschwanz. Bei diesem Pferdeschwanz packte sie der Mann, der vor der Kabinentür gelauert hatte und ihr mit seiner Hand den Mund verschloss, als sie schrie. Der Mann, der ihr in den Bauch trat, als sie sich wehrte, den Bikini herunterriss, sie vergewaltigte, danach erwürgte und ihren zusammengesunkenen, verschmierten, nackten Körper auf dem Boden liegen ließ wie eine weggeworfene Eisverpackung. Der Mann wurde gefasst, als er später ein weiteres Mädchen angriff. Er bekam 14 Jahre, wurde aber wegen guter Führung an Coras 25. Geburtstag entlassen.

Nach Elas Ermordung war Cora zumute, als lebte sie auf dem Grund einer Essigflasche. Dort war es kalt, still und sauer. Ihr Vater trank mehr als früher, daher fiel er eines Tages bei der Arbeit vom Gerüst und war tot. Auch die Oma starb, die Mutter versteinerte, und manchmal vermisste Cora sogar ihre brüllenden Brüder, die längst aus dem Haus waren. Obwohl sie versuchte zu lernen, schaffte sie ihren Abschluss nicht. Sie musste dauernd daran denken, wie sie mit Ela unter dem Holunder gesessen hatte und dass die Schwester nie wieder mit ihr sprechen, nie mehr ihr Haar bürsten, in Strähnen aufteilen und flechten würde. Besonders nachts spürte sie Elas Finger, die sanft über ihren Scheitel tasteten, und wenn sie aufwachte, schmeckte sie Essig.

Cora ging von der Schule ab und arbeitete in einer Wäscherei um die Ecke. Dort gefiel es ihr, sie mochte den Geruch der Bettlaken und Tischtücher, wenn sie zwischen den heißen Walzen der Mangel hervorkamen. Sie bügelte gern, faltete und stapelte die fertigen Wäschestücke und schlug sie in Papier ein. Manchmal putzte sie schwarz. Endlich konnte sie von zu Hause ausziehen. In ein winziges Apartment mit Kochnische und fensterloser Dusche.

Vor Männern fürchtete sie sich, genau wie vor den Brüdern, dem Vater, den grinsenden Mechanikern, die kamen, um die riesigen Trockner und Mangeln aufzuschrauben und ihr zuflüsterten, dass sie bestimmt total eng sei und dass das geil wäre. Sie ging eigentlich nie aus, höchstens ins Kino oder zum Eisessen mit den Kolleginnen. Lieber hielt sie ihre kleine Wohnung sauber, sah fern oder besuchte pflichtschuldig die Mutter.

Eines Tages fuhr der Lieferwagen eines Hotels vor, ein Mann stieg aus und entlud Schmutzwäsche. Cora wurde nach draußen geschickt, um ihm zu helfen. Sie kannte das Hotel, doch diesen Fahrer hatte sie noch nie gesehen. Der Tag war heiß, und Cora fiel zuerst das große Goldkreuz im Ausschnitt seines Shirts auf, dann die blonden Härchen auf seinen Armen. Er hatte ihren Blick bemerkt, denn er lächelte und sagte: »Passt zu mir, ich heiße Zlatan, das bedeutet Gold.« Sie wurde rot, aber sie lächelte zurück. Wenig später wartete Zlatan nach Coras Schicht auf der anderen Straßenseite. In den nächsten Monaten und Jahren dachte sie nicht mehr so oft an Ela wie sonst, selbst der Essiggeschmack verschwand. Bald zogen sie zusammen, und Zlatan begann, im Restaurant eines Bekannten zu arbeiten. Er träumte davon, eines Tages sein eigenes Lokal zu besitzen. Sreten kam auf die Welt, und sie freuten sich sehr. Bald wollte Zlatan, dass seine Frau auch in der Gastwirtschaft aushalf. Sreten blieb in dieser Zeit bei Coras Mutter. Der Besitzer des Restaurants ging nach Belgrad zurück, und Coras Mann trug die Verantwortung für alles.

Das machte ihn ungeheuer stolz, er lud alle ein, erweiterte die Speisekarte und war Tag und Nacht auf den Beinen. Aber obwohl es immer voll war, nahmen sie nicht genug ein. Als Cora Zlatan darauf ansprach, schlug er sie zum ersten Mal. Nach einiger Zeit kam der Bekannte zurück und es gab Streit, denn Zlatan hatte das Lokal in Schulden gestürzt. Viele Briefe trafen ein. Sie waren blau oder dunkelgelb, trugen Amtsstempel und jagten Cora solche Angst ein, dass sie sie vor Zlatan versteckte. In dieser Zeit starb Coras Mutter.

Sie wusste nicht, wie sie zurechtkommen sollten, putzte den ganzen Tag, und vor jeder Abendschicht ging sie zu einer alten Frau, die nicht mehr ganz richtig im Oberstübchen war. Die wohnte nebenan, allein in einem großen Haus. Früher hatten sie über den Gartenzaun hinweg miteinander geplaudert. Dann war sie immer seltener aufgetaucht, und irgendwann hatte ihre erwachsene Tochter bei Cora geklingelt. Das war Marie Coppelius gewesen, die wissen wollte, ob Cora gegen Bezahlung bereit war, täglich das Abendbrot für ihre demente Mutter zu richten und bei ihr zu sitzen, bis die Pflegerin von der Diakonie kam. Die zwei Stunden mit der Kranken waren die besten in Coras langem Tag, denn hierher konnte Sreten mitkommen. Er spielte im Garten und saß neben ihr, wenn sie Maries Mutter vorlas. Es machte Cora stolz, dass die alte Frau jedes Mal lächelte, wenn sie eintrat, ihre eigene Tochter hingegen oft nicht erkannte.

Eines Morgens war Zlatan verschwunden. Später bekam Cora einen Anruf. Wo er sich aufhielt, wollte er nicht sagen, versprach ihr aber, sich bald wieder zu melden und ihr und Sreten Geld zu überweisen. Er müsse sich verstecken. Das war das letzte Mal, dass sie von ihm hörte. Bald konnten sie ihre Miete nicht mehr bezahlen und wurden aus der Wohnung geworfen. Sie wollte ihren Brüdern nicht auf der Tasche liegen, zu denen sie schon lange keinen Kontakt mehr gehabt hatte. Ihre wenigen Freundschaften aus der Wäschereizeit waren längst eingeschlafen, und so blieben ihr nur ein paar Bekannte Zlatans, die sie und Sreten widerwillig aufnahmen. Mit einigen von ihnen schlief sie, um länger bleiben zu können. Nachdem einer dieser Männer sie so verprügelt hatte, dass sie auf der Straße zusammenbrach und ins Krankenhaus kam, willigte sie ein, in ein Wohnheim für obdachlose Frauen zu ziehen. Sreten durfte nicht bei ihr bleiben, und es dauerte fast zwei Jahre, bis sie ihn endlich zu sich nehmen konnte, als sie wieder eine eigene Wohnung hatte. Die lag in der Seitzstraße, das Haus gehörte der Stadt. Es gab sogar einen kleinen Balkon, und Cora glaubte, nun würde endlich alles besser. Der Chor, den Marie ihr aufgedrängt hatte, war eine Erholung, obwohl sie mit den anderen Frauen, Terje ausgenommen, nicht warm wurde.

An jenem Sonntagmorgen, als Alice nach Paris fuhr, klingelte Coras Handy in Lenas Küche. Auf ihrem Display war der heulende Sreten erschienen, das Gesicht blutig und verschwollen. Sie hatte leise aufgeschrien, als sie ihn erblickte, und er schaltete die Kamera sofort aus. Es ging um das Moped, die Lederjacke, seine Schulden bei einem Kerl namens Drake, der gesagt hatte, er müsse das Geld bis morgen früh bringen, sonst sei das erst der Anfang.

Cora hatte kurz überlegt, ob sie Marie um einen Vorschuss auf ihren Lohn bitten sollte, verwarf das aber schnell wieder. So viele Stunden konnte sie gar nicht arbeiten. Außerdem fand Cora Marie und Alice anstrengend und eingebildet. Besonders Alice stand dauernd auf der Matte, und wenn sie ihr nicht über die Schulter guckten, um ihre Arbeit zu bemäkeln, sahen sie sie an, als sei sie etwas, das unter ihrem Schuh klebte. Auch Lena mochte sie nicht besonders; ihre Art, stets genau anzuordnen, wie etwas zuzubereiten sei, ging ihr auf die Nerven. Maries Mutter war da ganz anders gewesen.

Ohne den Anblick des zerschlagenen Jungsgesichts hätte Cora nie angefangen, in den Schubladen von Lenas Sekretär zu wühlen. Doch dort fand sie nichts als Papier. Wie konnte ein einzelner Mensch so viel Papier vollschreiben?

Sie überlegte, die silberne Teekanne mitzunehmen oder einen der hässlichen Porzellanaffen. In der Gerberstraße gab es ein Pfandleihhaus, da würde sie Bargeld für Sreti bekommen und die Sachen später wieder auslösen. Cora öffnete auch den Spiegelschrank im Flur, durchsuchte Mantel- und Handtaschen und fluchte leise, denn da waren nur Stofftaschentücher und ein Plastikchip für den Einkaufswagen. Diese Frau lebte in einem Palast und hatte kein Geld im Haus? Sie würde die schwere Kanne einstecken, dafür wären ihr bestimmt ein paar hundert Euro sicher.

Da hörte Cora ihren eigenen Namen und ging ins Schlafzimmer, wo sie Lena, Frau Herzmann, halb aufrecht im Bett fand. »Bitte, Cora«, sagte sie, »geben Sie mir die Nachttischschublade, ich muss da eine Sache nachlesen, das ist mir eben eingefallen, ich habe geträumt, ich hätte …« Cora hörte gar nicht mehr zu. Die Alte faselte ständig von Träumen, Gedichten und Liedern. Mit einem Ruck zog sie die Schublade heraus. Natürlich, bis oben hin Papier. Sie stellte die Lade auf die Bettdecke, so dass es bequem für Lena war. Die verlangte Grießbrei, und Cora solle eine Zitronenschale mitkochen. Sie nickte nur und ging in die Küche.

Dort steckte sie die Teekanne zuerst in eine Plastiktüte, dann tief in ihre karierte Tasche, unter die Wechselklamotten. Gleich wollte sie der Herzmann sagen, dass sie für ein paar Stunden nach Hause ginge. Sie würde die Kanne verstecken, und morgen gleich zur Pfandleihe, heute hat die ja leider zu. Sie nahm Milch aus dem Kühlschrank, suchte nach Grieß und Zucker, schälte einen langen Streifen von der Zitrone aus dem Obstkorb. Der Brei war schnell fertig, sie trug das Schüsselchen ins Schlafzimmer. Dabei dachte sie auf dem Weg durch den Flur wieder daran, ob es auffallen würde, wenn sie einen dieser garstigen Affen mitnahm.

Im Schlafzimmer sah es wüst aus. Die Herzmann hing quer über dem Bett, Augen verdreht, Mund aufgerissen, die Schublade war auf den Boden gerutscht und hatte im Fallen alles vom Nachttisch gerissen. Auf dem Fußboden lagen Papiere, Scherben und Schmuck. Cora suchte zuerst nach dem Einbrecher, der hier gewütet haben musste. Langsam begriff sie, dass Lena das selbst getan hatte, als sie vom Tod übermannt worden war. Ein Schlag, ein Infarkt, sie wusste es nicht. Erst wagte sie nicht, sich der alten Frau zu nähern, deren Gesicht grässlich verzerrt war. Etwas Blut lief ihr aus der Nase. Dabei war sie tot, ganz plötzlich, so etwas geschah manchmal. Cora schmeckte plötzlich wieder brennende Säure im Mund. Was jetzt kam, wusste sie genau. Rief sie den Krankenwagen, wäre sofort die Polizei da, und die würden sie mitnehmen. Das passierte immer, wenn die Alten starben und nur die Pflegerin oder die Putze in der Wohnung war. Wenn Marie käme, wäre sie aus dem Schneider, dann müsste die alles regeln. Aber bei dieser Unordnung hier, würde jeder denken, sie sei es gewesen. Dazu rief immer wieder Sreten an. Um Lenas Gesicht nicht mehr sehen zu müssen, bedeckte sie es mit einem Kissen. Sie überlegte aufzuräumen, aber aus Filmen wusste sie, dass die Spurensicherung so etwas merken würde. Also ließ sie alles, wie es war. Unter dem Bett fand sie Lenas goldene Armbanduhr und ein bisschen Schmuck, sie legte die Sachen zurück auf den Nachttisch. Wartete auf Marie, die hatte doch versprochen zu kommen.

Cora blieb fast die ganze Nacht wach, saß neben der Toten und heulte vor Angst. Zwischendurch versuchte sie, am Telefon ihren Jungen zu beruhigen. Bei Sonnenaufgang machte sie Kaffee, in der Hoffnung, etwas klarer im Kopf zu werden. Die Leiche war mit jeder vergangenen Stunde weißer, steifer und schrecklicher geworden. Marie war nicht aufgetaucht. Cora musste zu Sreten, und wie konnte sie Alice, die bestimmt bald käme, erklären, weshalb sie nicht sofort einen Notarzt gerufen hatte? Gegen halb sechs hielt sie es nicht mehr aus. Sie holte ihre Tasche mit der Silberkanne aus der Küche, ging mit abgewandtem Gesicht zurück ins Schlafzimmer, griff nach der goldenen Uhr – da hörte sie einen Schlüssel in der Wohnungstür. Coppelius kommt, oh Gott, Coppelius, was soll ich nur sagen? Ela, hilf mir, Ela, was mach ich nur? Eine Stimme, Cora kannte sie nicht, rief laut und fröhlich nach Lena. Dann stand eine kleine Blondine im Zimmer, die fragte, was los sei, und Cora rannte.

Der Rest ist schnell erzählt. Die meisten von euch haben davon gehört, wie Cora sich drei Tage lang versteckt hat. Aber sie brachte ihrem Sohn Geld, damit er nicht noch einmal zusammengeschlagen wurde. Cora hat mir gesagt, sie sei zu Fuß durch den Wald runter nach Rohracker gelaufen und von dort nach Untertürkheim. Da gab es viele Wengerterhütten, als Versteck. Vorher sei sie zum früheren Haus ihrer Oma gegangen, sie habe das Paradies noch einmal sehen wollen. Und als sie davorstand, da war der Hof nur ein dreckiges Rechteck voll gesprungener Platten, der Kirschbaum stand verdorrt und die rostige Teppichklopfstange lag verbogen in einer Ecke. Da sei ihr so elend geworden, dass sie sich auf den vermoosten Steinblock gesetzt und geheult habe wie eine alte Hündin.«

Abendwind lässt sie frösteln, als sie zum Abschied »Auld lang syne« singen. Alice bleibt am Boden. Sie hat das

Gefühl, nie wieder fliegen zu können, wenn sie singt, dabei klingen ihre Stimmen fast vollkommen ineinander. Sie fragt sich, mit wem Sophie ihren cup of kindness trinkt, denkt an die Bilder, die Maja manchmal schickt, auf denen Sophie immer von hinten zu sehen ist, damit sie nicht merkt, dass sie fotografiert wird, mit ihrer Mutter, mit den Hunden, auf dem Weg zur Klinik. Alice glaubt nicht, dass sie sich wieder bei ihr melden wird. Die Laternen zwischen den Alleebäumen gehen an, ihr kaltes LED-Strahlen gibt jedem Kiesel auf dem Weg einen scharfen Schatten und macht am Tor einen schwerfälligen, nicht besonders großen Mann sichtbar, dessen rechter Arm von einer Aktentasche nach unten gezogen wird. Sein helles Haar sieht struppig aus, er kommt langsam, mit gesenktem Kopf auf die Frauen zu, bleibt aber nach ein paar Schritten stehen, dreht um und tritt zurück ins Dunkel. Alice weiß, dass er die Tasche abstellt und sich eine Zigarette zwischen die Lippen steckt, mit der er wahrscheinlich schon seit einiger Zeit herumgespielt hat, sie hinter das Ohr geschoben oder neben dem Kuli in seinem Jackett stecken hatte. Jetzt flammt sein Feuerzeug auf, dann glüht ein winziger roter Punkt in der Schwärze, auf den sie gleich zugehen wird.